Bis die Zeit verschwimmt

Svenja K. Buchner wurde 1995 in Franken geboren. Schon in ihrer Schulzeit schrieb sie gern Geschichten, und auch während des Psychologiestudiums ließ das Schreiben sie nicht los. Inzwischen hat sie ihr Studium abgeschlossen und arbeitet mit Krebspatienten und deren Angehörigen in einer Akutklinik. »Bis die Zeit verschwimmt« ist ihr erster Jugendroman.

Mehr über unsere Bücher, Autoren und Illustratoren auf:
www.thienemann.de

Buchner, Svenja K.:
Bis die Zeit verschwimmt
ISBN 978 3 522 20269 5

Umschlaggestaltung: Formlabor unter der Verwendung von Shutterstock-Motiven (1291663783/ArtMari, 1338601745/Luis Molinero)
Innentypografie: Eva Mokhlis, Swabianmedia, Stuttgart
Reproduktion: DIGIZWO GbR, Stuttgart
Druck und Bindung: GGP Media GmbH, Pößneck

FSC
www.fsc.org
MIX
Papier aus verantwortungsvollen Quellen
FSC® C014496

Svenja K. Buchner

Bis die Zeit verschwimmt

Thienemann

Prolog

Es war ein warmer Tag im Sommer.

In meiner zu großen Latzhose lehnte ich am Apfelbaum und spürte die harte Rinde im Rücken, während meine Hände so lange Muster in die trockene Erde zeichneten, bis der Dreck unter jedem einzelnen Fingernagel zu sehen war. Ich weiß noch, wie mir das knapp schulterlange Haar immer wieder ins Gesicht fiel, sodass ich es genervt wegpusten musste, und ich weiß auch noch, wie angenehm sich der leise Windstoß anfühlte, jedes Mal, wenn Cassie an mir vorbeischaukelte.

Sie trug ein rosafarbenes Kleid mit weißer Schleife um die Taille, und ihr Haar, ihr rotes und langes und wunderhübsches Haar wehte im Wind. Wenn ich genau hinguckte, konnte ich in all dem Hin und Her des Schaukelns jede einzelne ihrer Sommersprossen erkennen. Ihre Augen waren zu und sie lachte so sehr, dass man ihre beiden Zahnlücken sah.

»Ich will auch schaukeln«, kommentierte ich, als ich genug Muster gemalt hatte.

Cassie streckte ihre nackten Füße zum Boden und ließ sie über das verbrannte Gras streifen, und während die Schaukel langsamer wurde, erwiderte sie: »Lass uns lieber klettern.«

Seufzend verwischte ich meine Malerei und stand auf, um mich an einem dicken Ast hinter mir hochzuziehen. Es war Cassies Baum, den ich da raufkletterte, er gehörte Cassie und sonst keinem, zumindest sagte sie das immer. Einmal hatte ich ihr gestanden, dass ich auch gerne einen Baum hätte, aber da hatte sie nur gelächelt und gesagt, wir könnten uns ihren ja teilen. Und auch wenn ich damals der Überzeugung war, dass man Bäume nicht teilen kann, so hatte ich mir danach nie wieder einen eigenen gewünscht, weil mir ihr Baum auf einmal genug war.

Ich war als Erste oben. Wie immer. Kleider sind nun mal unpraktisch beim Klettern, genauso wie es unpraktisch ist, wenn einen Kratzer an den Beinen und Dreck an den Händen stören. »Wo bleibst du?«, ärgerte ich sie, während ich ganz oben in einer Astgabel saß und anfing, sie mit Blättern zu bewerfen.

»Hör auf!«, beschwerte sie sich, und ich hörte wirklich auf, da sie sonst wütend geworden und wieder zur Schaukel gegangen wäre. Irgendwann saß sie mir gegenüber auf einem der Äste, und damals kam es mir so vor, als wären wir unendlich weit oben.

»Wir sind im Himmel«, stellte ich fest und schaute hoch in die Wolken.

»Nur fast«, widersprach Cassie. »Wenn ich jetzt fliegen könnte, dann könnte ich bis in den Himmel und rauf bis zu den Wolken. So weit, wie ich will, und vielleicht noch bis zur Sonne und zum Mond und zu den Sternen. Wäre das nicht toll?«

»Menschen können nicht fliegen«, belehrte ich sie.

»Aber es wäre toll, wenn sie es könnten. Bis ganz oben.«

»Dann kommst du dahin, wo die Toten sind, oder?«

»Ich glaube schon.« Sie legte den Kopf in den Nacken. »Wie stellst du es dir da vor?«

»Na ja.« Wind kam auf, so stark, dass er mir Blütenstaub ins Gesicht trieb und ich die Augen zusammenkneifen musste. »Ich glaube«, fuhr ich dann fort, »ich glaube, dass es da ganz viele Apfelbäume gibt und mehr als eine Schaukel, damit man sich nicht abwechseln muss. Und dass die Sonne immerzu scheint, und wenn es mal regnet, dann ist es ein warmer, sanfter Regen, der große Pfützen hinterlässt und Regenbögen.«

»Ich mag aber keine Pfützen«, wandte Cassie ein.

»Ich aber. Du bekommst einen Schirm und musst nicht durch sie durch laufen.«

»Hm.« Sie legte den Kopf schief. »Ich glaube, dass es da weiße Pferde gibt. Jeder, der eines will, hat ein eigenes Pferd. Meines würde Schneeflocke heißen, und man ist nie traurig und alle verstehen sich und keiner streitet.« Sie lächelte und baumelte mit den Beinen hin und her. Ein weiterer Windstoß kam auf und ließ die Blätter leise rauschen; sogar die Schaukel bewegte sich ein kleines Stück. »Denkst du, man sieht alle im Himmel wieder, wenn man tot ist?«

Ich legte den Kopf schief. »Wenn man es sich ganz arg wünscht, dann ja.«

»Dann sehen wir uns wieder und reiten auf weißen Pferden!«

»Mein Pferd muss nicht unbedingt weiß sein.«

»Na, dann hat deines eben eine andere Farbe.«

»Okay.« Nun nickte ich.

»Versprochen?«

»Versprochen.«

Und dann erschien Cassies Mutter mit ihrer kleinen Schwester auf dem Arm in der Terrassentür, um uns zum Abendessen zu rufen, und wir kletterten nach unten und rannten um die Wette bis zum Haus, wobei ich sie mit Absicht gewinnen ließ, damit sie es ihrer Mutter erzählen konnte, weil sie sonst nie im Wettrennen gewann.

Wir waren beide sieben Jahre alt.

Eins

Über Cassie

Es ist laut.

Menschen um mich herum, überall.

Sie schreien, weinen, versuchen, einander zu beruhigen.

Rennen.

Schließen einander in die Arme.

Und dazwischen immer wieder Sirenen in der Ferne, die näher kommen und erst in einigen Metern Entfernung abrupt zum Schweigen gebracht werden. Sanitäter rennen durch die Gegend, Körper werden auf Tragen verfrachtet und dann gehen die Sirenen auch schon wieder an, um kurz darauf begleitet von blauen Lichtern zu verschwinden. Wenn man genau hinhört, erkennt man, wie sie der Welt die Geschichte eines namenlosen Kindes erzählen, die keiner hören will; eine Geschichte, die dieser Welt genauso unaufhaltsam entgleitet wie die Sirene selbst.

»Wie geht es dir?« Mir wird ein Plastikbecher mit Wasser angeboten, den ich ignoriere. »Du musst trinken.« Aber ich muss gar nichts. Stattdessen starre ich auf den Seiteneingang meiner Schule, durch den Menschen mit Warnwesten huschen, sich kurz unterhalten, weitergehen. Durch den eilig Menschen geschleppt werden, einer nach dem anderen. Ihre Gesichter sind teils verdeckt; vielleicht sind das die Toten. Und die ganze Zeit über warte ich auf ihr Gesicht, darauf, dass sie endlich rauskommt, darauf, dass ich sie in den Arm nehmen und nach Hause bringen darf. Doch sie kommt nicht, weder in diesem Atemzug noch im nächsten, und das, obwohl jeder einzelne mich mehr schmerzt als alles Leid dieser Erde es je könnte.

»Kann ich jemanden für dich anrufen?« Die Sanitäterin legt mir sanft eine Hand auf die Schulter, die ich direkt abschüttle; ich würdige sie keines Blickes. »Wo ist sie?«, will ich fragen, aber aus meinem Mund kommt nichts als ein leises, stockendes Geräusch.

»Deine Eltern sollten informiert werden«, erklärt die Frau weiter.

»Wo ist sie?« Jetzt sind sie da, die Worte.

»Wer?« Der Frage folgt ein viel zu mitleidiger Blick.

»Wo ist sie?«, wiederhole ich, während wieder Sanitäter durch den Seiteneingang kommen, mit einem verdeckten Körper auf einer Trage, im Laufschritt auf uns zukommen, an uns vorbei, während mein Herz immer schneller schlägt. »Wo ist sie?«, schreie ich, springe auf, schlage die Hand der Sanitäterin an meiner Schulter weg, will losrennen, aber spüre sofort Arme um mich. Große, starke, unerbittliche Arme, die mich festhalten und mir den Atem rauben, während alles aus mir herausbricht und mein Körper unter Tränen immer wieder dieselbe Frage schreit.

Die Sanitäter laufen an uns vorbei.

Sie fahren weg.

Die Trage fährt weg.

Wie alle anderen davor.

Und mich lassen sie alleine, alleine mit den Hinterbliebenen, alleine mit der Sanitäterin und ihrem Kollegen mit den starken

Armen, und während ich die Welt um mich herum wahrnehme wie durch eine dicke Glasscheibe, verliere ich jegliches Gefühl für Zeit und Raum. Sie reden auf mich ein, irgendwann fängt es an zu regnen, irgendwann setzen sie mich auf die Rückbank und fahren mit mir los, und irgendwann sitze ich in einem sterilen Sprechzimmer, bekomme viel zu viel Desinfektionsmittel auf meinen Ellenbogen gesprüht, einen Verband, tausend Fragen gestellt, die ich weder verstehe noch verstehen will und auch nicht beantworte, ich werde von irgendeiner Krankenschwester inspiziert, die erst stundenlang an meinem Verband und dann an meinen Armen und meinem Kopf herumfummelt, ohne dass ich weiß, was sie da eigentlich tut, und am Ende, als ich es endlich geschafft habe, steht da meine Mutter im Gang.

Gut zwanzig Meter entfernt.

Mit Tränen in den Augen.

Ich lasse mich umarmen, lasse zu, dass sie in meine abgetragene Sweatjacke weint, mir über den Kopf streichelt, mit dem Arzt redet, mit der Schwester, mich irgendwann zum Auto führt. All das zieht komplett an mir vorbei, denn für mich zählt nur eines.

Cassie.

Mein Name ist Helene Mey. Ich bin fünfzehneinhalb Jahre alt. Im Mai werde ich sechzehn. Ich habe nicht viele Freunde.

Genauer gesagt zwei.

Aber das macht mir nichts aus, da ich der Überzeugung bin, dass die meisten Menschen nach meiner Definition überhaupt keine Freunde haben, sondern nur flüchtige Begegnungen für bestimmte Lebensabschnitte, die ihnen dabei helfen, eine Zeit lang das Bild des eigenen Lebens weiterzuzeichnen, um dann zu verschwinden, ohne auch nur den Ansatz einer Signatur zu hinterlassen. Sie kommen und gehen, und was bleibt, sind mehr oder minder liebevoll gemalte Striche auf dem Gemälde eines anderen, doch diese gehen unter mit den Jahren, und ihre Urheber werden alle gleichermaßen vergessen, was auf der einen Seite traurig ist, auf der anderen Seite aber zu selbstverständlich, als dass sie die Traurigkeit dieses Aspekts je bemerken könnten.

Die Begegnungen, die ich habe, bleiben.

Sie heißen Cassie und Erik.

Cassie zeichnet mein Bild mit, seitdem ich denken kann. Auf zarte, unaufdringliche, liebevolle Weise, sie zeichnet in Pastelltönen, die so unauffällig sind, dass man befürchten könnte, sie würden zu schnell untergehen zwischen all den anderen, schreienden Farben des Lebens. Doch sie gehen nicht unter, denn ich schaue sie an, jeden Tag. Genauso, wie ich Erik anschaue – müsste ich ihm eine Farbe geben, wäre es vielleicht ein dunkles, ruhiges Blau, so wie ein tiefer Ozean, oder besser noch Waldgrün, wie die Bäume einer lauen Sommernacht. Sein Grün ist noch nicht so lange da wie Cassies Pastelltöne, und deswegen gehört ihm auch weniger von meinem Lebensbild, aber auch das macht nichts, weil ich weiß, dass beide bleiben und weiterzeichnen werden, genau wie ich bei ihnen bleiben will. Und sollten wir eines Tages gehen, werden wir dennoch nie vergessen sein – ein Gedanke, der mich selbst an grauen Tagen an die Farben des Daseins erinnert.

Jeden Morgen habe ich Cassie vom Bahnhof abgeholt.

Dann saß ich auf dem Boden am Gleis und wartete, bis die vertraut blecherne Stimme aus den Lautsprechern das Einfahren des nächsten Zuges verkündete; an warmen Tagen legte ich mich auf den Rücken und streckte mein Gesicht der Sonne entgegen. »Deine Hosen werden doch ganz dreckig«, hatte mich einmal ein alter Herr von siebzig oder achtzig Jahren angesprochen, mit Gehstock und Hornbrille auf der Nase und einem braunen Hut über dem grauen Haar, aber ich habe nur von unten zu ihm hochgeblinzelt, um dann zu erwidern: »Dann wasche ich sie.«

»Dahinten sind doch Bänke«, hat er gesagt, die Nase gerümpft und etwas umständlich seinen Hut zurechtgerückt. »Bringt man euch das heutzutage nicht bei, dass man sich auf Bänke setzt und sich nicht irgendwo hinlegt?«

»Doch, das tut man. Aber man bringt uns auch bei, weniger engstirnig zu denken und die Kommentare anderer Menschen an passenden Stellen zu ignorieren. Letzteres war mir wichtiger.« Nach ihm hat mich keiner mehr angesprochen, und das, obwohl ich im Sommer stets so lange am Bahnsteig lag, bis Cassies Zug anhielt und sich die Türen öffneten, um einen Schwall Menschen herauszulassen. Zugtüren am Morgen sind wie Dämme, die brechen: Dahinter wird gedrängelt, immer mehr, und sobald der Weg frei ist, scheint der Bahnsteig mit Menschen überflutet zu sein.

Cassie und ich gingen gemeinsam zur Schule, jeden Tag. Und immer, wenn wir dort ankamen, sah ich ihn. Er saß dann in halb zerrissenen, zu weit über den Knöcheln endenden Jeans auf einer Bank etwas abseits des Seiteneingangs, jeden Morgen mit demselben starren Blick und derselben Falte auf der Stirn, und während seine Shirts mit den Tagen die Farbe wechselten, blieben seine Augen stets leer.

Ich kannte ihn nicht.

Keiner kannte ihn.

Und unsere Blicke trafen sich trotzdem jedes Mal.

Doch es gefiel mir nicht, es hatte mir nie gefallen, ihn anzusehen, und noch weniger der Gedanke an seinen Blick in meinem Nacken, wenn wir stets grußlos vorübergingen. Denn er lächelte nicht, der Junge, er lächelte niemals, und je öfter ich darüber nachdachte, umso mehr ernüchterte mich die Erkenntnis, dass ich wohl nie erfahren würde, warum er nicht lächelte.

Als wir reinkommen, sitzen mein Vater und Jens am Küchentisch. Mein Vater mit zerzaustem Haar, als wäre er eben erst aufgestanden, und Jens mit Dreitagebart und langen, braunen Haaren, die er sich am Hinterkopf mit einem Haargummi zusammengeknotet hat. Er trägt ein graues T-Shirt mit Tomatensoßenflecken und darüber ein offenes, ausgewaschenes Hemd in rot-blauem Karomuster. Seit einer Woche sehe ich ihn nun damit rumrennen, und es wundert mich, dass er nicht allmählich stinkt wie die Pest.

Mein Vater steht auf und umarmt mich, wie meine Mutter, und auch er weint.

Jens und ich sind die Einzigen, die nicht weinen, und ehrlich gesagt bin ich ihm dafür sehr dankbar. Er umarmt mich auch nicht, er sitzt nur da und schaut mich an, schiebt wortlos eine Tasse mit meinem Lieblingskakao zu mir rüber, während mein Vater mich auf einen der Stühle drückt.

»Brauchst du etwas, Liebling?« Die Hände meiner Mutter sind kalt, als sie mir die Haare hinter die Ohren streicht. Ich hasse das. »Du zitterst, Himmel noch mal, ich bring dir eine Decke.« Eigentlich will ich ihr widersprechen, habe aber keine Energie dafür und lasse mich daher zudecken, während mein Vater im Wohnzimmer meine Lieblings-CD von Metallica einlegt und so laut aufdreht, dass ich es gut bis hierher hören kann.

»Was soll denn der Old-School-Scheiß?«, beschwert sich Jens.

Ich ringe mir ein Lächeln ab. »Wie geht's Hannah?«, bemühe ich mich trotz aller Umstände um Etikette, während es im selben Moment klingelt und sie schon zwei Minuten später in der Küche steht. Sieht etwas älter aus als dreiundzwanzig, in ihrer grünen Fair-Trade-Pluderhose und mit den dunkelblonden, von bunten Holzperlen gezierten Dreadlocks.

»Bist du okay?«, will sie wissen, lässt sich neben Jens auf die Küchenbank fallen und drückt ihm einen Kuss auf die Wange. Ich nicke. »Cool«, erwidert sie und nickt auch, um sich gleich darauf auf der Unterlippe herumzubeißen. »Wir haben jetzt 'ne Katze«, meint sie und durchwühlt ihre Handtasche, die aus bunten, zusammengeflickten Stoffen besteht. Legt ein Handy auf den Tisch, ein Nokia aus den Neunzigern, und dann schiebt sie mir ein Foto über den Küchentisch zu, eines mit einer braun getigerten Babykatze. Ich nehme es in die Hand und betrachte es eine Weile. »Schön«, sage ich, und dann lächle ich sie an und sie lächelt zurück, sodass ich ihre winzige Zahnlücke zwischen den oberen beiden Schneidezähnen sehen kann.

»Es gibt da so eine Demo, nächste Woche. Magst du mit?«, fragt mich Jens.

»Eher nicht.« Ich schüttle den Kopf und linse rüber zum Telefon.

»Ist gegen Rassismus. Hilft der Welt.«

»Ich denke, deine Schwester muss sich jetzt nicht mit Allerweltsproblemen befassen.« Meine Mutter nimmt den Kakao, den ich nicht angerührt habe, und schiebt ihn in die Mikrowelle, da er inzwischen ja eventuell drei Grad zu kühl sein könnte.

Und dann reden sie weiter, ich weiß nicht wovon, denn für mich zählen sie nichts, ihre Worte. Ich starre nur auf das Telefon, das mein Vater um meinetwillen auf den Küchentisch gelegt hat, warte, dass es klingelt, damit ich Cassies Stimme hören darf, kratzig und schwach und elend durch ein Krankenhaustelefon, egal wie, ich will sie einfach nur hören, nach ihrer Zimmernummer fragen, zu ihr fahren, sie umarmen. Den Tag gemeinsam überstehen.

Und dann klingelt es tatsächlich.

»Geburtstagskind, ich wünsche dir alles, alles, alles Liebe!«

Cassie saß im Schneidersitz auf dem Bett, und als ich von hinten an sie herantrat, um sie übertrieben schwungvoll zu umarmen, kippte sie um, sodass wir beide halb neben- und halb übereinander auf die Matratze fielen. Sie lachte, glockenhell und wie ein Kind, und ich schlang meine Arme, so fest ich konnte, um sie. »Meine wunderbare beste Freundin«, sagte ich und drückte ihr einen Kuss auf die Wange. »Ich wünsche dir«, noch ein Kuss, auf den hin sie noch mehr lachen musste, »dass alle deine Träume in Erfüllung gehen und du eine spitzenmäßige Starballerina wirst!«

»Danke.« Sie grinste mich an und wischte sich mit dem

Handrücken über die Wange. »Ich hab dich auch lieb.« Sie hielt mich ein Stück von sich weg, sodass wir uns anschauen konnten. »Neue Bluse?«, wollte sie wissen und ich verdrehte erst die Augen, nickte dann aber. »Gefällt mir.«

»Ich das neu?« Ich deutete auf ein kleines, aus Holz geschnitztes Wesen, das aus einem Kopf, einem Rupf und zwei Auswüchsen vorn und hinten bestand, die offensichtlich Vorder- und Hinterbeine darstellten. Es war auf dem kleinen Regalbrett platziert worden, das über Cassies Bett an der Wand verschraubt war, und sah nun auf uns hinunter.

»Ja. Ist gestern fertig geworden.«

Ich griff danach und drehte es zwischen den Fingern.

Die Oberfläche fühlte sich angenehm glatt und weich an.

»Es ist ein Schaf«, erklärte Cassie und nahm es mir gleich wieder aus der Hand, um es zurückzustellen. »Ich hab es ganz ohne Hilfe geschnitzt, zum ersten Mal. Mein Vater hat mir zwar hin und wieder über die Schulter gesehen, musste aber nie helfen, und ich habe mich nur einmal in den Finger geschnitten.«

Ich ließ meinen Blick auf dem kleinen Holzschaf ruhen. »Es ist hübsch.«

»Danke. Es heißt Anton.«

Ich grinste und sah sie an. »Anton?«

»Ja, Anton.« Sie nickte todernst.

»Okay.« Ich begann, in meiner Tasche zu wühlen. »Aber erzähl mal, wie geht es dir?«

»Super. Ich freue mich total auf die Feier nachher. Und dir?«

Anstatt zu antworten, übergab ich ihr ein kleines, rot verpacktes Päckchen.

»Für mich?«, stellte Cassie die Frage, deren Antwort ja wohl offensichtlich war, während ihre Finger bereits dabei waren, den Tesafilm zu bearbeiten, von welchem ich Unmengen hatte verwenden müssen, bis das Päckchen endlich dicht verpackt gewesen war. Unter dem Geschenkpapier zog sie eine kleine, braune Schatulle hervor, und als sie diese öffnete und sich auf ihrem Gesicht ein Lächeln ausbreitete, atmete ich erleichtert aus. »Gott sei Dank, ich hatte Angst, dass du sie hässlich findest.«

»Die ist wunderschön.« Sie zog eine goldene Kette hervor, in dessen Anhänger ein winziger Edelstein eingearbeitet war, dessen Farbe dem Blau ihrer Augen glich. Dass es das Blau ihrer Augen war, sagte ich aber natürlich nicht, da es viel zu kitschig gewesen wäre, ebenso wie ich mir einen Monolog darüber verkniff, dass es vermutlich – angesichts des Einkaufspreises – kein echter Edelstein war. Stattdessen half ich ihr, die Kette umzulegen.

»Danke, Helene.« Sie umarmte mich und einen kleinen, zeitlosen Moment der Ewigkeit verharrten wir beide so. »Weißt du«, sagte sie dann unvermittelt und löste sich von mir. »Ich würde gerne meinen ersten Kuss bekommen, mit fünfzehn. Ich will wissen, wie das ist. Wie es sich anfühlt.« Sie schaute mich an. »Findest du das albern?«

Ich schüttelte den Kopf. »Daran ist nichts albern.«

Sie zog die Knie ans Kinn und umschlang die Beine mit den Armen. »Was ist mit dir?«

»Ich weiß nicht, wie es ist.«

»Aber wüsstest du es gerne?«

Ich legte den Kopf schief. »Keine Ahnung. Manchmal vielleicht.«

»Hat Erik schon mal wen geküsst?«, fragte sie.

»Woher soll ich das wissen?«

»Ich dachte, ihr redet über so etwas.«

»Nein.« Nach einer kurzen Pause fügte ich hinzu: »Aber ja, ich denke schon, dass er jemanden geküsst hat.«

»Denkst du, er hat sie gerngehabt?«

»Vielleicht. Vielleicht war es aber auch bedeutungslos.«

»Hm.« Cassie wirkte nachdenklich. »Ich will keinen Kuss, der bedeutungslos ist.«

»Dann wird es länger dauern, bis du geküsst wirst. Viel länger. Heutzutage werden Küsse doch verteilt wie Handschläge. Man tut es, weil einem danach ist, und danach geht man und macht es mit einem anderen, ohne das zu hinterfragen.«

»Das klingt irgendwie schwarzmalerisch.«

»Nein. Ich habe nie gesagt, dass es etwas Schlechtes sei.«

Eine Weile schwiegen wir. Ich stellte mir Erik beim Küssen vor, den großen Erik mit den hellbraunen Haaren und muskulösem Oberkörper, wie er ein Mädchen im Arm hielt und an sich zog. Es war ein komischer Gedanke, aber ich wusste, dass er darum vermutlich nicht weniger realistisch war, da unsere Gedanken viel zu oft nicht fassen können, was wahr ist, egal ob es um komplexe wissenschaftliche Gegebenheiten oder um einen einfachen ersten Kuss geht. Ja, Erik hatte mal jemanden geküsst, da war ich sicher. Ich wusste nur nicht, wen, und ehrlich gesagt spielte es auch keine Rolle.

Cassie war diejenige, die die Stille durchbrach. »Der erste Kuss kann nicht bedeutungslos sein, Helene. Es ist der erste Kuss, ganz egal mit wem. Ich denke, man wird sich immer daran erinnern, und damit hat er Bedeutung.«

»Willst du verliebt sein, bevor du jemanden küsst?«

»Ja, das will ich sehr gern.« Sie nickte und warf einen verträumten Blick aus dem Fenster in den Garten. »Und ich will, dass er in mich verliebt ist. Meine Mutter sagt, dass es sich lohnt, auf den Richtigen zu warten, und wenn es der Richtige ist, dann wird es so sein.«

»Der Gedanke ist nett«, erwidere ich.

»Nett?«

»Ja. Ich meine, klar ist Verliebtsein toll«, erwiderte ich.

»Klingt nicht überzeugt«, warf sie vorsichtig ein.

»Du kennst mich doch, ich bin da pragmatisch. Wenn ich nicht verliebt bin, dann bin ich es eben nicht. Das macht das ganze Geküsse nicht zwingend weniger wertvoll, vermute ich. Das Leben besteht ja nicht nur aus dem, was wir uns ausmalen, sondern vor allem aus dem, was am Ende passiert. Und das sind oft zwei grundverschiedene Dinge.« Einen Moment hielt ich inne, bevor ich ihr fest in die Augen schaute und sagte: »Cassie – bitte versprich, dass du es mir unbedingt und sofort sagst.«

»Was soll ich dir sagen?«

»Wenn du geküsst wirst, dann will ich es wissen. Mit allen Details.«

Sie grinste, sodass sich kleine Fältchen um ihre Augen bildeten. »Du kommst vor mir dran.«

Ich runzelte die Stirn. »Du sollst es versprechen, egal wer zuerst drankommt.«

»Gut. Ich versprech's.«

Cassie stand auf und öffnete das Fenster, um die kühle Luft des späten Nachmittags hereinzulassen. Es roch gut, nach Erde und Gras und einem sich verabschiedenden Sommer, dessen allmählicher Fortgang vom Gesang der Vögel begleitet wurde. »Die anderen kommen in einer halben Stunde«, meinte sie mit einem Blick auf die Uhr. »Ich muss mich noch umziehen, kannst du mich beraten?«

Ich seufzte. »Wenn du meinst, dass ich dazu geeignet bin.«

Während ich mir eine dünne Wolldecke um die Schultern legte und mich mit dem Rücken gegen die Tapete lehnte, ging Cassie rüber zum Kleiderschrank. Sie zog zwei Kleider hervor, ein dunkelblaues, das ihr bis zu den Knien ging und von einem schlichten, schwarzen Gürtel geziert wurde, und ein cremefarbenes, das ganz luftig und leicht um ihren Körper fiel, etwas kürzer war und dessen Rockende von leichter Spitze geziert wurde. »Ich kann mich nicht entscheiden. Welches ist besser?«

»Das zweite, das cremefarbene.«

»Sicher?«

»Klar. Das macht dich erwachsen.«

»Hm.« Cassie musterte das Kleid, als müsste sie noch überlegen, ob sie überhaupt erwachsen aussehen wollte oder ob ihr das zu unheimlich war, dann nickte sie aber und packte das andere wieder weg. »Super, dann ist das ja geklärt.« Mit diesen Worten zog sie sich das T-Shirt über den Kopf und schlüpfte aus dem rosafarbenen Rock, sodass sie nur noch in schneeweißer Unterwäsche vor mir stand. Ich erinnere mich deutlich an den blassen Anblick ihrer Haut, während Rücken und Arme auf solch unwillkürliche Weise mit Sommersprossen bedeckt waren, als hätte jemand ein liebevoll gestaltetes Kunstwerk zum Ausdruck eigener Unbeholfenheit hinterlassen wollen, während ihre Gestalt so zierlich schien, dass ich bei genauem Hinsehen sogar sehen konnte, wie sich einzelne Rippen unter der Haut ihres Brustkorbs abzeichneten.

Cassie trug ein Bustier, keinen BH. Denn für Letzteren hatte sie einfach nicht genügend Brüste. Genauer gesagt hatte sie gar keine.

Sie war ein Kind geblieben.

»Glaubst du, dass Erik mich hübsch findet?«, fragte sie.

Die Frage war merkwürdig, wie sie so da stand, halbnackt und entblößt mit dem Rücken zu mir, sich selbst im Spiegel musternd und zugleich in Erwartung einer erhellenden Antwort auf diese beinahe entstellend direkte Frage. Es fiel mir schwer, sie weiter anzusehen; vielleicht, weil sie auf mich plötzlich verletzlich wirkte. Doch anstatt auszuweichen, wanderte mein Blick ihren Rücken hinunter, Wirbel für Wirbel bis zum Stoff ihrer Unterhose, und dann die schmalen Beine entlang bis zu den zierlichen, kleinen Füßen. »Keine Ahnung«, sagte ich dann. »Ich denke, dass ihm egal ist, was Menschen anhaben.«

»Ich rede nicht vom Kleid. Ich rede von mir. Denkst du, dass er mich hübsch findet?«

Sie drehte sich zu mir um und unsere Blicke verharrten ineinander, während Cassies Frage im Raum stand, laut und schreiend. Es fühlte sich komisch an, wie wir einander ansahen, fast wie Krieg, aber wirklich nur fast, denn ich wusste, dass es keiner war, kein echter Krieg zumindest. Denn Cassie und ich bekriegten einander nicht, niemals. Und trotzdem schaute sie an diesem Tag nicht weg, sie verdrängte die Stille nicht, sondern ließ sie zu, genauso wie die Kälte und die Spannung und das Ziehen in meinem Magen, die mich auf einmal still und heimlich und eindringlich überrannten.

»Ist es dir wichtig, was Erik denkt?«, fragte ich möglichst sachlich, ohne sie aus den Augen zu lassen, und Cassie schüttelte den Kopf. »Nein.« Sie biss sich auf die Unterlippe, senkte dann den Blick, sah mich wieder an, sah wieder weg, sah mich wieder an, und währenddessen vergruben sich ihre Finger tiefer und tiefer im Stoff des cremefarbenen Kleides, das sie immer noch in den Händen hielt. »Warum fragst du dann?«, wollte ich wissen.

»Es war ein Gedanke«, sagte Cassie.

Wir schauten uns immer noch an.

Und lasen einander wie in offenen Büchern.

Doch wir sagten nichts mehr.

Nichts über Erik, nichts über Gefühle.

Nichts über Freundschaft.

Prioritäten.

Eifersucht.

Liebe.

Denn es war egal.

Alles was zählte, waren sie und ich.

Es dauert einige Sekunden, bevor einer von uns auf das Klingeln reagiert, denn es durchdringt die Stille so unerträglich intensiv, dass meine Arme es nicht schaffen, nach dem Telefon zu greifen. Meine Mutter ist diejenige, die abnimmt, ihren Namen sagt und lauscht, während mein Herz stehen bleibt. »Sie ist okay«, sagt sie in den Hörer und reicht ihn weiter an mich, woraufhin mein Herz einen Satz macht und endlich weiterschlägt, schneller und schneller, bis es sich überschlägt und nur darauf wartet, Cassies Stimme zu hören, damit endlich alles okay ist.

»Helene?« Es ist nicht Cassie.

Und ich sage nichts, da ich nichts zu sagen habe.

Erik spricht weiter. »Helene, bist du okay? Hast du etwas von Cassie gehört?«

»Nein«, erwidere ich und lege auf.

Als die anderen Gäste kamen, begaben wir uns nach unten. Draußen war es recht warm für September, sodass Cassies Eltern Bierbänke im Garten aufgestellt und bunte Lampions in die Bäume gehängt hatten, die mit den Stunden immer heller zu leuchten schienen, während aus dem Wohnzimmer leise Musik der aktuellen Charts tönte. Es sah aus wie auf einer dieser typischen, perfekten Gartenpartys, auf denen die Mädchen ihre erste Liebe küssen und sich die Jungs den ersten Vollrausch gönnen, und aus unerklärlichen Gründen löste dieser Anblick eine solche Leichtigkeit in mir aus, dass ich wohl lieber *I'm singing in the rain* in ein Mikro gesungen und dabei vor allen anderen auf einem Tisch getanzt hätte, als sie jemand anderem als mir selbst einzugestehen.

Wir waren um die zwanzig Leute, Freunde von ihr, aus der Schule, der Nachbarschaft, der Ballettschule. Cassies Cousin war ebenfalls da, und er hatte seine Freundin mitgebracht, ein stilles, desinteressiert wirkendes Mädchen, das man genauso gut neben dem Apfelbaum hätte abstellen können, um sie gegen Mitternacht wieder einzusammeln, so unbeteiligt wirkte sie.

An einem Grill, der etwas abseits aufgestellt worden war, stand Cassies Vater und brutzelte eifrig. Die Mädchen standen in gackernden Grüppchen zusammen oder aßen Würstchen mit Kartoffelsalat, während die Jungs ihnen heimlich auf den Hintern guckten und politisch inkorrekte Witze rissen. Es war wie in einem amerikanischen Highschoolfilm.

Während Cassie sich unter die Ballettmädchen mischte und Erik sich ein Steak nach dem anderen holte, beobachtete ich das Treiben von einer der Bierbänke aus. Lang allein war ich dort nicht – keine fünf Minuten nach mir setzte sich Melissa, ein Mädchen aus unserer Klasse, mit so begeistertem Lächeln zu mir, als hätte sie den ganzen Abend nur auf diese einmalige Gelegenheit meiner Gesellschaft gewartet.

»Schicke Bluse«, sagte sie mit betontem Augenaufschlag. Wie zuvor Cassie meinte sie die für mich untypisch feminine Satinbluse, zu der meine Mutter mich gedrängt hatte und die nun locker über meine Schultern fiel. »Ziemlich coole Feier, oder? Normalerweise steh ich ja so gar nicht auf Partys mit Elternaufsicht, aber dieser Garten ist einfach … romantisch!« Melissas Wimpern waren so dicht und perfekt geschwungen, dass ich sicher war, sie wären künstlich und ihre Stimme klang etwas zu hoch, so wie immer. »Sag mal, euer Erik ist schon ziemlich süß, findest du nicht?«

Etwas irritiert sah ich sie an. »Er ist nicht *unser* Erik.«

»Aber süß ist er.« Sie zwinkerte so übertrieben, dass ich sie am liebsten gefragt hätte, ob sie eine Fliege im Auge hatte oder von irgendeiner Allergie heimgesucht wurde. In dem Moment fiel mir auf, wie alles an Melissa übertrieben war: die Gestik, die Mimik, die Stimmlage, die Schminke.

»Ich denke nicht, dass er sich selbst als süß beschreiben würde.«

»Das tun die Jungs doch nie.« Sie seufzte theatralisch, beugte sich über den Tisch zu mir rüber und senkte die Stimme, als wollte sie mir die neuesten Geheimnisse der CIA verraten. »Hand aufs Herz. Läuft da was, zwischen dir und ihm? Ich meine, ich will ja nichts sagen, aber ihr würdet so gut zusammenpassen!« Wieder dieser ätzende Augenaufschlag.

»Ich bin lesbisch«, informierte ich sie trocken.

Sie riss die Augen auf und zwinkerte nun in so hoher Frequenz, dass ich kurz eine Herzattacke befürchtete. »Wiiiirklich?! Das tut mir ja jetzt leid, ich wusste ja nicht, dass du –«

»Nein.« Ich zog die Augenbrauen hoch und schaute in ihr übermäßig irritiertes Gesicht. »Aber man kann auch einfach so mit Jungs befreundet sein, ohne sie gleich anzuspringen. Um ehrlich zu sein hat das viele Vorteile, viel mehr als wenn man anfängt, sie zu daten. Könntest du ja auch mal versuchen, wie wär's? «

»Hm.« Melissa zog die Augenbrauen zusammen. »Du findest ihn nicht heiß?«

»Nein, nicht so.«

»Schade.« Sie warf ihre Haare zurück, wobei mir ihre knallrot lackierten Fingernägel ins Auge stachen. »Ich würde ihn ja sofort nehmen, wenn ich nicht schon jemanden hätte.« Mit diesen Worten warf sie suchende Blicke in Richtung Grill. »Marcel, Schatz, kommst du mal?«, schrie sie und ruderte dabei mit den Armen, als wollte sie einen Fliegenschwarm verscheuchen, und gleich kam ein großer, muskulöser Typ mit zu viel Gel in den Haaren und zu tiefem Ausschnitt im T-Shirt angetrottet und küsste Melissa mit extrem gespitzten Lippen auf den Mund, was sie zu einem leisen, begeisterten Quieken veranlasste. »Kennt ihr euch schon?«, fragte sie mich, woraufhin ich ihm höflich und mit Händedruck meinen Namen nannte, aber zwei Sekunden später aufstand, um mich zu Cassies Cousin rüberzusetzen. Dieser steckte seiner Freundin die Zunge gerade extratief in den Hals – vermutlich damit bloß keinem auffiel, dass sie sonst kein einziges Wort von sich geben würde – aber dennoch schien er mir eine gesellschaftliche Verbesserung zu sein.

Als es komplett dunkel geworden war, vielleicht so gegen zehn oder halb elf, holten Cassies Vater und Erik Holz aus der Garage, um es zu einer kleinen Feuerstelle in der Nähe des Apfelbaumes zu bringen. Dann, während Cassies Vater auf dem Boden kniete und das Feuer entfachte, trugen wir zwei Bierbänke rüber, und schließlich brannte das Feuer und wir alle versammelten uns drum herum, steckten Marshmallows auf Stöcke und hielten sie über die Flammen, die so hoch aufschlugen, als würden sie sich nach den ersten Sternen verzehren, die sich am Himmel abzuzeichnen begannen. Cassie saß rechts neben mir, mit Gänsehaut auf den nackten Knien, sodass ich den Arm um sie legte und ihren Kopf auf meine Schulter zog. Sie roch gut nach ihrem süßlich-herben Lieblingsparfüm, und ihr orangerotes, langes Haar fühlte sich vertraut an an meinem Hals. Ihre linke Hand wanderte in alter Gewohnheit auf mein Knie, und ich legte meine obendrauf, spürte die vertraute Kälte in ihren Fingern und verhakte dann meine mit den ihren. Und wenig später holte Erik seine Gitarre aus dem Haus, begann zu spielen und zu singen und irgendwann, in tiefer Nacht und nur von dem Rauschen des Windes im alten Apfelbaum begleitet, stimmten wir alle mit ein. Melissa ein bisschen zu schief und zu laut, Erik mit tiefer, etwas kratziger Stimme und Cassie zart und leise, während ihr Kopf noch immer auf meiner Schulter lag und wir gemeinsam in die Flammen starrten. Es war genau dieser eine Moment, der mich daran erinnerte, wie egal die Welt eigentlich war, solange wir beide Seite an Seite in ihr bestanden, sodass ich sie noch ein Stück fester an mich ranzog, als hätte ich schon damals Angst gehabt, sie zu verlieren.

Ich bleibe am Küchentisch sitzen.

Den ganzen Tag und den ganzen Abend, und die ganze Zeit über höre ich weit entfernt dieselben Liedzeilen wie an jenem Spätsommerabend, als die Welt in Ordnung war. Gemeinsam mit den Klängen von Eriks Gitarre begleiten sie meine Gedanken an Cassie, mein Warten, meine Angst, mein Schweigen, das ich selten breche, während ich meiner Mutter irgendwann helfe, das Abendessen zuzubereiten und Jens irgendwann wieder mit Hannah zurück nach Hause fährt.

Doch trotz aller Ablenkung ziehen sich die Minuten wie Kaugummi und die Stunden fühlen sich an wie schwarze Löcher, in denen ich ertrinke, ohne zu sterben. Es dauert unerträglich lang, bis ich nachts um halb zwölf erfahre, dass Cassie tot ist.

Zwei

Isolation

Wenn du erfährst, dass der Sinn deines Lebens nicht mehr existiert, spürst du erst einmal gar nichts. Es ist still um dich herum, und du hörst dir selbst zu, wie du ein- und ausatmest und ein und aus. Du wartest darauf, dass alles zusammenbricht, aber es bricht nichts zusammen, stattdessen steht alles starr und still, als hätte die Welt einen Moment lang aufgehört, sich zu drehen. Du sagst dir, dass du weinen solltest, dass du zusammenbrechen solltest, dass deine schlimmsten Ängste nun wahr geworden sind, dass dein Herz stehen bleiben sollte. Trotzdem passiert nichts davon, und stattdessen stehst du wortlos vom Küchentisch auf und verlässt den Raum, während deine Mutter daneben steht und dich mit einem Schmerz und einem Kummer in den Augen ansieht, den eigentlich du empfinden solltest und nicht sie.

Du verlässt den Raum, läufst den Flur hinunter und gehst in dein Zimmer, verschließt die Zimmertür hinter dir und starrst das Nächstbeste an, was dir begegnet. In meinem Fall ist das mein Spiegelbild über der Kommode.

Und dann wartest du.

Du wartest, und du weißt, dass er kommen wird, der Schmerz.

Aber wenn er dann da ist, schlägt er auf dich nieder wie eine riesige Welle, größer und grausamer als du es dir je hättest vorstellen können. Und so schlägt er auch auf mich nieder, der Schmerz, von einer Sekunde auf die andere zerreißt es mein Inneres, meine Knie geben nach und ich sacke zusammen, bekomme keine Luft, kauere am Boden, strecke mein Gesicht zur Decke, als wolle ich aus einem tiefen Meer auftauchen, schluchze, als würde ich ertrinken, finde dann ganz plötzlich mich selbst und schreie.

Ich schreie, weil ich nichts anderes tun kann, während es mein Herz zerfetzt, ich schreie, so laut ich kann, in dem Versuch, lauter zu sein als der Schmerz, aber dieser ist zu groß, als dass irgendetwas ihn übertönen könnte.

Ich weine.

Nie zuvor habe ich so geweint.

Schlage auf den Boden ein.

Und doch verschwindet das Bild nicht aus meinem Kopf, das Bild von Cassie, wie sie vor mir stand, wie sie mich angesehen hat, wie sich ihre Finger um das Geländer geklammert haben, wie sie nichts mehr wollte als überleben. Das Bild von der Angst in ihrem Blick, von der Bitte um Gnade, die darin lag, das Bild von den Tränen auf ihren Wangen, dem grünen, dreckverschmierten Mantel. Es ist ein Bild, das mir das Herz bricht angesichts der Tatsache, dass ich diejenige bin, die sie letzten Endes verraten hat.

Wenn man lange genug weint und auf Böden einschlägt und schreit und sich dem Schmerz hingibt, während die eigenen Eltern verzweifelt auf der anderen Seite der Tür stehen und nichts tun können, um einen zu retten, ist man irgendwann so leer, dass man nichts davon mehr tun kann. Dann kauert man sich in eine Ecke, weit weg von der Welt, allein mit sich selbst und den Trümmern, die vor einem liegen. Man fragt sich, wann das Klopfen an der Tür aufhört, wann die Menschen endlich verstehen, dass keine Umarmung der Welt etwas verändern würde, wann endlich niemand mehr mit dir reden und dich bemitleiden will. Irgendwann hört das Klopfen auf, und dann nickt man vielleicht ein, nur um zehn Minuten später von Albträumen aus dem Schlaf gerissen zu werden. Also rolle ich mich auf meinem Bett zusammen und starre die Wand mir gegenüber an, um zu warten, bis mein eigenes Leben endlich überstanden ist.

Es ist zwei Uhr nachts, als ich aufstehe und mich aus der Jeans schäle, die ich seit heute Morgen trage. Es ist die Jeans, in der ich Cassie begrüßt habe, die Jeans, die ich in der Sekunde trug, als sie diese Welt verlassen hat. Ich will sie nicht mehr sehen und stopfe sie ganz nach hinten ins oberste Fach meines Kleiderschranks, um anschließend auch mein Shirt auszuziehen und in ein zu großes, altes Hemd aus der Jugendzeit meines Vaters zu schlüpfen. Meinen verwaschenen Baumwollslip lasse ich an, gehe dann zu meinem Schreibtisch, schalte die Musikanlage an, die ich voriges Jahr von meinen Eltern zu Weihnachten geschenkt bekommen habe, und beschalle die gesamte Wohnung mit den Klängen von AC/DC.

Sound of the drums,
Beating in my heart,
The thunder of guns
Tore me apart.
You've been
Thunderstruck.

Es dauert keine fünf Minuten, bis meine Eltern wieder gegen meine Zimmertür schlagen. Aber es ist mir egal, sie sind mir alle egal; ich mache die Musik so laut, dass ich auch ihr Schreien und Gehämmer nicht mehr höre. Irgendwann glaube ich, dass sie aufgehört haben.

Geschrien hat sie, lauter als alle anderen.

»Helene.«

Das hat sie geschrien.

Nur ein einziges Mal.

Ich verliere das Zeitgefühl. Es ist bereits am nächsten Vormittag, als ich in einer Pause zwischen *Thunderstruck* und *Thunderstruck* (ich höre den Song auf Repeat) aus meinem schmerzvollen Delirium erwache, weil es auf einmal wieder klopft und ich unvermittelt auf die Uhr schaue. Halb zehn. Ich frage mich, wo die Nacht hin ist, und beim Gedanken, dass sie wie Cassie ins Nirgendwo verschwunden ist, wird mir übel. Ich reagiere nicht auf das Klopfen, drehe aber die Musik ab, weil sie mir unendliche Kopfschmerzen bereitet, woraufhin die Stille mich fast erschlägt. Und dann klopft es wieder und ich kann Eriks Stimme hören. »Helene, mach auf.«

Ich gehe zur Tür und drehe den Schlüssel herum. Beobachte, wie sich die Klinke nach unten bewegt und die Tür sich einen Spalt breit öffnet.

»Kann ich reinkommen?« Eriks Stimme ist belegt; als ich nicht antworte, tritt er ein.

»Sperr wieder ab«, weise ich ihn an und schalte die Musik trotz Kopfweh aus Prinzip wieder ein. Danach gehe ich auf direktem Weg zurück zum Bett, wo ich mich in meine gewohnte Position begebe, um die Wandfarbe zu betrachten und damit von allem anderen wegsehen zu können.

Erik ist der Erste, der nicht reden will.

Stattdessen lässt er AC/DC laufen und setzt sich auf meinen Schreibtischstuhl, dreht sich in meine Richtung und beugt sich dann vornüber, um den Kopf an den Händen abzustützen, die Ellenbogen auf den Knien, während er mich anschaut und ich immer noch die Wand. Doch irgendwann wird mir die Wand zu weiß und leer und ich wende den Blick ab. Betrachte Erik vom Haaransatz bis zu den Zehenspitzen, wobei mir auffällt, dass ich nicht mal seinen Musikgeschmack kenne und ich daher auch nicht beurteilen kann, oder er *Thunderstruck* scheiße oder super findet. Er trägt ein schwarzes T-Shirt, auf dem in Weiß der Grundriss von Neuseeland abgebildet ist. Sein Männerdeo rieche ich bis hier; Moschus vermutlich, das mixen sie ja fast überallrein heutzutage, denn angeblich stehen die Frauen drauf. Eriks Jeans hat am linken Hosenbein einen Riss und braune Striemen, was mich dazu verleitet, die Musik erneut abzustellen.

»Warst du wieder im Wald?«, frage ich.

»Gestern Abend noch, ja.«

»Gestern Abend?« Ich ziehe die Augenbrauen hoch.

»Ja. Musste sein. Gab viel zu tun. Mein Vater hat mich gebraucht.«

»Du musst dich nicht rechtfertigen.« Ich merke, dass ich schnippisch klinge.

»Mach ich auch nicht.«

»Und? War's schön?«

Erik antwortet nicht.

»Es ist okay, wenn es schön war.«

Erik presst die Lippen aufeinander, atmet einmal tief ein und geräuschvoll wieder aus. »Was wird das, willst du jetzt streiten?«

»Nein. Ich finde es nur seltsam.«

»Was? Dass ich meinem Vater helfe?«

»Ich sag ja gar nichts, jedem das Seine.«

Plötzlich wird er laut. »Kannst du einfach mal still sein, verdammt!« Er schluckt. »Ich bin dir keine Rechenschaft schuldig, also stell nicht so bescheuerte Fragen. Kann sich ja nicht jeder verbarrikadieren und alles stehen und liegen lassen.« Er schnaubt, und obwohl er sich abwendet, sehe ich, dass in seinen Augen plötzlich Tränen stehen.

Ich mache den Mund auf, um etwas zu erwidern, und dann wieder zu.

Und dann schweigen wir.

So lange, bis es wieder dunkel und mir kotzübel wird und noch dazu mein Kopf so sehr wehtut, dass ich einen bleibenden Hirnschaden vermute und auf einen schnellen daraus resultierenden Tod hoffe.

»Du musst etwas essen«, durchdringt Eriks Stimme die Stille, als die Uhr an meiner Wand bereits kurz nach neun anzeigt. Ich lege den Kopf schief und beiße mir auf die Lippe. »Nein«, flüstere ich, so leise, dass er es gar nicht hören kann.

Um elf steht Erik dann auf und sagt: »Es tut mir leid, was mit Cassie passiert ist. Glaub mir, ich weiß, wie es dir geht.«

Ich starre ihn an und finde für einen kurzen Moment keine Worte.

»Verpiss dich«, sage ich, und als er mich nur ausdruckslos ansieht, fange ich entgegen meinem Willen an, zu schreien. »Ich habe gesagt, dass du dich verpissen sollst!« Meine Hand greift nach einem kleinen Teelichthalter auf meinem Nachttisch, und ohne drüber nachzudenken werfe ich ihn in seine Richtung, sodass er mit einem lauten Klirren an der Wand zerspringt und tausend Glassplitter auf den Teppich fallen. Erik steht nur da und schaut mich an, immer noch. Sein linker Mundwinkel zuckt merkwürdig, während der Rest seines Gesichts keine Regung zeigt.

»Ich will dich nicht mehr sehen«, fauche ich, und dann bewegt er sich endlich, dreht sich auf dem Absatz um und geht. Erst, nachdem er ohne weitere Worte mein Zimmer verlassen und ich abgeschlossen habe, sinke ich an der Tür zu Boden und habe nicht mal mehr die Kraft, zu weinen.

Nach ein paar Minuten bemerke ich ein leises Stechen in meinem rechten Fuß. Eine Glasscherbe hat sich in die nackte Fußsohle gegraben; ein winziges Rinnsal aus Blut bahnt sich nun einen Weg Richtung Teppichboden. Ich stehe auf, humple zum Bett, greife nach einem Taschentuch, ziehe die Scherbe heraus und presse das Tuch auf die Wunde. Sie spielt keine Rolle.

Meine Cassie ist tot.

»Ballett also.«

»Ja, Ballett.«

»Und wer geht mit?«

»Erik.«

»Erik. Mhm.« Mein Vater nickte, während er suchend das Chaos auf seinem Schreibtisch betrachtete. Es waren Berge aus Akten und Ordnern und Papieren; darunter stach der ein oder andere Notizzettel ins Auge, halbherzig aus Terminkalendern herausgerissen und lieblos bekritzelt. Ich folgte seinem Blick und beobachtete seine Hände dabei, wie sie Zettel aus Bergen weiterer Zettel hervorzogen, wie mein Vater dann seine Stirn in tiefe Falten legte, die sich in seine Haut gruben wie Furchen in eine frisch beackerte Erde, wie er den Kopf schüttelte und die Hände dann halb resigniert in anderen Papierbergen versenkte. Es sah aus, als hätten auf seinem Schreibtisch tausend Schlachten gewütet und als würde er nun in hilfloser Einsamkeit versuchen, in ihren Trümmern einen Fetzen von Struktur zu finden, um dann aus diesem Fetzen herauszulesen, wie man sich einer Schlacht stellt, die einem nachts den Schlaf raubt und tagsüber nicht aus dem Zimmer lässt.

»Hast du deine Mutter gefragt?«

»Warum muss ich fragen? Es ist nur eine Ballettaufführung, und ich bin kein Kind.«

»Frag sie trotzdem. Keine Diskussion.«

Ich seufzte. »Wenn es sein muss.«

»Was macht die Schule?«

»Passt schon.«

»Gut.« Kurz schaute er auf, rang sich ein Lächeln ab. Seine Brille saß schief auf der Nase, noch schiefer als sonst. Er sah erschreckend müde aus, müder als alle Menschen, denen ich sonst je begegnet war; die Ringe unter seinen Augen waren Zeuge langer Abende und kurzer Nächte. Doch ich hatte gelernt, darüber hinwegzusehen, da es sich in unserer Gesellschaft so gehört, die Dinge, die man nicht sehen will, zu verschweigen. Und manchmal, nur manchmal, beuge auch ich mich der Gesellschaft.

»Cassie hatte am Wochenende Geburtstag«, erzählte ich.

»Wir haben gegrillt, das Essen war unheimlich gut, und dann haben wir Lagerfeuer gemacht. Und Erik kann Gitarre spielen, wusstest du das? Verdammt gut sogar.«

»Schön.« Er starrte auf irgendein Stück Papier, das vor ihm lag.

»Ich hab ihr eine Kette geschenkt. Mit einem blauen Stein.«

Etwas überrascht sah er mich an, als wüsste er nicht, warum ich das erzähle. »Schön.«

Ich zögerte. »Soll ich dich alleine lassen?«

»Ja.« Er nickte eifrig, ohne aufzublicken. »Ja, das wäre gut.« Und dann blätterte er weiter, als wäre ich längst nicht mehr da. Nur einige Sekunden hielt ich noch inne, um wortlos zuzusehen, wie die Falte auf seiner Stirn immer tiefer wurde und mein Vater immer mehr so aussah, als wäre er ein Schiffbrüchiger am Ende seiner Kräfte, der sich kurz vor dem Ertrinken dazu aufraffen kann, noch ein kleines Stück weiter zu schwimmen, weiter raus aufs offene Meer, das ihn doch nur verschlingen will.

Natürlich hatte meine Mutter nichts gegen die Ballettaufführung einzuwenden. Angesichts ihrer enthusiastischen Reaktion auf meine Frage nach ihrer Ausgeherlaubnis vermutete ich im ersten Moment sogar Freude darüber, dass ihre Tochter sich mit derart hochwertigen Veranstaltungen begnügt, anstatt mit Jungs und Alkohol zu experimentieren. Vielleicht war es aber auch nur der Gedanke an eine kleine Cassie in rosafarbenem Tütü, der ihr ein Lächeln ins Gesicht zauberte.

Die Aufführung fand dann knapp eine Woche später in einem großen, alten Theatergebäude statt, welches von außen unscheinbar und nahezu verlassen wirkte. Ich traf Erik am Seiteneingang, und musterte sein schwarzes Hemd, das er sich in die schwarze Anzughose gesteckt hatte. »Du hast dich ziemlich in Schale geworfen.«

»Ebenso, die Dame.« Er meinte meinen Blazer, unter dem ich eine anthrazitfarbene, elegante Bluse meiner Mutter trug, während mein dunkles, langes Haar offen darüberfiel. Geschminkt war ich nicht; ich schminkte mich niemals und hätte vermutlich nicht einmal gewusst, wie man Wimperntusche einsetzt, ohne danach auszusehen wie ein Monster mit gigantischen Augenringen.

»Können wir?«, fragte Erik und verneigte sich spielerisch vor mir, um mir dann mit übertrieben ehrfürchtiger Geste seinen Arm zum Unterhaken anzubieten. »Himmel, unterstehe dich!« Ich musste lachen und boxte ihn versehentlich etwas zu fest in die Seite, um ihn gleich darauf stehen zu lassen und den Haupteingang zu suchen.

Wir durchquerten das Foyer und betraten durch barocke Flügeltüren einen Saal mit unendlich hohen Stuckdecken und leer gefegter Bühne ganz vorne. »Altehrwürdig« hatte meine Musiklehrerin das Gebäude einst genannt, als sie versuchte, uns einen Opernbesuch »extra für junge Leute« schmackhaft zu machen, und nun war ich tatsächlich fasziniert von edlen Wandleuchten und dem geschwungenen Geländer aus massivem, dunklem Holz auf der Empore über uns. Erik und ich suchten uns unsere Plätze in der achten Reihe.

An jenem Abend tanzte Cassie in einer Neuinterpretation von *Romeo und Julia*.

Sie war dabei weder Romeo noch Julia, sondern Julias Amme, die in Shakespeares Geschichte genauso zur Familie der Capulets gehört wie deren eigene Eltern. Und während sich Romeo im Verlauf des Stücks in seine Julia verliebte und Julia sich zwischen Familie und romantischer Sehnsucht zu zerreißen schien, gliederte sich Cassie in ihrem dunkelgrünen Kostüm in die Geschichte ein wie in eine ganz eigene Welt. Ihr Haar war hochgesteckt, die Lippen blass wie immer, die Augen von dunklem Lidschatten umrahmt. Und dann tanzte sie ganz plötzlich alleine, sie tanzte, wie ich sie noch nie zuvor hatte tanzen sehen, auf einer sonst leeren Bühne zum einsamen Stück einer Violine. Die zierlichen Arme schienen bei jeder Bewegung auf andächtige Weise beinahe zu zerbrechen, und während ich keinen Menschen je zuvor mit so viel Gefühl und in solcher Perfektion gesehen hatte, verlor sich ihr Blick weit weg von uns mitten im Saal.

Es war still, als der letzte Ton der Violine verklang.

Herzzerreißend still.

Fast konnte ich sie atmen hören, wie sie auf der Bühne stand, regungslos, und in die Menge sah. Ihr Brustkorb hob und senkte sich auffallend schnell.

Und dann klatschten sie, sie alle klatschten und Cassie war plötzlich wieder unter uns, blickte nahezu erschrocken in die Menge und verneigte sich kurz und schlicht, um gleich darauf hastig von der Bühne hinter einen Vorhang zu huschen und der Julia Platz zu machen.

»Sie ist der Wahnsinn«, raunte mir Erik von der Seite zu, den ich beinahe vergessen hatte.

»Ist sie«, flüsterte ich zurück, immer noch am Klatschen. »Warum hat sie eigentlich nicht die Rolle der Julia gekriegt? Sie wäre besser gewesen, viel besser, ich meine, schau dir an, wie perfekt sie war. Und sie trainiert echt hart. Sie hätte es verdient.«

Er zuckte die Schultern. »Wollte sie denn die Julia sein?«

»Keine Ahnung.«

»Vielleicht war sie damit dann ja ganz zufrieden.«

Ich strich meine Bluse glatt. »Ja. Vermutlich.«

Nach der Aufführung trafen wir Cassie vor den Umkleiden der Tänzerinnen. Ich sah sie schon von Weitem warten, Frisur und Kostüm noch genauso wie eben auf der Bühne, lief auf sie zu und zog sie an mich. »Du warst atemberaubend«, flüsterte ich ihr ins Ohr und drückte ihr einen Kuss auf die Wange. »Wie eine kleine Elfe, ehrlich. Ein Traum.«

»Du magst doch eigentlich kein Ballett«, erwiderte sie, als ich mich endlich von ihr löste.

»Nein, das nicht. Aber ich mag, wie du tanzt.« Ich machte einen Schritt zur Seite, um Erik Platz zu machen, der sie gleich darauf hochhob, einmal im Kreis wirbelte und dann wieder absetzte. »Glückwunsch, kleine Ballerina, du warst großartig!«, meinte er lächelnd, was Cassie rot werden ließ.

»Nett, dass ihr gekommen seid«, meinte sie nach einer Sekunde des Schweigens, wobei sie erst Erik ansah und dann ihre Schuhspitzen betrachtete. »Ich … muss jetzt aber leider wieder in die Umkleide, wir haben gleich eine Nachbesprechung und draußen warten meine Eltern und Sarah.«

Es war zweiundzwanzig Uhr, als Erik und ich auf die Straße traten. Noch immer standen ein paar Menschentrauben zwischen parkenden Autos; darunter erkannte ich auch den Romeo, ein vielleicht Siebzehnjähriger mit Perücke und in Strumpfhosen. Wir liefen die Straße runter in die Richtung, in der Erik sein Motorrad geparkt hatte – eine alte Kawasaki in dunklem Grau.

»Willst du noch spazieren gehen?«, fragte er unvermittelt, als wir sie erreicht hatten. »Oder haben deine Eltern gesagt, du sollst direkt nach Hause?« Seine Frage überraschte mich, doch das ließ ich mir nicht anmerken. »Das geht schon in Ordnung«, erwiderte ich betont gleichgültig und beschloss innerlich, daheim zu behaupten, dass die Aufführung länger gedauert hätte. Wir schlugen den Weg in eine leer gefegte Seitengasse ein, wo die Laternen nur noch sehr spärliches Licht auf die Unebenheiten des Kopfsteinpflasters warfen und jeder unserer Schritte die Stille der Dunkelheit auf beinahe unangenehme Weise durchdrang.

»Die Aufführung war toll«, begann ich das Gespräch.

Erik lachte. »Und das sagt die, die klassische Musik und Kleider und Mädchensachen hasst.«

»Ich hasse es nicht. Nur liegt es mir einfach nicht so.«

»Ich weiß«, erwiderte er. Und nach einer Weile: »Cassie liegt es aber.«

»Ja. Ihr schon.«

Wieder Stille.

»Woher kommt das eigentlich?«, wollte Erik dann wissen.

»Was denn?«

»Dass du so ungern Mädchen bist.«

»Ich bin nicht ungern Mädchen.«

Er zog die Augenbrauen hoch. »Sondern?«

Etwas verärgert schüttelte ich den Kopf. »Nur, weil man nicht auf Rosa steht, nicht gerne tanzt, weil einen die neuesten Nagellacke nicht interessieren und man keine Blümchenkleider trägt, sondern stattdessen lieber Actionfilme schaut, warum ist man dann gleich weniger Mädchen? Ist das nicht irgendwie unfair?«

»Ich habe nie gesagt, dass du kein Mädchen seist. Oder weniger. Immerhin reitest du, das ist ja zumindest ein feminines Interesse.«

Ich übergehe seinen letzten Kommentar und versuche, sachlich zu bleiben. »Du sagtest aber, ich sei ungern Mädchen, das ist doch Schwachsinn. Was alles von einem erwartet wird, nur, weil man zufällig das eine oder andere Geschlecht hat. Die einen müssen lieb und brav dasitzen, auf Taylor Lautner abfahren und kichern, die anderen werden raus in den Wald geschickt, wo es keinen stört, wenn sie sich prügeln. Das ist absolut willkürlich.«

»Keiner zwingt dich, zu kichern und jemanden anzuhimmeln.«

»Erwartet wird es aber trotzdem, auch wenn es keiner so ausspricht. Und das bin ich nicht, weißt du, ich bin nun mal niemand, der die neuesten Modetrends befolgt und Absatzschuhe trägt und sich elfenhaft bewegt, ich bin mehr.«

Erik musterte mich. »Dann sind klassische Mädchen also schlechter als das, was du bist?«

»Was? Nein. Schlechter sind nur die, die Dinge tun, um einer Rolle gerecht zu werden. Wobei – das ist ja nicht einmal schlecht oder gar verurteilenswert, es ist viel mehr zu bedauern. Ja, bemitleiden sollte man diese Menschen, denn sie leben letzten Endes an sich selbst vorbei und sind am Ende auch die einzigen Leidtragenden, ohne dass sie es bemerken.«

»Sehr philosophische Worte.«

»Nenn es, wie du willst. Wichtig ist nur, dass die Menschen darüber mal nachdenken.«

»Du meinst, ich sollte drüber nachdenken?«

Ich warf ihm einen Seitenblick zu. »Kann ich nicht beurteilen.«

»Okay.« Nach einer Minute der Stille fragte er dann: »Hast du dich je geprügelt?«

»Was?«

Erik grinste plötzlich, wobei ich kleine Grübchen in seinen Wangen erkennen konnte. »Na, ob du dich geprügelt hast, als Kind.«

»Klar. Aber mein Bruder hat immer gewonnen.«

»Und Cassie?«

»Die nicht, nie. Ich hab sie höchstens beschützt, vor den Nachbarsjungen.«

Er schmunzelte. »Das kann ich mir wirklich gut vorstellen.«

Wir bogen nach links ab und liefen an einer kleinen Schneiderei vorbei, in deren Schaufenster ein Gesuch nach einer neuen Mitarbeiterin hing. »Na schön«, fuhr Erik fort. »Also bist du trotz den Prügeleien und den Actionfilmen und dem Kleiderhass gerne Mädchen?«

»Deine Frage ist sinnlos, Erik. Du hängst dich an Stereotypen auf, an Rollendenken, daran, dass man sich über sein Geschlecht definieren muss und über nichts anderes. Es ist doch zweitrangig, ob man jetzt ein Mädchen ist oder ein Junge, zumindest für mich. Genauso wie es egal ist, wo du geboren wurdest oder welche Hautfarbe du hast. Ich bin gerne, was ich bin, genauso und nicht anders. Wenn das für dich heißt, dass ich gerne Mädchen bin oder eben nicht – schön.«

»Okay.«

Wir erreichten eine schmale Gasse zwischen zwei Häusern, vielleicht zwei Meter breit, in der steinerne Treppenstufen hinunter auf eine Querstraße führten. Als wir unten ankamen, hielt er inne; er blieb auf einmal stehen und ich auch.

Die Laterne über unseren Köpfen flackerte.

»Ich mag, was du bist«, sagte er dann frei heraus.

Er sah mich an, ganz direkt, ohne Lächeln im Gesicht und dennoch nicht unfreundlich, während sein linkes Auge beinahe unmerklich zuckte und seine Hände sich noch tiefer in seinen Hosentaschen vergruben als ohnehin schon. Ich spürte, wie meine Knie gegen meinen Willen weich wurden; nicht so sehr, als dass es sonst jemand gemerkt hätte, aber doch genug, dass ich es vor mir selbst nicht leugnen konnte, und obwohl ich mich innerlich dafür verdammte, so erwiderte ich seinen Blick trotzdem, und Erik und ich standen für einige Momente einfach nur da, im Dunkeln und jeder mit für sich verdeckten Karten.

»Wir sollten zurück zum Motorrad«, sagte ich trocken. »Ich muss heim.«

Die ganze Nacht und den ganzen nächsten Tag über lasse ich keinen in mein Zimmer. Nicht meine Eltern, nicht Jens, der wieder extra vorbeifährt in dem kläglichen Versuch, mich aus meinem Zimmer herauszuargumentieren und zum Essen zu bewegen, und auch nicht Hannah, die mir durch die Tür hindurch Gespräche »von Frau zu Frau« anbietet, als hätte ich Regelschmerzen und kein zerfetztes Leben. Vermutlich hätte sie mir bei einem Gespräch auch noch eine CD mit entspannenden Naturklängen und eine Tasse Yogi-Tee in die Hand gedrückt.

Am Abend entscheide ich mich dann doch dafür, Erik anzurufen, damit er herkommt. Dieses Mal, ohne Teelichtgläser nach ihm zu werfen und auch ohne AC/DC im Hintergrund – meine Eltern haben mir die Anlage aus dem Zimmer genommen, als ich mal kurz auf dem Klo war, weil sich die Nachbarn beschwert hatten. Ich habe ihnen wenige Minuten später durch die Tür zugeschrien, dass sie keine Ahnung von meinem Leben und meinen Problemen hätten, wenn ihre einzige Sorge zu laute Musik sei, aber insgeheim war ich schon in diesem Moment dankbar für die Stille, die meinem Kopf wenigstens eine kleine Verschnaufpause ermöglichte.

Als Erik kommt, lasse ich mich nur zweimal bitten, bis ich meine Zimmertür tatsächlich öffne. »Iss«, befiehlt er und stellt mir ein riesiges Stück Pizza hin, das meine Mutter ihm in die Hand gedrückt haben muss. Und jetzt esse ich wirklich; vermutlich, weil ich es ihm schulde.

»Was hast du so gemacht heute?«, frage ich und beiße in die Pizza, die unter Schinken und Käse vermutlich kaum noch atmen kann.

Seine Antwort kommt ein paar Sekunden später als erwartet. »Bäume umgesägt. Mache nicht viel anderes zurzeit. Es hat so gestürmt in den letzten Tagen, dass die angeknacksten Stämme einen sonst noch erschlagen.« Wir setzen uns beide aufs Bett; den Teller mit der Pizza stelle ich auf meinem Schoß ab. Ich habe immer noch keine Hose an, aber das stört keinen von uns, außerdem sind meine Haare zerzaust und ich rieche fürchterlich nach dem Schweiß unruhigen Halbschlafs. »Onkel

Henry hat sich vor zwei Wochen das Fußgelenk angeknackst. Ein ziemlicher Mist, denn er kann jetzt eine Weile gar nicht helfen. Mein Vater packt aber den Wald nicht allein und bis er ein Teilgebiet verkauft hat, braucht er jeden Mann.«

»Du musst nichts erklären.«

»Was meinst du?«, erwidert er, und ich sage: »Du rechtfertigst dich, das wolltest du doch nicht. Und du musst es auch nicht, also lass das sein. Es ist schon okay, wenn du nicht heulend im Zimmer sitzt so wie ich.«

»Ach ja? Ist das okay?« Er legt seine Stirn in Falten.

Ich schaue auf meine Zehen.

»Weißt du, mir tut es gut, draußen zu sein. Wenn die Hände etwas tun. Es befreit den Kopf von ätzenden Gedanken.« Er hält inne, vergräbt das Gesicht in den Händen, und als er die Hände wieder wegnimmt, sieht er plötzlich ganz erschöpft aus. Eigentlich rechne ich damit, dass er jetzt noch was sagt, irgendetwas Emotionales vielleicht, aber das tut er nicht. Er schaut mich nur an, und in seinen Augen sehe ich eine gewisse Leere.

»Ich weiß«, erwidere ich, weil mir nichts Besseres einfällt.

»Gut.«

»Ja, gut.«

Erik atmet hörbar ein und aus und wendet sich dann dem riesigen, offenen Regal aus dunklem Holz zu, das fast die ganze Längsseite meines Zimmers einnimmt, während ich merke, dass mein Bauch sich bereits unangenehm voll anfühlt, obwohl ich erst das halbe Pizzastück geschafft habe. Das Regal habe ich aus dem Haus meiner Oma übernommen, nachdem sie gestorben war; und das, obwohl es eigentlich viel zu altmodisch und ein katastrophaler Staubfänger ist.

»Leni hat einen Platz an der Musikhochschule bekommen«, sagt Erik, während er nach dem riesigen Kompass greift, der auf Augenhöhe in der Mitte des Regals steht und ein Fach ganz für sich allein hat. Meine Mutter hat ihn mir von irgendeinem Flohmarkt mitgebracht. »Sie ist in letzter Sekunde nachgerückt und zieht jetzt kommende Woche nach München.«

»Okay.« Ich warte, bis Erik den Kompass wieder wegstellt und mich ansieht. »Ist es nicht etwas spät? Ich meine, hat das Semester nicht schon begonnen?«

»Schon, aber es ist jemand abgesprungen. Und viel hat sie noch nicht verpasst.«

»Freut mich für sie«, sage ich.

»Mich auch. Sie ist so glücklich, es ist ihr großer Traum gewesen und der wird jetzt wahr.«

Ich muss an Cassie denken. An ihren Traum vom Ballettstudium. In München kann man so etwas machen, genau da, wo jetzt Eriks Schwester hingeht.

»Alles okay?«, fragt Erik stirnrunzelnd. Scheinbar habe ich länger nichts gesagt.

»Ja, klar.« Ich zwinge mich zu einem halbherzigen Lächeln. »Dann hast du bald das ganze Dachgeschoss für dich allein.« Cassie wird niemals irgendein Dachgeschoss für sich allein haben.

»Ja, das habe ich.«

Ich räuspere mich und linse auf die tischtennisballgroße Schürfwunde auf seinem Handrücken, die letztes Mal noch nicht da war. Erik hat große, starke Hände, die eines Holzfällers eben, aber trotzdem wäre das Wort Holzfällerhände die falsche Beschreibung, da die meisten Menschen damit etwas grobschlächtige Züge verbinden, etwas Plumpes und Hässliches, und das trifft nicht zu. Seine Hände sind stark und schön gleichzeitig; die Nägel sind kurz geschnitten, zu kurz, sodass sie fast aussehen wie meine, an denen ich jeden Abend herumkaue. Über seine Handrücken ziehen sich deutliche Adern, rechts etwas stärker als links.

»Wo haben sie sie hingebracht?«, will ich dann von ihm wissen, nachdem ich den letzten Bissen meiner Pizza runtergeschluckt habe und mein Magen furchtbar davon schmerzt.

»Sie wird obduziert. Alle werden obduziert, das macht man so bei unnatürlicher Todesursache. Man will wissen, was genau zum Ableben geführt hat. Aber keine Ahnung, wie lange das dauert. Danach sollte sie bei einem Bestattungsinstitut sein; vielleicht ist sie auch schon da.«

»Wo ist sie?«, wiederhole ich, als würde das Eriks Wissensstand verändern. Plötzlich ist da ein Ziehen in meiner Magengegend, das nicht von der Pizza stammt; eine Enge in meiner Brust, die sich immer mehr zusammenzieht, als würde sich etwas Großes, Schweres auf meinen Oberkörper legen und mir den Atem nehmen wollen.

»Weiß ich nicht. Warum willst du das wissen?«

Ich versuche, tief Luft zu holen. »Ich will sie sehen.«

»Wirst du auf der Beerdigung.«

Die Enge zieht sich weiter zu. »Ich will sie jetzt sehen«, presse ich hervor.

»Das geht leider nicht.«

»Cassie will nicht allein in irgendeiner Kiste liegen. Sie braucht mich.«

»Sie ist tot, Helene.« Seine Worte sind wie Messerstiche.

»Verdammt, ich weiß!«, schreie ich. »Mir musst du das nicht sagen!«

Und dann weinen wir beide.

Jeder für sich, ich ganz doll und so lange, bis alles Wasser aus meinem Körper gespült ist und ich endgültig keine Luft mehr kriege, und Erik still und leise mit steinernem Gesichtsausdruck.

»Schau mal«, sagt er irgendwann und zieht ein zerknittertes Stück Papier hervor und hält es mir hin. »Die Nummern haben sie uns heute in der Schule gegeben.«

Endlich bekomme ich wieder Luft.

»Du warst in der Schule?« Es macht mich wütend, dass Erik neben dem ach-so-wichtigen Wald und dem ach-so-wichtigen Umzug seiner Schwester auch noch Zeit für die Schule hat, und das nur wenige Tage nachdem unsere beste Freundin im Schulhof verblutet ist. Dass er weitermacht wie bisher, mit all den Sinnlosigkeiten des Lebens.

Er nickt. »Vormittags, ganz kurz, ja.« Von seinen Tränen ist nichts mehr zu sehen, nur die Augen sind noch leicht gerötet; ansonsten ist die altbekannte Sachlichkeit zurückgekehrt. »Seit heute sind alle Arbeiten der Polizei beendet, die Schule ist wieder offen. Die meisten waren da. Ich meine, es war noch kein Unterricht, aber die Lehrer haben mit uns geredet, über alles. Ein Polizist hat uns diese Nummern gegeben.« Immer noch hält er mir den Zettel hin, den ich widerwillig entgegennehme und entfalte. Es ist ein herausgerissenes Blockblatt mit den Telefonnummern der Opferschutzorganisation Weißer Ring, der deutschen Telefonseelsorge und der Nummer gegen Kummer. Außerdem hat Erik noch zwei Adressen für psychosoziale Beratungsstellen notiert; doch ich falte den Zettel zusammen und gebe ihn ihm zurück. »Das hilft mir nicht.«

»Ich könnte mitgehen, wenn du nicht alleine hinwillst.«

»Ich will nicht hin.«

Darauf erwidert Erik nichts mehr. Stattdessen legt er den Zettel auf meinen Schreibtisch, auf dem sich sonst nur mein Laptop, ein Notizbuch und drei Kugelschreiber befinden, die in der linken oberen Ecke exakt parallel aufgereiht liegen, und zieht eine DVD hervor. Ohne zu fragen, schaltet er den Laptop ein, um dann *Knight and Day* mit mir zu gucken. Wir sitzen nebeneinander auf dem Bett, beide an die Wand gelehnt, eine halbe Armlänge Abstand zwischen uns, während Cameron Diaz in wahnsinnig guter Figur zwischen Autos und Brad Pitt umherspringt und dabei sowohl ungeschickt als auch ziemlich sexy mit einer Waffe herumfuchtelt, während Pitt seine Sexyness vor allem durch gute Sprüche und coole Blicke demonstriert. Eigentlich ist es diskriminierend, dass Filmemacher stets die Ultra-Attraktiven zur Hautrolle machen. Und dass in den USA noch nicht gegen diesen Umstand geklagt wurde, denn immerhin klagen die Amerikaner ja sogar gegen McDonalds, wenn der Kaffee zu heiß ist, aber scheinbar ist die Diskriminierung optisch weniger gesegneter Mitbürger kein ganz so hartes Los wie heißer Kaffee.

Erik bleibt die ganze Nacht. Und wir sitzen da, die ganze Zeit über, und während er kein Auge zumacht, nicke ich manchmal für zehn Minuten weg, um dann aufzuschrecken und nach Luft zu schnappen, weil in meinem Kopf plötzlich Schüsse ertönen, die nicht von Cameron Diaz stammen, und weil ich das Gefühl habe, zu fallen und zu fallen und zu fallen, unendlich tief mit Cassies Gesicht vor meinen Augen. Beim ersten Mal versucht Erik, mich in den Arm zu nehmen, doch ich schiebe ihn weg und er durchbricht meinen Sicherheitsabstand kein zweites Mal in dieser Nacht. Als der Film vorbei ist, spielt er ihn von vorn ab.

Erst, als ich am nächsten Morgen wieder alleine bin, entscheide ich mich, rauszugehen.

Im Flur begegne ich meiner Mutter. »Wo gehst du hin?«, will sie wissen.

»Zum Kiosk runter. Bin bald zurück.« Damit lasse ich die Wohnungstür ins Schloss fallen, und als ich auf die Straße unter den grauen Novemberhimmel trete, werden meine Schritte immer schneller und zielstrebiger, bis ich hinter der nächsten Straßenecke endlich sein Gesicht in der Auslage entdecke.

Drei

Peter D.

Die sechs Zeitungen, die ich vom Kiosk mit nach Hause schleppe, bringen mir wenig Erkenntnis. Überall sensationsgeile Schlagzeilen wie *Peter D. – eine Schattengestalt?* und *Ein Verbrechen aus Hass?* und *Christoph-Probst-Gymnasium unter Schock,* aber kein einziger Bericht erweitert meinen Horizont. Neunzehn war er. Einzelkind, wow, welch wichtige Information. Weitgehend unauffällig gewesen. Das hätte ich ihnen auch sagen können, denn wie auffällig kann ein Mensch sein, wenn nicht mal ich ihm Beachtung schenkte, nachdem er mich jeden Morgen mit Blicken malträtiert hat.

Fünf Verletzte sind es.

Acht tote Kinder.

Ein toter Lehrer beim Versuch, ihn zu überwältigen.

Und er selbst natürlich. Kopfschuss.

Aber acht Kinder.

Verdammt, warum sind es nur acht?

Ich versuche, geistig an den 31. Oktober zurückzukehren. Wir waren viele, Himmel ja, wir waren so viele, bestimmt sechzig oder siebzig oder vermutlich noch mehr, und vor uns war nur eine Doppelschwingtür aus Glas als Pforte ins sichere Leben. Fast alle sind durchgekommen. Fast alle leben noch, ich lebe noch. Also warum nur acht Kinder, die es nicht geschafft haben?

Ich nehme mein Handy und rufe Erik an. »Warum sind nicht mehr gestorben beim Amoklauf?«, will ich wissen.

»Ich … was?« Erik kapiert natürlich gar nichts. »Beklagst du dich, dass du noch lebst?«

»Red keinen Scheiß, nein. Aber es haben viele überlebt, wahnsinnig viele. Warum?«

»Vielleicht hatte der Täter genug. Vielleicht wollte er nicht mehr?«

Ich schüttle den Kopf. »Und wieso sollte er nach acht Treffern genug haben?«

»Kalkulierst du die Verletzten mit ein? Vermutlich war er einfach ein schlechter Schütze. Wenn man keine Übung hat, sind acht Treffer nicht unbedingt schlecht. Wobei es ziemlich … makaber klingt, wenn man das so formuliert.«

»Fünf Verletzte, acht tote Kinder, ein Lehrer«, zähle ich auf. »Das heißt, dass von vierzehn Leuten, auf die er geschossen hat, neun gestorben sind. Und das sind etwa … zwei Drittel? Was ich sagen will: Die meisten seiner Treffer waren tödlich, er kann nicht so schlecht gewesen sein.«

»Klingt zumindest danach.«

»Eben! Also wie kann das sein?«, frage ich wieder.

»Spielt das wirklich eine Rolle?«

»Klar spielt es eine Rolle! Ich meine, vielleicht gibt es ja einen tieferen Sinn.«

»Du meinst, einen Grund, warum du noch lebst?« Im Hintergrund höre ich ein Auto und Hupen. Ein Blick auf die Uhr erinnert mich daran, dass Erik gerade aus der Schule gekommen und unterwegs sein muss. Für den Ärger, der deswegen wieder in mir aufsteigt, habe ich jetzt aber keinen Platz, weswegen ich ihn zur Seite schiebe und versuche, mich auf das Gespräch zu konzentrieren. »Puh, also wenn du das wissen willst, solltest du dich an einen Philosophen wenden oder einen Relilehrer oder so. Denn du kannst es Schicksal nennen oder –«

»Erik, du verstehst mich nicht: Was, wenn die acht Kinder gezielt erschossen wurden?«

»Du meinst, aufgrund eines persönlichen Plans des Täters?«

»Ganz genau!« Ich nicke heftig, auch wenn er es nicht sehen kann.

Erik seufzt. »Wissen tu ich es nicht.«

»Nein, natürlich nicht. Wissen kann es keiner, aber es sieht alles danach aus!«

»Bitte, versteif dich auf nichts, Helene.«

»Wir könnten doch mal zusammen recherchieren, du und ich«, schlage ich vor. »Über den Täter, sein Leben, die Opfer – ich bin sicher, dass wir eine Antwort finden, Zusammenhänge, und dann wüssten wir auch –«

Auf einmal klingt er ganz distanziert. »Hör zu, es tut mir leid, aber ich muss jetzt echt los. Wir reden wann anders, okay?« Und damit legt er auf.

Ich runzle die Stirn und lege das Handy auf meinen Schreibtisch, um mich dann wieder den Zeitungen zuzuwenden, die querbeet über meine Bettdecke verstreut liegen.

Die Todesanzeige vom erschossenen Lehrer finde ich als Erstes; der Name springt mir sofort ins Auge. Manfred Heitz hieß er, war knapp über vierzig; geschieden, keine Kinder. Deutsch und Geografie hat er unterrichtet, aber ich kannte ihn nicht allzu gut, nur flüchtig von der ein oder anderen Begegnung im

Gang. Meist hat er ein gemustertes Hemd getragen; eine Brille mit winzigen Gläsern und immer ein verschmitztes Lächeln im Gesicht. Er war beliebt.

Als ich umblättere, begegnet mir die Todesanzeige von Cassie. Ich habe sie nicht erwartet, ertrage den Anblick nicht, doch bevor meine zitternden Hände weiterblättern können, huschen meine Augen bereits über die Zeilen des Trauerspruchs, den vermutlich ihre Eltern ausgesucht haben.

Für immer, mein Schatz, werde ich dich lieben.
Für immer, mein Kind, werde ich dich im Herzen tragen.
Für immer, mein Engel, werde ich an dich denken.
Für immer, mein Herz, wirst du ein Teil von mir sein.

Darunter ihr Name, groß und in geschwungenen Buchstaben. Cassandra Maria Niemann. Ich muss schlucken, fast schon wieder losheulen, aber dann setzen sich meine Hände endlich durch und schlagen die nächste Seite auf, eine Seite, auf der nicht ihr Name steht und auf der ich tatsächlich fünf weitere Todesanzeigen von Kindern finde, die alle am selben Tag gestorben sind wie Cassie. Ihre Namen schreibe ich auf, alle Namen der toten Kinder.

Nina Heuß
Felicitas Illingen
Jeremy Sprethuber
Enzar Aydin
Mesut Aydin

Zwei fehlen, zwei Namen; auch mit Cassie sind es nur sechs von acht und die anderen beiden unauffindbar, aber diese sechs sind immerhin ein Anfang. Da fällt mir auf, dass mir noch ein weiterer Name fehlt, vermutlich der wichtigste von allen, weswegen ich aufstehe und ins Wohnzimmer gehe, um das Festnetztelefon und die neue Telefonnummer von Jens und Hannah herauszusuchen, die ich immer noch nicht in mein Handy eingespeichert habe.

Dort sitzt er auf dem Sofa. Jens.

»Du bist hier«, stelle ich fest und bemühe mich um ein Lächeln.

»Wieder. Ich komme und gehe.« Er klopft auf das Sofa neben sich. »Du siehst scheiße aus.«

»Danke, du auch.« Ich setze mich mit einem Meter Sicherheitsabstand.

»Ich meine es ernst. Du musst schlafen und essen, sonst gehst du kaputt.«

Ich verdrehe die Augen. »Hast du alte Jahrbücher?«

»Was meinst du?«

»Alte Jahrbücher von unserer Schule. Da, wo alle Klassenfotos drin sind, von jeder Klasse, und die Schülerlisten und all so was.« Er zieht die Augenbrauen hoch und schaut mich immer noch abwartend an. »Der Kerl war drei Klassenstufen über mir, glaube ich. Er war jedenfalls neunzehn und sollte daher zeitgleich mit dir in der Schule gewesen sein.«

»Und du willst ihn in meinen Jahrbüchern finden?«

»Ja. Ich will seinen Namen.«

Kurz hält Jens inne, bevor er fragt: »Was bringt dir das, Helene?«

»Gewissheit.«

»Die hast du bereits.«

»Nein. Nicht so, wie ich es will.«

»Was willst du denn?«

»Erklärungen.«

»Die bringen Cassie nicht zurück.«

Beim Klang ihres Namens zieht sich alles in mir zusammen. Ich hasse das Gefühl, und es kommt viel zu oft die letzten Tage.

»Weißt du, wie dankbar wir sind, dass du lebst?«, fragt er.

Ausdruckslos schaue ich ihn an. Versuche, in seinem Blick zu lesen, was in ihm vorgeht. Mitleid, Dankbarkeit, Hilflosigkeit. Vielleicht auch Trauer, Angst, ja sogar Freude, ich gehe alle Emotionen durch, doch keine davon passt. Das Gefühl in seinen Augen ist mir ungewohnt nah und genau darum unheimlich fremd, sodass ich nichts zu erwidern weiß und stattdessen aufstehe und gehe. Und dann verbarrikadiere ich mich wieder so lange unter Hungerstreik hinter meiner Zimmertür, bis ich auf deren anderer Seite tatsächlich einen Stapel alter Jahrbücher vorfinde. Und diese studiere ich eingehend.

Peter D. war schon als Kind auffallend unauffällig. Er war blass, sodass man ihn vor einer weißen Wand hätte übersehen können, hatte aschblondes, viel zu kurz geschorenes Haar mit rötlichem Schimmer, das auf den Fotos an die Frisur irgendwelcher US-Soldaten erinnert, eine Brille mit dünnen Rändern und saß auf den Klassenfotos immer am Rand in der ersten Reihe. In der Fünften hat er gelächelt, in der Sechsten auch, in der Siebten hat er sich dazu gezwungen und danach hat er es aufgegeben. Seit der achten Klasse gab es kein Lächeln mehr. Bis zu dem Tag, an dem er auf uns schoss.

Er war ein Stadtkind, wie mir die Postleitzahl auf den Klassenlisten verrät.

Sein Geburtstag war der 31. Mai, zwei Tage nach mir.

Und sein Nachname war Damm.

Peter Damm.

Nur neun Buchstaben.

Die meine Welt zerstört haben.

Ich gebe den Namen auf Facebook ein. Finde nichts, natürlich nicht, vermutlich werden solche Profile gesperrt, weil die Leute Angst haben vor Reaktionen. Reaktionen auf Peter, auf seine Tat, sie haben Angst vor all den Worten, die Betroffene und Getroffene als eine Einheit auf Pinnwände schmieren, um ihrem Schmerz Ausdruck zu verleihen und nach Gerechtigkeit zu schreien. Keiner, kein Einziger hätte den Mut, sich dem zu stellen, und darum löschen sie Peter Damm einfach. Sie lassen ihn verschwinden, doch was sie nicht wissen ist, dass er trotzdem weiterlebt. In meinem Kopf und in dem unzähliger anderer, in der Inschrift, die Cassies Grabstein zieren wird, und in jedem Morgen, an dem ich einen Bahnsteig betrete, um Menschen aus Zügen strömen zu sehen und meine Cassie vergeblich zu suchen.

Ich verscheuche sie.

Ich verscheuche ihr Gesicht und rufe mir seines wieder in Erinnerung.

Bekomme Kopfweh, weil ich schon zu lang nichts getrunken habe, und verscheuche auch dieses wieder, da es keine Rolle spielt, zumindest nicht jetzt. Stattdessen sperre ich meine Tür ab und schneide alles aus – die Todesanzeigen, die Klassenfotos von Peter Damm, die Zeitungsartikel, einfach alles. Fotos der Opfer. Eine erkenne ich wieder, eine kleine mit mittellangen Haaren und Brille auf der Nase – Nina Heuß heißt sie. Ich weiß noch, wie sie geschrien hat in der Menge, wie sie hinfiel und keiner sie aufhob.

Und dann durchforste ich das Internet weiter nach Peter Damm.

Nach allen Opfern.

Allem, was von Bedeutung sein könnte.

Drei Tage lang bleibe ich in meinem Zimmer.

Und dann stehen da plötzlich meine Eltern, die ohne große Diskussionen die Tür aufgebrochen haben, um mit mir zur Psychologin zu fahren.

Sie fahren beide mit.

Eigentlich ist es ein Wunder, dass mein Vater seinen Schreibtisch verlässt, aber entweder meine Mutter hat Angst, dass ich inzwischen verrückt geworden bin und ihr mitten auf einer Kreuzung das Lenkrad entreiße, oder aber er hat gemerkt, dass es eigentlich doch sehr schön ist, wenn die eigene Tochter lebend aus einem Amoklauf zurückkehrt.

Das Wartezimmer ist grün gestrichen.

Sie kommen beide mit rein; einer setzt sich rechts, einer links neben mich.

Ich starre das Grün an. Giftgrün.

Ob das manche Menschen nicht aggressiv macht?

Und dann ist sie da, ganz plötzlich.

Nicht nur in meinem Kopf, nicht nur als Bild, sondern als leibhaftige Person.

Sitzt mir gegenüber auf einem geflochtenen Rattanstuhl.

Trägt ihr Ballettkleid. Das dunkelgrüne von der Aufführung.

Die Wangenknochen hoch geschminkt, die Augen dunkel umrandet.

Schaut mich nur an.

Und ich schaue zurück, ohne mich zu bewegen, schaue in tiefes, leuchtendes Blau.

Sie lächelt nicht.

Ich auch nicht.

Frage mich, was sie denkt.

Würde so gern so viel sagen, finde aber keine Worte.

Und Cassie bleibt da, auch ohne Worte. So lange, bis die Psychologin die Tür öffnet und meinen Namen sagt und ich Cassie für eine Millisekunde aus den Augen lasse, und als ich wieder zurückschaue, ist der Rattanstuhl auf einmal leer.

»Du bist Helene.« Zwischen dem Moment, in dem sie und ich beim Hinsetzen in zwei gigantischen weißen Sesseln versinken und dem, in welchem sie endlich diese ätzende Stille durchbricht, für die sie vermutlich auch noch viel zu gut bezahlt wird, vergehen geschlagene fünf Minuten. Ich weiß das, weil ich den Sekundenzeiger des kleinen Weckers auf dem Beistelltischchen fixiere, zumindest so lange, bis sie mich mit eben beschriebener Feststellung zu einer Antwort zu zwingen versucht, die das Offensichtliche bestätigt.

Ich gebe sie ihr nicht, sondern schaue mir stattdessen ihre fliederfarbenen Stiefel an.

»Und du bist fünfzehn«, fährt die Psychologin fort, als würde sie mein Schweigen nicht stören. »Ich bin Magdalena Albrecht.«

Leider ist auch das keine neue Information für mich; die

Frau scheint zu vergessen, dass ich keine vier mehr bin und darum fähig, das riesige Namensschild an ihrer Praxistür zu lesen.

Magdalena Albrecht ist an die vierzig. Jünger als meine Eltern, für meinen Geschmack aber trotzdem zu alt. Sie hat dunkelblonde Haare, die sie sich locker auf dem Hinterkopf zusammengesteckt hat, trägt eine brombeerfarbene Bluse, eine dezente silberne Kette, eine schwarze Hose und die fliederfarbenen Stiefel, die mir am ehesten zur eingehenderen Inspektion geeignet scheinen. Sie ist kaum geschminkt, scheint nicht einmal die Fältchen um ihre Augen verstecken zu wollen, wirkt mit ihren sauber gezupften Augenbrauen und den kurz gefeilten Fingernägeln aber trotzdem außergewöhnlich gepflegt.

»Helene, du bist hier, weil deine Eltern mich angerufen haben. Haben sie mit dir denn über den Besuch bei mir gesprochen?« Magdalena Albrecht überschlägt die Beine und legt den Kopf schief. Es vergehen wieder fünf unendliche Minuten, bevor sie weiterspricht. »Ich vermute, dass du nicht begeistert bist, hier zu sein. Richtig?«

»Es spielt keine Rolle, wovon ich begeistert bin.«

»Wie kommst du darauf?«

Oh Gott. Das ist sicher eine typische Psychologenfrage, deren Antwort sie heute Nacht stundenlang analysieren wird. Trotzdem spiele ich mit. »Würde es eine Rolle spielen, täten wir beide einander dieses Gespräch nicht an.«

Sie nickt. »Du möchtest keine Therapie.«

Ich verdrehe die Augen. »Sie sind ja gut im Kombinieren.«

»Warum willst du keine?«

Ich will etwas erwidern, doch mir fällt nichts ein, zumindest nichts Gutes.

»Was wollen Sie denn von mir?«, versuche ich es mit einer Gegenfrage.

»Ich will nichts von dir. Ich will dir nur meine Hilfe anbieten. Reden, vielleicht ja über Sachen, die sich sonst keiner anhören will. Meinetwegen können wir uns auch immer nur zum Schweigen treffen, solange dir das hilft. Ich erwarte nichts von dir, diese Therapie ist nicht für mich da.«

»Ach was. Aber für mich?«

»Ja, ganz genau.«

»Danke, ich will sie nicht.«

»Du kriegst sie aber. Das haben deine Eltern entschieden.«

»Und da sind wir wieder am Anfang. Es spielt keine Rolle, was ich denke.«

»Na schön. Wenn wir zwei aber schon mal hier sind, müssen wir die Zeit irgendwie verbringen. Wenn du entscheiden dürftest, wie wir das tun, was wäre das?« Sie lehnt sich zurück, löst ihre überschlagenen Beine voneinander und überschlägt sie nun in die andere Richtung.

»Wir könnten Goethe analysieren«, schlage ich vor.

»Was würde dir das bringen?«

»Nichts.«

Wir schweigen uns an.

Zehn Minuten.

Und dann beendet sie unseren Tanz ohne Vorwarnung.

»Vermisst du deine Freundin sehr?«

»Alles andere wäre doch abnormal«, stelle ich sachlich fest.

»Vielleicht. Es tut mir leid, dass du sie verloren hast.«

»Danke schön. Muss es aber nicht.«

»Deine Eltern sagen, dass du dich isolierst.«

»Wenn sie das sagen, muss es ja stimmen.«

»Helene, was du gerade durchmachst, kann sich vermutlich kaum jemand vorstellen. Ich zumindest kann es nicht, also will ich dir nicht vorheucheln, ich könnte dich verstehen. Aber was ich weiß, ist, dass solche Erlebnisse auch im Nachhinein nur sehr schwer und mit großen Schmerzen zu ertragen sind. Du isst nicht ordentlich, du schläfst nicht, du sperrst dich in dein Zimmer ein. Und soll ich dir etwas sagen? Das ist okay.«

»Was wird das für eine Psychotaktik?«, erwidere ich.

»Das ist keine Taktik. Ich will dir nur sagen, dass deine Reaktion natürlich ist. Aber dass ich dir helfen möchte, besser mit dem Erlebten umzugehen. Oder dir zumindest beizustehen, während du auf deine ganz eigene Weise damit umgehst.«

»Ich will keine Pillen.«

»Du bekommst keine Pillen.«

»Ich will nicht über Cassie reden.«

»Dann reden wir nicht über sie.«

»Ernsthaft?«

»Ernsthaft.«

»Aber über Goethe wollen Sie auch nicht reden«, stelle ich fest.

»Das würde nun wirklich wenig bringen.«

»Okay.«

Wieder vergehen fünf Minuten. Und dann zehn und dann fünfzehn.

Kurz vor Ende der Sitzung räuspere ich mich. »Woher hatte er die Waffe?«

Vier

Wie man über Tote spricht

»Deine Reitlehrerin hat angerufen. Hat gefragt, wie es dir geht.«

»Und was hast du gesagt?«

»Ich hab es nicht vertieft.« Meine Mutter verschränkt die Arme. Wir sitzen in der Küche, ich in Jogginghose und Sweatjacke, sie in ihrem Bürooutfit, einem hellblauen Kleid mit Dreiviertelärmeln kombiniert mit dunkler Strumpfhose, während ihre dunkelbraunen Haare zu einem eleganten Knoten am Hinterkopf gerafft sind. »Und ich habe ihr gesagt, dass du trotzdem weiterhin zum Unterricht kommst. Wie gewohnt, einmal in der Woche.«

»Was?«

»Dein Vater meint, das sei eine gute Ablenkung.«

Ich schnaube. »Meint er das?«

»Ja. Und auch ich habe erst kürzlich gelesen, dass Normalität in deiner Situation das Sinnvollste ist. Deswegen wollen wir die fördern. Um es dir leichter zu machen. Du kannst es ja zumindest versuchen.«

»Und werde ich da auch noch gefragt?«

»Nein.« Die Stimme gehört nicht zu meiner Mutter, sondern zu meinem Vater, der eben den Kopf zur Küchentür reinsteckt. »Helene, wir wollen dein Bestes, vertrau uns. Und deswegen haben wir das so entschieden.« Damit verschwindet er wieder.

»Ich lass mir nichts vorschreiben«, protestiere ich, aber meine Mutter sagt nichts mehr, steht auf, räumt die Spülmaschine ein, startet sie und setzt sich zurück zu mir an den Tisch.

»Möchtest du hingehen?« Sie schiebt mir so zaghaft eine Tasse gezuckerten Kräutertee rüber, als könne diese bei jeder ruckartigen Bewegung zerbrechen.

Ich muss nicht nachfragen, um zu kapieren, dass es jetzt nicht mehr um die Reitstunden geht, sondern um Cassies Beerdigung. »Ja«, erwidere ich und lege meine Hände um die Tasse.

Ihre liegen um einen Becher Cappuccino, schmal und blass und mit sichtlich trockener Haut, die sie jeden Winter aufs Neue mit tonnenweise Handcreme zu besiegen versucht. Ihr Ehering sticht mir ins Auge, silbern ist er mit einem goldenen Streifen in der Mitte, und das erinnert mich daran, dass meine Mutter bei ihrer Hochzeit erst neunzehn und bereits Mutter eines Sohnes gewesen ist. Heute ist sie dreiundvierzig, was ich ihr aber nicht einmal dann ansehe, wenn sie Sonntagmorgens ungeschminkt am Frühstückstisch sitzt.

»Dein Vater und ich würden gerne mitkommen. Jens auch.«

»Warum denn Jens?«

Meine Mutter lächelt zaghaft. »Er würde einfach gerne mit.«

»Okay.«

»Was ziehst du an?«

»Ist mir egal.«

»Es ist Cassies Beerdigung, da ist es nicht egal.« Ihre Stimme ist ruhig und sanft.

»Cassie war es immer egal, was ich anhatte.«

»Es geht aber nicht um Cassie, sondern auch um ihre Familie und um Respekt.«

»Nicht um sie? Auf ihrer eigenen Beerdigung? Super.«

Meine Mutter seufzt und streicht sich eine Haarsträhne aus dem Gesicht, um dann mit einem Blick in den Becher festzustellen, dass ihr Cappuccino leer ist. »So war's doch nicht gemeint«, meint sie und stellt ihn auf die Küchentheke.

Ich widerspreche nicht, als sie mich zum Kleiderschrank in meinem Zimmer begleitet und die Fächer durchguckt. Einen schwarzen Blazer zieht sie heraus; es ist der, den ich auf Cassies Ballettaufführung anhatte, sodass ich ihn ihr aus der Hand nehme und an meine Brust drücke mit dem Kommentar, dass der für morgen nicht geht.

Sie findet einen zweiten Blazer, aber der ist zu klein, genauso wie die zugehörige schwarze Hose, die ich damals zur Beerdigung meiner Oma getragen habe. Ich war elf, als sie starb, und erinnere mich nur noch an eine schweigsame alte Frau, die das Haus selten verließ, aber dafür immer einen Teller frisch gebackener Kekse auf dem Kaminsims stehen hatte. Und natürlich als die Vorbesitzerin des monströsen Regals in meinem Zimmer.

Meine Mutter verschwindet daraufhin, um zehn Minuten später mit einem schwarzen Stoffbündel wiederzukommen, welches sie mir in die Hand drückt. Auf dem Bett breite ich es aus. »Das ist ein Kleid«, stelle ich trocken fest. »Zieh ich nicht an, weißt du doch.«

»Wir haben nichts anderes da.«

»Ist mir egal. Ich zieh's nicht an.«

»Du musst aber etwas anziehen.«

Ich schüttle den Kopf. »Das nicht.«

»Dann kauf dir in der Stadt etwas, wenn's sein muss.«

»Ich geh nicht in die Stadt.«

»Helene.« Sie atmet noch mal tief durch und zieht mich dann neben sich auf mein Bett. Sie versucht nicht einmal, mich in den Arm zu nehmen, was ich ihr insgeheim anrechne. »Helene, mein Schatz, ich weiß, dass das ganz schwer sein muss für dich. Du weißt gar nicht, wie leid mir das mit Cassie tut, und wie viel ich tun würde, damit es etwas leichter für dich wird. Aber ich kann nichts tun, ich kann sie dir nicht zurückbringen.«

»Ich weiß«, erwidere ich.

Und dann stehe ich auf und gehe, weil ich ihren verzweifelten Blick nicht ertrage.

Es ist mein Vater, der mich zu *Tessas Ranch* fährt. Sonst war es immer meine Mutter, aber vielleicht hatte sie Angst, dass ich an einer Ampel aussteige und auf Nimmerwiedersehen verschwinde.

Er setzt mich ab und fährt mit den Worten »Deine Mutter holt dich in zwei Stunden wieder hier ab!« davon, woraufhin ich mich etwas verlassen auf dem verregneten Hof wiederfinde, wo es nach Pferdemist und Stroh und nassem Gras riecht. Er ist menschenleer.

»Helene!« Als ich die Stallgasse betrete, winkt Tessa mir zu. Sie hält eine Mistgabel in der Hand und hat Dreck an der Stirn; ihr kurzes Haar wird von einem olivgrünen Stirnband zurückgehalten. Sie sieht verdammt jung aus in ihrer karierten Reithose, viel jünger als Anfang dreißig. »Schön, dass du da bist. Ich brauche noch ein bisschen, also lass dir Zeit.«

»Kein Problem.« Ich nicke ihr zu und beobachte, wie Tessa den Stall zur anderen Seite verlässt, während ich die Boxen ablaufe. Zehn Ponys und Pferde leben hier, zwei davon bereits in Rente und eines mit verletztem Bein, sodass man es nicht mehr reiten kann. Trotzdem behält Tessa jedes einzelne, wofür ich sie sehr schätze.

Die Box von Falk ist die allerletzte.

Ein Haflinger mit struppigem Fell und dichter Mähne.

Ich drücke die Tür auf, er schnaubt etwas nervös.

»Hallo, du«, flüstere ich und schiebe mich hinein, um das Tor direkt wieder zuzuschieben. Falk dreht sich zu mir und beschnuppert meine kalt gefrorenen Hände; sein Atem fühlt sich angenehm warm an auf meiner Haut.

»Hast du mich vermisst?« Ich kraule ihn zwischen den Ohren, während er am Ärmel meiner Regenjacke kaut und dabei alles vollsabbert. Vermutlich ist Falk der Einzige auf der Welt, der mich vollsabbern darf. »Ich muss dir gestehen, dass ich heute gar nicht herkommen wollte. Und am liebsten auch gleich wieder abhauen würde.« Ich seufze, ziehe eine Karotte aus der Jackentasche, die meine Mutter mir zum Abschied in die Hand gedrückt hat, und höre zu, wie er sie geräuschvoll zerkaut. »Es ist viel passiert in letzter Zeit. Aber das erzähle ich dir wann anders.«

Sie haben mich gebeten, eine Grabrede zu schreiben. Cassies Eltern; Erik hat es mir ausgerichtet. Helene kannte sie von allen am besten, haben sie angeblich gesagt, als Erik wie ein vorbildlicher Beileidsbekunder am Kaffeetisch saß und ihnen ihr Mitgefühl ausgesprochen hat. Ich werde nirgends an Kaffeetischen sitzen und vorformulierte Sätze sagen – wozu denn auch, damit werden die Dinge auch nicht besser.

Jens stand vorhin mit einer Tüte vor mir. »Hier. Von Hannah. Es tut ihr so leid, dass sie nicht da sein kann.«

»Muss ihr nicht leidtun.«

Ich öffne die Tüte und gucke hinein. Ein Blazer, eine Bluse, eine Hose. »Danke.« Ich schaue ihn an und kann nicht anders, als ehrlich zu lächeln.

»Spar's dir«, erwidert Jens, lächelt aber zurück, nur ein kleines bisschen. Er selbst trägt bereits seinen schwarzen Anzug; ein fremder und unpassender Anblick, in dessen Genuss ich bisher nur wenige Male in meinem Leben gekommen bin.

Die Sachen passen. Die Hose ist ein bisschen lang, was mich wundert, weil Jens' Freundin genauso groß ist wie ich, aber ich schlage sie einmal um und dann sieht es ganz gut aus. Den Zettel mit der Grabrede falte ich akribisch genau zusammen, um ihn dann in der kleinen Seitentasche des Blazers verschwinden zu lassen; meine Haare stecke ich am Hinterkopf zusammen. Ein Blick in den Spiegel lässt mich allerdings erkennen, dass ich damit aussehe wie meine Mutter, weswegen ich sie am Ende lieber offen lasse.

Cassies Eltern haben entschieden, den Gottesdienst in der Kirche ihrer Gemeinde abhalten zu lassen, obwohl diese viel zu klein ist für all die Menschen, die kommen. Da sind Lehrer, Mitschüler, Nachbarn, Freunde, Verwandte, Kollegen ihrer Eltern. Auch ihren Cousin mit der schweigsamen Freundin entdecke ich. Das Schwarz, in das sie alle gehüllt sind, stellt einen merkwürdigen Kontrast dar zu den weißen, hellblauen und rosafarbenen Blumen, die überall platziert wurden: auf dem Altar, an den Säulen, am Rand der Kirchenbänke, ja sogar am Haupteingang. Es sieht so schön und feierlich aus, als würde hier jemand heiraten oder getauft werden, aber jeder weiß, dass es in Wahrheit eine Beerdigung ist. Denn vorne, ganz vorne am Altar steht ein schlichter, offener Sarg aus weiß gebeiztem Holz, der ebenfalls mit Blumen überladen wurde und an den immer wieder Menschen treten, um ein paar Worte zu sagen, sich Tränen abzuwischen und sich dann ihren Platz in der Kirche zu suchen.

Ich gehe mit Erik nach vorne.

Greife dabei instinktiv nach seinem Handgelenk.

Es riecht nach Keller. Wie immer in Kirchen.

Unsere Schritte hallen durch den ganzen Raum.

Noch nie davor habe ich einen Toten gesehen.

Und nun liegt sie da, auf weißen Kissen, die den Sarg auspolstern; ruhig und still und blass mit geschlossenen Augen, als würde sie schlafen. Ein hellblaues Kleid haben sie ihr angezogen, ein paar weiße Blumen ins rote Haar gesteckt. Die Kette, die ich ihr zum Geburtstag geschenkt habe, liegt um ihren Hals. Perfekt sieht sie aus, makellos, schön wie Dornröschen im hundertjährigen Schlaf. Kaum geschminkt ist sie, wofür ich dankbar bin; nur die Lippen haben sie in ein zartes Rosa getaucht, sodass es fast aussieht wie sonst auch.

Ich weiß nicht, ob man das darf, aber ich strecke meine Hand aus und berühre ganz vorsichtig ihre, die sich so kalt anfühlt wie immer, nur heute noch ein bisschen mehr. Ich umfasse ihre Finger und drücke sie eine Weile, gerade so fest, dass ich hoffe, dass es ihr ein wenig Trost spendet, während sie in dieser Kiste liegt und all die Blicke der zahllosen Menschen auf sich ertragen muss. Sie drückt nicht zurück, diese Hand, heute liegt sie einfach nur da und hält sich selbst dann nicht an mir fest, als die Menschen hinter mir mich beiseiteschieben und Erik mich zurück an unseren Platz zieht, wo wir dem Pfarrer lauschen, wie er von Liebe und Vergebung spricht, und von dem aus wir kurz darauf mit den Klängen der Orgel wieder fortgespült werden, raus aus den Kirchenbänken, raus aus dem Gebäude, hin zum Friedhof. Der Tag ist grau.

Wir alle versammeln uns um das frisch ausgehobene Grab; Sargträger haben Cassie in für mich unpassender Feierlichkeit neben das tiefe Loch in der Erde gestellt. Man kann sie nicht mehr sehen, weil der Deckel jetzt zu ist und vermutlich nie mehr aufgemacht wird. Sie versuchen davon abzulenken, mithilfe von noch mehr Blumen; überall am Grab sind Blumen, die alles überhäufen.

Ich habe sie davor nicht gesehen, aber jetzt stehen sie wenige Meter von mir entfernt, Cassies Eltern, beide in Schwarz wie alle anderen auch, und ihre Schwester Sarah, die inzwischen neun Jahre alt ist. Sie hat rotes Haar, glatt, schulterlang. Blaue Augen und Sommersprossen auf der Nase, ist schmal, klein, zierlich. Ich muss an den Apfelbaum denken. An das Versprechen, das Cassie und ich uns vor so vielen Jahren gegeben haben. Wende meinen Blick ab und gehe in eine der hinteren Reihen, wo ich untergehe und die schwarzen Gestalten um mich herum namenlos sind.

Ihr Vater tritt vor und sagt ein paar Worte. Auch er redet von Liebe und Vergebung, als wäre das das einzige Thema der Erde, und dann spricht Cassies Cousine und dann ihre Patentante, eine groß gewachsene Frau mit wilden, schwarzen Locken, die ich nie zuvor gesehen habe. Im Grunde sind es Floskeln über Trost und Hoffnung, Floskeln der Anonymität, die man an jeder beliebigen Beerdigung für jeden beliebigen Menschen hätte bringen können. Das ist der Moment, in dem ich wütend werde.

Dann bin ich dran.

Alle Blicke sind auf mich gerichtet; ich trete vor und krame umständlich meine Grabrede hervor, lese ein paar Zeilen, setze an, sie vorzutragen. Schaue dann aber auf und blicke ins tränenüberströmte Gesicht von Cassies Mutter, deren Lippen zu einem dünnen Strich zusammengepresst sind und deren schwarzer Hut mich in seiner Schlichtheit und mit der weiten Krempe an solche erinnert, die andere Frauen am Strand tragen würden, nur in anderer Farbe. Sie steht kerzengerade und in perfekter Haltung in der ersten Reihe, krallt ihre Finger dabei aber zugleich so fest in ein glatt gebügeltes Stofftaschentuch, dass ihre Knöchel weiß hervortreten.

Ich knülle den Zettel in meiner Hand zusammen und lasse ihn sinken. »Cassie hat ihren Namen gehasst«, sage ich so laut und klar, dass jeder es versteht. »Denn wer nennt seine Tochter Cassandra?, hat sie mich mal gefragt.« Alle sind still und starren mich an, und ich muss mich zusammenreißen, um nicht in die Friedhofserde zu spucken bei ihrem Anblick. »Cassie hat auch gehasst, was sie alles nicht durfte. Sie hätte gerne öfter trainiert, wäre gerne Ballerina geworden. Eine richtige. Aber das haben ihre Eltern ihr verboten. Natürlich.« In mir steigt hässliche Bitterkeit auf. »Sie wäre vor einem Jahr gerne mit Jens und mir an die Nordsee gefahren, aber sie war angeblich nicht alt genug, und obwohl sie sagte, es sei okay, war es das nicht. Cassie war letztlich nie an der Nordsee, kein einziges Mal in ihren ganzen fünfzehn Jahren. Sie wollte so viel vom Leben, und all das«, an dieser Stelle muss ich schlucken, »wurde ihr verwehrt.« Ich hole tief Luft und werde dann lauter, weil mir klar wird, dass meine Worte vermutlich die ehrlichsten auf der gesamten Beerdigung sein werden, und dass ich es Cassie schuldig bin, sie auszusprechen. »Sie hat sich gefragt, ob sie hübsch ist«, fahre ich fort und muss unwillkürlich anfangen zu weinen. »Und, mein Gott, sie hat niemals verstanden, wie hübsch sie ist. Sie hätte gerne einen Jungen geküsst, nur ein einziges verdammtes Mal, aber dafür war sie zu kurz fünfzehn. Sie war ein wundervoller Mensch, dem wir alle so verdammt viel schuldig waren, und wir haben versagt, ihre Eltern haben versagt, ihre Familie, ihre Freunde.« Cassies Mutter schluchzt laut auf, ihr Rücken krümmt sich und verliert jegliche Haltung, aber ich rede weiter. »Ich habe versagt. Cassie hätte so viel sein können, doch sie war nichts, weil wir sie untergraben haben unter unseren Ansprüchen und Egoismus, unter den Erwartungen, unter all den sinnlosen Begrenzungen, die ihr gesetzt wurden, und unser Schmerz sollte nicht daher rühren, dass wir sie verloren haben, sondern viel mehr daher, dass wir ihr so viel verwehrt haben, so vieles bis zuletzt das Leben. Es sollte kein Selbstmitleid sein, das uns erdrückt, sondern Schuld.« Cassies Mutter schluchzt immer noch, immer lauter, aber ich kann sie nicht mehr sehen, weil durch meine eigenen Tränen alles verschwommen scheint und ich nichts anderes mehr in mir trage als die Worte, die gehört werden müssen. »Cassie war nicht das perfekte Mädchen, das jeder in ihr sehen wollte, sie war keine hübsche Marionette, die jeder nur perfektionieren wollte, nein, sie war so viel mehr, und um ehrlich zu sein hat kein Einziger von euch sie gekannt. Keiner hat gewusst, wovor sie Angst hatte, keiner hat gewusst, wovon sie geträumt hat. Keiner. Und nun seid ihr hier und rühmt euch damit, ihr Blut in euch zu tragen oder sie jahrelang begleitet zu haben, doch es ist Heuchelei. Diese Feier ist Heuchelei. Weil es nicht um Cassie geht, sondern um euch, und darum schämt euch. Schämt euch alle, weil ihr –« Und dann rieche ich Eriks Jackett, der mein Gesicht an seine Brust presst, damit ich endlich meine Klappe halte, um mich dann zurückzudrängen an einen Ort, an dem wir zwischen all den schwarzen Gestalten untergehen und an dem keiner mehr hören muss, was ich noch so gern gesagt hätte. Ein Ort, an dem ich in Tränen ausbreche, Tränen von Wut und Verzweiflung über die verlogene Verklärung des Abschieds von einem so einzigartigen Menschen.

»Was sollte das?« Die Hände meines Vaters sind zu Fäusten geballt; unter seinen Augen die so vertrauten, tiefen Ringe als Boten der Erschöpfung. Es ist lange her, dass er wütend war. »Wie kommst du dazu, eine Familie, die ihr Kind verloren hat, mit Füßen zu treten und zu beleidigen? Was zum Teufel hat dich geritten?!« Seine Augen funkeln, als er mit offener Hand so laut auf den Tisch schlägt, dass das Geschirr darauf klappert, während meine Mutter stumm und mit ausdrucksloser Miene ihren Kaffee umklammert. Noch immer tragen wir alle dieselben Klamotten wie auf der Beerdigung; meine Mutter ein schwarzes Kleid, mein Vater ein Hemd, ich Hannahs Blazer. Jens hat sich noch im Auto aus dem Anzug geschält und ist direkt zu Hannah in die Wohnung gefahren.

Mich hat Erik heimgebracht, erst am Abend auf seinem Motorrad, lang nach der Trauerfeier und lang nach meinen Eltern.

Doch ich habe gewusst, was mich erwartet, und darum schaffe ich es, still dazusitzen und in meine Suppe zu starren.

»Es war die Wahrheit«, sage ich, nachdem er fünf weitere Minuten auf mich eingeredet hat.

»Wahrheit. Siehst du sie also wirklich so?« Er wird wieder laut, so laut dass ich zusammenzucke und mir die Ohren wehtun. »Ein Mädchen mit schrecklichem Leben und schrecklichen Eltern, das ein Martyrium durchlebte?! Denn das, meine Liebe, hast du gesagt! Und ich kann dir gar nicht sagen, wie sehr ich mich dafür schäme!«

»Das hab ich nicht gesagt. Ich hab gesagt, dass ihr Leben nicht perfekt war.«

»Du wirst morgen Nachmittag zu ihrer Familie fahren und dich in aller Form entschuldigen.« Über den Tellerrand hinaus sehe ich meine Mutter, die noch stiller und noch ausdrucksloser dasitzt als ich. Ob sie Angst vor ihm hat? Ob sie jemals Angst vor ihm hatte in sechsundzwanzig Jahren Ehe? Ob fünfzehn Jahre Altersunterschied dazu führen können, dass der eine in die Rolle eines Kindes zurückfällt, ohne dass es jemand bemerkt?

»Das kann ich nicht«, sage ich leise.

Und dann rastet er aus. Er greift nach der Teekanne und fegt sie vom Tisch, sodass sie am Küchenboden in tausend Teile zerspringt. »Was ist aus dir geworden«, faucht er mich an. »Was für ein egozentrischer, selbstsüchtiger und kalter Mensch ist nur aus dir geworden?!« Und dann schreit er weiter und weiter und weiter, und ich bleibe sitzen und meine Mutter bleibt sitzen, und während sie irgendwann wortlos anfängt, die Scherben meiner kaputten Lieblingskanne aufzusammeln, versuche ich, ihn auszublenden und dahin zu gehen, wo die Nacht nach feuchter Erde riecht und ich Cassies Haar an meinem Hals spüre, während sie meine Hand hält, um nie mehr loszulassen.

Fünf

Vom Weiterleben

»Das genaue Motiv des Täters ist noch nicht vollständig geklärt.« Die Nachrichtensprecherin ist blond, vielleicht Mitte fünfzig und trägt neben einer burschikosen Kurzhaarfrisur knallroten Lippenstift. »Nach wie vor vermuten die Ermittler allerdings, dass Peter D. ans Christoph-Probst-Gymnasium zurückkehrte, um Vergeltung für seine Außenseiterrolle während der eigenen Schulzeit zu üben. Laut Aussagen Angehöriger habe er jahrelang unter Mobbing und Depressionen gelitten sowie mit schulischem, später beruflichem und durchweg privatem Misserfolg zu kämpfen gehabt.« Ich nehme die Cola entgegen, die Erik mir in die Hand drückt. »Fest steht inzwischen auch, dass es sich bei der Tatwaffe um eine Pistole des Modells Walther PPK mit 9 mm handelte, die aller Wahrscheinlichkeit nach einem nahen Verwandten des Täters gehörte. Wie die Polizei gestern im Rahmen einer Pressekonferenz mitteilte, gebe es allen Grund zur Annahme, dass die Waffe nicht gemäß den gesetzlich festgelegten Sicherheitsbestimmungen aufbewahrt wurde. Ermittlungen gegen den Waffenbesitzer wurden bereits eingeleitet.« Sie pausiert kurz, holt Luft, wobei sich ihre überdimensional großen Brüste heben und senken, und fährt dann fort. »Und nun zum Sport. Beim heutigen Spiel der deutschen Nationalmannschaft gegen Frankreich überrascht das Ergebnis besonders … «

»Und? War da jetzt was Hilfreiches dabei?« Erik nimmt einen Schluck Spezi und stellt sie gleich darauf auf dem Couchtisch ab, um anschließend den Fernseher auszumachen. Wir sitzen im Wohnzimmer seiner Eltern, er mit zerzausten Haaren und Beatles-T-Shirt auf einem alten, braunen Ohrensessel, über dem ein Hirschgeweih an der Wand befestigt ist, und ich zwei Meter weiter auf dem Boden, ganz dicht am Fernseher und mit Zettel und Kugelschreiber vor mir. Der gewebte Teppich, auf dem ich knie, ist in verschiedenen Brauntönen gehalten und fühlt sich kratzig an.

»Nun ja«, erwidere ich und drehe mich zu ihm um, verschränke meine Beine etwas umständlich zum Schneidersitz und studiere anschließend meine Notizen. »Das mit der Waffe könnte uns doch …« Ich halte inne. »Okay, nein«, gestehe ich. »Irgendwie war da gar nichts dabei.«

Er legt den Kopf schief. »Ich will dich nicht demotivieren. Aber wenn die Polizei nichts in der Richtung gefunden hat, dann wirst du auch nichts finden.«

»Die Polizei interessiert sich doch nicht für persönliche Hintergründe«, widerspreche ich.

»Natürlich tut sie das. Das, was du suchst, ist das Motiv für jedes Opfer, und die Polizei macht exakt dasselbe. Es gibt eigentlich keinen Grund, sich da mit reinzuhängen.«

»Die glauben doch, dass sie es schon gefunden haben, das Motiv. Gemobbt, Außenseiter … die Standardbegründung für solche Taten. Denkst du wirklich, die interessieren sich für Details? Für jeden Einzelnen?«

Erik schweigt. Er trinkt seine Spezi halb aus und beginnt dann, das Etikett von der Flasche abzukratzen. Ich erkenne blaue Schatten um seine Augen. »Was ist denn mit dem Leben jetzt, hm? Was ist mit der Schule? Was ist mit Unternehmungen? Du bist nicht mehr da, seit Cassie weg ist. Nirgends bist du mehr dabei, und ehrlich gesagt weiß ich nicht, ob das gesund ist. Vielleicht sollten wir erst mal daran arbeiten, bevor wir Sherlock Holmes spielen?« Ihm misslingt ein Grinsen.

»Denkst du, dass Cassies Tod Zufall war?«

»Ich weiß es nicht.«

»Findest du es raus? Mit mir? Ich meine, hilfst du mir?«

»Du brauchst das echt, oder?« Das Etikett ist bereits halb von der Flasche abgekratzt und in Form winziger Papierfetzen über den Boden verteilt. Erik wirft einen Blick Richtung Decke, seufzt, zieht die Augenbrauen hoch und widmet sich dann wieder mir. »Wenn ich dir helfe, feierst du dann Silvester mit mir?«

»Silvester?«, erwidere ich.

»Ja.« Er lässt von der Flasche ab. »Ich weiß, es sind noch etwa sechs Wochen hin, aber ich hätte dich gerne dabei. Gerade jetzt sollten wir das Leben doch genießen und was draus machen, findest du nicht?«

»Ich will nicht feiern, Erik.«

»Aber mein Cousin hat mich auf eine Party eingeladen. Das wird sicher gut.«

Ich schnaube. »Ich hab echt Wichtigeres zu tun, als auf irgendwelche Partys zu rennen.«

»Was denn?« Dann zeigt er auf die Notizen in meinem Schoß. »Du meinst das hier?«

»Ja, ich meine genau das hier«, fauche ich.

»Und du denkst, ein netter Silvesterabend steht dem im Weg?«

Ich sage nichts mehr.

Er auch nicht. Dann meint er: »Überleg es dir noch mal, okay? Es ist nur eine Party.«

»Du willst mir gar nicht helfen, oder?«

»Doch. Aber ich will auch ein bisschen Normalität.«

»Die gibt's nun mal nicht mehr.«

»Nicht, wenn wir sie uns verbieten.«

Ich seufze. »Machen wir es doch so: Ich denke darüber nach und im Gegenzug unterstützt du mich bei meinen Recherchen, okay?« Auffordernd blicke ich ihn an; er guckt kurz zur Decke und nickt dann zustimmend. »Aber selbst wenn ich mitgehen würde zu deiner komischen Feier, ganz theoretisch, dann würde ich eh nur in der Ecke sitzen und keinen Spaß haben, ist dir das klar? Ich wäre also keine Bereicherung, sondern eher ein ätzender Klotz an deinem Bein, mit dem man absolut nichts anfangen kann.«

»Keine Angst, das ist mir klar.« Er steht auf, geht in die Küche, holt sich eine zweite Spezi mit noch unberührtem Etikett und mir eine neue Cola. »Und was ist nun mit der Schule? Ich werde jeden Tag nach dir gefragt.«

»Wer fragt denn?«

»Manche Lehrer. Melissa hat mich auch angesprochen.«

»Melissa will nur ihr Drama. Ich bin ihr Drama.«

»Hör auf, so biestig zu sein.«

»Bin ich nicht.«

»Doch, gerade schon.«

»Ist ja gut. Vielleicht meint sie es ja wirklich nett.«

Erik nickt. »Ich denke, das tut sie. Aber was ist nun, wann kommst du wieder?«

Ich seufze. »Ach. Ich weiß einfach nicht, ob ich da Lust drauf habe. Die ganzen Leute, die irgendwelche Fragen stellen, dann will jeder über Gefühle reden und so ein Mist. Meine Eltern lassen mich schon zur Psychologin rennen, das ist mehr als genug.«

»Wie ist es denn so bei der?«, erwidert Erik.

»Geht schon. Sie ist nett. Hatte heute die zweite Sitzung.«

»Und worüber redet ihr?«

»Darüber, warum Menschen Amokläufe begehen.«

»Und über Cassie?«

»Eher nicht so sehr.«

»Okay.« Er nickt und atmet einmal tief durch. »Na ja, um ehrlich zu sein, hast du in der Schule schon das meiste verpasst, da musst du dir wenig Sorgen machen. Ich meine, der Unterricht geht langsam weiter. Es pendelt sich alles wieder ein.«

»Sie machen einfach alle weiter? Als wäre nichts gewesen?«

»Ja. Was soll man denn auch sonst machen?« Kurz hält er inne und positioniert sich auf dem Sessel um. Die Jeans, die er trägt, hat denselben Riss wie neulich, nur die Schlammspuren sind inzwischen rausgewaschen. »Natürlich ist es nicht wie vorher, aber man muss doch weitermachen, oder nicht? Geredet wird ja trotzdem immer noch viel drüber, aber eben nur nach Bedarf. Manche erinnern auch an die Opfer. An Cassies Platz« – plötzlich ist seine Stimme belegt – »steht zum Beispiel eine Kerze.« Er räuspert sich. »Ist aber nicht bei allen so, woanders wurde ein Foto aufgestellt oder ein Blumenstrauß. Manche Klassen machen auch lieber gar nichts. Die Psychologen sagen, man kann nicht richtig oder falsch trauern, da findet jeder seinen eigenen Weg. Ist wohl 'ne ganz gute Philosophie.« Seine Stimme klingt gefestigt, aber sein Blick wirkt nachdenklich.

»Okay.« Mehr weiß ich nicht zu sagen.

Erik fängt an, erneut das Flaschenetikett zu malträtieren. »Morgen ist eine Gedenkfeier in der Schule«, sagt er dann. »Etwas spät nach meinem Geschmack. Aber sie wollten sich Zeit lassen, bis alle den ersten Schock verarbeitet haben.«

»Und du willst, dass ich komme?«

Erik schüttelt den Kopf. »Ich will gar nichts. Aber vielleicht willst du es ja.«

Ich gehe hin. Zur Gedenkfeier in der Schule.

Und damit auch zum ersten Mal wieder zum Unterricht, wo an Cassies Platz tatsächlich eine Kerze flackert und Melissa mich bereits vor dem Klassenzimmer mit ausgebreiteten Armen begrüßt. »Süße, es ist ja so schön, dass du wieder da bist, wir haben dich alle vermisst«, erklärt sie lautstark und drückt mich ungefragt an sich. »Es ist ja so schrecklich, das mit Cassie, so unendlich schrecklich. Wir sind alle da, wenn du etwas brauchst.«

Es ist zwei Stunden später, während des Mathematikunterrichts, als ich aus dem Fenster starre und Cassie draußen auf der Wiese vor dem Schulgebäude stehen sehe, in ihrem grünen Mantel und mit offenem Haar. Sie winkt, winkt mir zu, bis mein Herz aussetzt, und dann gucke ich weg und wieder hin und weg und wieder hin und das so lange, bis sie verschwunden ist und nur mein Herzrasen bleibt und mal wieder dieses Ziehen im Magen, von dem mir kotzübel wird.

Nach der vierten Stunde ströme ich dann mit allen anderen

in eine bereits überfüllte und spärlich mit Blumen geschmückte Aula, in der unsere Direktorin schon vorn auf der Bühne hinter einem Rednerpult steht und darauf wartet, dass endlich jeder Platz nimmt.

Ich suche Erik, finde ihn aber nicht, suche auch Cassie, bis ich mich daran erinnere, dass sie tot ist, und setze mich daher neben ein blondes, kleines Mädchen namens Mareike, das in meine Klasse geht, regelmäßig mit Akne zu kämpfen hat und das ich vermutlich noch nie ein Wort habe sagen hören. Als ich mich zu ihr setze, lächelt sie zwar, aber ihre Mundwinkel zucken dabei nervös, fast krampfartig, und ihre Finger spielen hektisch mit der langen Silberkette, die sie um den Hals trägt.

Unsere Direktorin ist eine streng dreinblickende Frau mit grauem, kurz geschnittenem Haar und Brille. Nachdem Stille im Saal eingekehrt ist, lässt sie diese erst einige Sekunden wirken, bevor sie das Wort ergreift. Dann redet sie vielleicht fünf, maximal zehn Minuten, kurz und knapp und ohne unnötige Floskeln, bevor sie die Namen der Toten verliest.

Es sind neun Namen; der Lehrer kommt zum Schluss. Sie sagt alle die, die ich schon kenne, und die zwei, die noch fehlen.

Alexander Nowak.

Lilly Heiser.

Ihre Namen lassen sich so leicht aussprechen.

Als wären sie nicht durch unendliches Leid beschwert.

Ich lasse sie auf mich wirken, die Namen, und wiederhole sie in Gedanken immer und immer und immer und immer wieder, um sie ja nicht zu vergessen, und dann stimmen alle um mich herum *Amazing Grace* an und ich stimme irgendwann mit ein, und in diesem einen Augenblick, in dem meine Stimme sich mit den Stimmen aller anderen vereint und wir alle so laut und klar und ehrlich und erhaben singen wie vermutlich niemals zuvor, merke ich, wie Mareike neben mir mich ansieht mit zaghaftem Lächeln, und obwohl ich nicht zurücklächle, sondern meinen Blick wieder nach vorn richte, so fühle ich mich in diesem Augenblick nicht mehr ganz so allein.

Sechs

Über Erik und Cassie

Erik hält sich an unsere Vereinbarung.

Nachdem ich mir geduldig endlose Vorträge darüber angehört habe, wie unheimlich cool die Silvesterfeier seines Cousins werden wird, und erneut beteuern musste, dass ich ernsthaft darüber nachdenke, hinzugehen, begleitet er auch mich, als ich zum ersten Mal zu dem Ort gehe, an dem Peter Damm gelebt hat.

An diesem Tag peitscht der Regen so unaufhaltsam in Richtung Erde, als wolle er die Welt untergehen lassen; auf dem Asphalt der Straßen reihen sich strömende Wasserbäche aneinander, die ihren Weg in die Gullys suchen und die unsere Turnschuhe binnen weniger Sekunden komplett durchnässen, sodass ich bei jedem einzelnen Schritt die verdrängten Wassermassen im Stoff der Sohlen spüre. Erik und ich sind in Regenmäntel gehüllt, deren Kapuzen wir von Zeit zu Zeit festhalten müssen, damit der Wind sie nicht von unseren Köpfen fegt.

»Google Maps ist echt praktisch«, rufe ich Erik zu, um den Regen zu übertönen.

»Sind eben die Vorteile des einundzwanzigsten Jahrhunderts«, entgegnet er.

Wir biegen in den Heisenbergweg ein, eine schmale Einbahnstraße in ruhigem Wohnviertel am Stadtrand mit Doppelhaushälften und gepflegten Vorgärten. Schon von Weitem ist die Menschenmenge vor einem der Häuser kaum zu übersehen, und als wir näher kommen, erkenne ich zahlreiche Reporter, die sich mit riesigen Fotoapparaten an einem halbhohen, dunkelrot gestrichenen Gartentor drängen, während sie zugleich Schutz unter riesigen schwarzen Regenschirmen suchen. Ein paar Meter weiter haben sich Schaulustige versammelt, die ihre Handys in die Luft halten und Fotos knipsen.

Erst beim Nähertreten erkenne ich, was sie da fotografieren.

Hier wohnte der Kindermörder steht an der Fassade des kleinen, weiß gestrichenen Hauses, hingeschmiert mithilfe von Spraydosen in riesigen, lieblos gemalten Buchstaben. Doch die Buchstaben passen nicht zum Rest des Gartens, welcher sich mir in dem Moment offenbart, als ich mich unter Einsatz meiner Ellenbogen zwischen all den Menschen zum Gartentor durchschiebe, den Klingelknopf drücke und mir sofort zwei Mikros unter die Nase gehalten werden. »Bist du eine Freundin von Peter Damm?«, fragt eine kratzige Frauenstimme, aber ich beachte sie nicht, sondern starre nur in den Garten. Da stehen lächelnde Gartenzwerge mit leuchtend bunten Mützen in einem Blumenbeet, nur wenige Meter entfernt von einem winzigen Teich, in dessen Wasser die Regentropfen in einer solchen Vielzahl eintauchen, dass es aussieht, als würden sie auf seiner Oberfläche einen wilden und doch wunderschönen Tanz tanzen. Da steht eine kleine Blautanne, die sich lautlos im Wind und unter den Wassermassen biegt, und etwas weiter eine verlassene Schubkarre, die halb mit Wasser und zur anderen Hälfte mit Laub gefüllt ist, als hätte jemand seine Gartenarbeit abrupt unterbrochen und seitdem einfach nicht mehr fortgeführt. Vor dem Haus eine Bank, unter der sich eine kleine, getigerte Katze zusammengerollt hat, den Kopf auf den Vorderpfoten und mit geschlossenen Augen. Heruntergelassene Rollos halten unerwünschte Blicke fern, doch die dunkelroten Fensterläden sind geöffnet und klappern von Zeit zu Zeit im Wind.

»Bist du eine Freundin von Peter Damm?«, wiederholt die Frauenstimme ihre Frage zum fünften Mal und greift mich dieses Mal so energisch an der Schulter, dass ich zusammenzucke. Als ich mich zu ihr umdrehe, werde ich sofort von nicht enden wollendem Blitzlichtgewitter eingehüllt, welches ich auch mit vors Gesicht erhobenen Armen nicht abwehren kann.

»Hören Sie auf, Fotos zu machen!«, höre ich Eriks Stimme wenige Meter hinter mir.

»Kennst du ihn? Kennst du seine Familie?« Die Mikrofone werden mir beinahe ins Gesicht gepresst, während die Blitzlichter weiter auf mich niederprasseln, sodass sie in meiner Wahrnehmung eins werden mit dem unaufhaltsamen Novemberregen. Ich erkenne die Reporterin, zu der die kratzige Stimme gehört; sie ist in einen braunen, komplett durchnässten Mantel gehüllt, die Haare sind auffallend kurz und fast schwarz. Außerdem trägt sie zu viel Rouge.

»Nein«, antworte ich schließlich, ohne meine Schutzhaltung aufzugeben. »Ich kenne ihn nicht.«

»Was machst du dann hier?«

»Ich wollte mit seiner Familie sprechen.«

»Hören Sie jetzt sofort auf!« Wieder Eriks Stimme, dieses Mal lauter und ganz nah.

»Bist du vom Christoph-Probst-Gymnasium?«, bohrt sie weiter und schiebt sich noch dichter an mich ran, sodass ich komplett zurückgedrängt werde ans Gartentor, und auf einmal kommen ganz viele andere Stimmen dazu, die kein Ende finden wollen in ihrer Sensationsgeilheit.

Plötzlich ist er bei mir, Erik, packt mich, zieht mich hinter sich, sodass ich eingepfercht bin zwischen ihm und dem Zaun und die Lichter und Mikros mich nicht mehr erreichen. »Verzeihung«, meint er nachdrücklich. »Aber von uns gibt es nichts zu hören. Wir wollen keine Interviews geben und stehen in keinem direkten Bezug zu Peter Damm und seiner Familie. Wir wollen auch nicht fotografiert werden und möchten jetzt gehen, also bitte lassen Sie uns sofort durch.«

Da ist sie wieder.

Cassie.

Im Vorgarten auf der Bank, unter der sich die Katze verkrochen hat.

Da sitzt sie, in einem weißen Sommerkleid.

Neben sich, auf der Armlehne der Bank, das kleine geschnitzte Schaf.

In ihrem Schoß ein Buch.

Der Himmel über Appleton House von S. E. Durrant, ihr Lieblingsbuch.

Nackte Füße, nackte Beine.

Ihr Kopf ist beim Lesen gesenkt.

Das Haar zu einem Zopf geflochten.

Erik greift nach meinem Handgelenk.

Der Regen hat ihr Haar durchnässt.

Die Wassertropfen schlagen Wellen ins Papier der Seiten.

Er zieht mich weg. Weg vom Gartentor.

Ihr muss kalt sein.

»Meine Freundin ist beim Amoklauf gestorben!«

Ich reiße mich los und drehe mich um, wende mich der Menge zu, die sogleich wieder übereifrig ihre Mikros in meine Richtung hält wie eine Horde ausgehungerter Aasgeier. »Sie wurde erschossen. Cassie hieß sie. Cassandra. Sie war fünfzehn.«

»Helene, hör auf«, raunt Erik mir zu und packt mich so heftig an den Schultern, dass es mir fast wehtut. Er will mich mit sich zerren, aber ich schüttle ihn grob ab und rede weiter, den Blick immer in die Kameras gerichtet, die meine Worte mit stetigen Klickgeräuschen begleiten. Und dann ist da plötzlich eine Fernsehkamera, die ganz nah an mich herangetragen wird und neben der mich die Frau im braunen Mantel per Zeichensprache auffordert, beim Sprechen direkt hineinzusehen.

»Peter Damm hat acht unschuldige Kinder erschossen und einen Lehrer, der versucht hat, ebendiese Kinder zu retten.« Sie sind still, alle um mich herum, lassen mich sprechen, nur Erik höre ich aus ein paar Metern Entfernung irgendetwas rufen. »Er hat Familien zerstört, Freundschaften, er hat so viel Schmerz und Leid angerichtet, wie es keiner von Ihnen je erfassen wird. Denn Sie stehen hier, wartend auf neue Schlagzeilen und Informationen und Gesichter, die Sie der Welt präsentieren können. Und vermutlich haben die wenigsten von Ihnen einmal innegehalten und über diejenigen nachgedacht, die den Schmerz dieser Tat tragen müssen.« Ich räuspere mich. In den hinteren Reihen werden inzwischen zum Filmen Handys hochgehalten. »Aber ich bin hier, weil ich Antworten will. Ich will wissen, wie es so weit kommen konnte, ich will wissen, warum meine Cassie sterben musste, und ich will seinen Eltern ins Gesicht sehen und sie fragen, wie sie mit dieser Schuld an ihren Händen leben können.«

Jubeln aus den hinteren Reihen der Schaulustigen.

Noch mehr Blitzlicht.

Donner in der Ferne.

Eriks Stimme irgendwo.

Aber ich rede weiter.

Ich erzähle von Cassie.

Ich erzähle, wer sie war.

Damit die Welt ihren Namen kennt.

Als Erik in unsere Klasse kam, war ich dreizehn und sah bis auf die fehlenden Brüste ziemlich genauso aus wie jetzt. Mein Deutschlehrer, ein älterer Herr mit Pullunder und Schnurrbart, hatte ihn an einem Mittwochmorgen im Schlepptau; ihn, Erik Reuter, damals fünfzehn, sitzen geblieben und neu in die Stadt gezogen. Da stand er vorn an der Tafel, in Jeans, die unten etwas ausgefranst und offensichtlich abgetragen waren, und olivgrünem Hemd, aber keines dieser schicken Anzughemden, sondern eher eines, in dem man durch den Wald rennt und Bäume fällt oder eine Backpacking-Reise antritt.

Hellbraunes Haar hatte er, die klassische Out-Of-Bed-Frisur, bei der man nie weiß, ob die Haare einfach nur unordentlich oder extra so hinfrisiert waren. Dieselbe Augenfarbe, leicht kantige Wangenknochen. Und groß war er, ein wenig größer als der Rest der Klasse; auch seine Schultern waren breiter als die der Kindsköpfe um uns herum und seine Oberarme muskulös genug, um zu sehen, dass er vermutlich problemlos Bäume und Mauern hochklettern konnte.

Der Lehrer setzte ihn hinter uns in die letzte Reihe.

»Wie findest du ihn?«, fragte mich Cassie am selben Nachmittag, als wir barfuß durch das kleine Wäldchen in der Nähe ihres Hauses liefen und uns einen Spaß daraus machten, über die Steine eines Baches zu balancieren. Eigentlich war es viel zu kalt für so etwas, und unsere Eltern hätten sicher über Erkältungen und Lungenentzündungen und damit unterschwellig über die Sterblichkeit von Kindern monologisiert, wenn sie uns so gesehen hätten, aber sobald ich meine Schuhe ausgezogen hatte, um das eiskalte Wasser zwischen meinen Zehen zu spüren, war Cassie leicht zu überzeugen gewesen.

»Er wirkt ganz cool«, erwiderte ich also, wobei ich das kaum beurteilen konnte nach den drei Sätzen, die wir gewechselt hatten. »Hast du 'nen Bleistift?«, hatte er mich in Mathe gefragt, und ich hatte gesagt »Klar«, und ihm einen gegeben, und dann hatte er ihn mir zwanzig Minuten später mit dem Wort »Danke« zurückgegeben. Eigentlich waren es entsprechend keine drei Sätze gewesen, sondern eher drei Floskeln der Höflichkeit, die unsere Gesellschaft uns im Rahmen von Bleistift-Leihgaben nun mal abverlangt, aber trotzdem fand ich ihn eben cool.

»Ich hab kurz mit ihm geredet, als du auf dem Klo warst«, sagte Cassie.

»Ach?«, erwiderte ich.

»Ja. Er spielt Gitarre, sagt er.« In ihrer Stimme schwang ein gewisser Stolz mit, den ich nicht ganz zuordnen konnte.

»Schön.«

»Findest du ihn süß?«

»Was?« Ich fiel fast von meinem Stein.

»Ich meine, findest du ihn attraktiv oder so was in der Art?«

»Ähm, na ja. Weiß nicht. Vielleicht. Du etwa?«

Sie lächelte und wandte den Blick ab. »Vielleicht.«

Es ist halb 8 und stockfinster, als ich bei Erik ankomme.

»Hey. Ich dachte, ich schau noch mal bei dir vorbei.« Leise schließe ich die Tür hinter mir.

»Hey.« Er sitzt am Computer; seine Finger huschen scheinbar automatisiert über die Tastatur, während er auf den Bildschirm starrt, auf welchem Dutzende animierte Soldaten durch eine Ruine rennen und sich gegenseitig abknallen. »Scheiße«, murmelt er und haut dann noch intensiver auf die Tastatur ein, wobei seine Finger nahezu verkrampfen, nur um seinen Spielcharakter wenig später durch einen imaginären Wald zu jagen und durch den Keller einer alten Hütte kriechen zu lassen.

Ich setze mich aufs Bett und warte.

Es riecht muffig hier drin, als hätte man seit Tagen nicht gelüftet. Ich betrachte den riesigen Kalender mit Bildern von Landschaften in Island, der direkt über dem Kopfende des Bettes hängt, dann das Foto direkt daneben, das Erik an irgendeinem See zeigt. Er sieht kaum jünger aus als jetzt. Über dem Schreibtisch hat er eine Weltkarte aufgehängt, mit grünen Stecknadeln an den Orten, an denen er schon gewesen ist, und roten an denen, wo er unbedingt hinwill. Es sind mehr rote als grüne, und als ich das bemerke, muss ich mir Erik in ein paar Jahren vorstellen, wie er mit Rucksack und Wanderschuhen durch die Welt tourt, ganz alleine, ganz weit weg, irgendwohin an Orte, deren Namen er selbst noch nicht kennt.

Ich schaue wieder zu ihm. Er trägt eine Jogginghose. Das tut er fast nie.

»Du warst vorhin einfach weg«, meine ich und ziehe meine Knie ans Kinn, um meinen Kopf darauf abzulegen und die Beine mit den Armen zu umschlingen. Meine Jeans ist genau wie meine Haare noch klitschnass und klebt förmlich an meinem Körper. »Weißt du, ich hab dauernd versucht, dich anzurufen, aber du bist nicht rangegangen.«

»Klar war ich weg. War ja überflüssig.« Sein Spielcharakter ist inzwischen in irgendwelchen Kellerräumen angekommen, wo er aus einer Wandnische heraus irgendwelche Tiere oder Monster oder was auch immer abschießt.

»Du bist sauer. Weil ich mit den Reportern geredet habe.«

»Nein. Nicht, weil du mit den Reportern geredet hast.« Er zieht die Luft ein, hackt so sehr auf die Tasten ein, dass ich vermute, die Tastatur könnte jeden Augenblick auseinanderfallen, und lässt dann vom Computer ab. »Verdammte Scheiße!«, ruft er und rauft sich die Haare.

Game Over.

»Warum bist du dann sauer?«

Erik dreht sich zu mir. »Ich fand deine Aktion vorhin einfach daneben.«

»Also geht's doch um die Reporter«, schlussfolgere ich.

Er verdreht die Augen und schüttelt den Kopf. »Es geht darum, dass Cassie nicht nur dir etwas bedeutet hat. Aber das verstehst du nicht.« Erneut wendet er sich dem Computer zu und beendet das Spiel, sodass nur noch der Desktop angezeigt wird. Der Hintergrund ist ein Bild von mir und ihm auf der Klassenfahrt nach Frankreich letztes Jahr. »Du verstehst nicht, dass du nicht die Einzige bist, die sie vermisst, und du verstehst noch weniger, dass es Menschen gibt, die ihren Namen nicht für irgendwelche Schlagzeilen missbraucht sehen wollen, nur damit sich alle das Maul über sie zerreißen können.«

»Du weißt doch gar nicht, was ich erzählt habe.«

Erik schnaubt. »Die ganze Welt weiß es. Es wurde bereits gesendet.«

Ich schlucke und weiß nichts zu sagen.

»Hast du seit ihrem Tod eigentlich nur eine klitzekleine Sekunde an etwas anderes gedacht als an dich? Hast du mal an ihre Eltern gedacht? An deine eigenen Eltern? Daran, dass andere nachts auch nicht mehr schlafen können? Und vor allem, Helene: Hast du an Cassie gedacht?«

»Ich hab immer nur an sie gedacht.«

»Nein.« Erik schüttelt wieder den Kopf. »Du hast nur an dich gedacht. Denn Cassie hätte Frieden gewollt, Frieden für alle, dass wir die Dinge ruhen lassen. Keine Schlagzeilen. Keine Sensation. Keine Medien. Cassie hätte einen weißen Sarg gewollt mit weißen Blumen, so wie sie ihn hatte, und sie hätte Freunde gewollt, die füreinander da sind, wenn sie weg ist.«

»Aber die hat sie doch.« Meine Stimme ist ganz leise.

»Wirklich? Hat sie das?« Er wird laut. »Dann sag mir, Helene, wann warst du für mich da? Wann warst du für irgendwen da außer dich selbst? Wann bist du je rausgekommen aus deinem Selbstmitleid und hast dich für andere interessiert?«

»Aber ich wollte nicht –«

»Natürlich nicht, natürlich wolltest du nicht. Und trotzdem bist du seit Wochen auf einem einzigen unerträglichen Egotrip, der es mir schwer macht, noch irgendwie für dich da zu sein.« Er schüttelt den Kopf. »Werd erwachsen, verdammt noch mal. Und vor allem: Mach die Augen auf und erkenn endlich, dass du nicht der einzige Mensch auf der Welt bist, und dass auch Freundschaften keine Einbahnstraßen sind. Nicht die mit mir und auch keine andere.« Damit dreht er sich zurück zum Computer und startet sein Spiel aufs Neue. Während ich dasitze und immer noch überrumpelt bin von Eriks Worten, haut er in die Tasten, um bewaffnet durch virtuelle Industriehallen zu rennen. Sein Oberkörper bebt, und ich erkenne, dass seine Augen genauso gerötet sind wie neulich, als wir zusammen geweint haben.

»Es tut mir leid«, sage ich irgendwann.

Er schnaubt, während er auf eine Horde gegnerischer Angreifer feuert. »Dafür ist es zu spät.«

Noch einige Minuten bleibe ich sitzen.

So lange, bis er, ohne mich anzusehen, sagt: »Bitte geh.«

Sieben

Lilly

In den folgenden Tagen spricht Erik kein einziges Wort mit mir, weder in der Pause, noch geht er ans Handy oder antwortet auf Nachrichten. Am Anfang dachte ich, er müsse nur mal drüber schlafen und sich beruhigen, bis ich am dritten Tag des Schweigens sauer wurde und ihm gleich vier wütende Nachrichten auf der Mailbox hinterließ. Inzwischen, eine Woche nach unserem Streit, sage auch ich nichts mehr.

Es ist Falk, der mich tröstet.

Zu dem ich mich ins Stroh setze und dem ich all diesen bescheuerten Mist ins Ohr flüstere in der Hoffnung, dass es sonst keiner hört, während er meine Hände ableckt und sie sich danach fürchterlich klebrig anfühlen.

Und wenn ich nicht auf Tessas Ranch bin, stürze ich mich in Nachforschungen.

Als ich Lilly Heisers Namen in Google eingebe, erscheinen über vierzig Treffer, die sich allerdings in den wenigsten Fällen auf Lilly, sondern meistens auf ihre Mutter beziehen. Angelina Heiser heißt sie; arbeitet als Model, wie mir eine Website voller schwarz-weißer und überaus freizügiger Fotos zeigt. Auf den meisten sieht man ihre Brüste, runde, straffe, schöne Brüste. Ich klicke mich durch, sehe manchmal nackte Haut, manchmal ein Dekolleté, manchmal einen Pelzmantel. Nur sehr selten ein Lächeln, welches weiße Zähne zum Vorschein bringt.

Wenige Tage später treffe ich sie in einer modernen Loftwohnung in der Innenstadt im sechsten Stock. Die Wände sind weiß und steril, die Decken hoch und die Inneneinrichtung extrem knapp gehalten. Der gigantische Hauptraum mit Sofa, Fernseher, einem langen Tisch und zwölf Stühlen ist so leer, dass ich das Gefühl habe, unterzugehen. Keine persönlichen Gegenstände, keine Fotos, kaum Farben. Unterbrochen wird das Ganze nur von einem riesigen, abstrakten Gemälde in Schwarz-Weiß, welches an der Wand neben dem ellenlangen Tisch hängt und fast vom Boden bis zur Decke reicht und dann noch mal drei oder vier Meter in die Länge, und von einem Gang, der direkt daneben zum Bad und zu weiteren Zimmern führen muss.

»Kann ich dir ein Glas Wasser anbieten?« Frau Heiser trägt ein schwarzes, enges und knielanges Kleid mit Dreiviertelärmeln, welches zum Hals hin hoch geschlossen ist und nur von einem weißen Taillengürtel geziert wird. Die langen, blonden Haare sind zu einem strengen Dutt nach oben gebunden, während dezent aufgetragenes Rouge die Höhe ihrer Wangenknochen betont.

Ihre Frage nach dem Glas Wasser verneine ich, sodass sie zwar eine edle Karaffe und zwei Gläser auf den Esstisch stellt, aber nur sich selbst etwas einschenkt, während ich mein Handy wegstecke. Keine Nachricht von Erik. »Auf Lillys Beisetzung waren nicht viele Menschen.« Sie sieht perfekt aus. Auch dann, wenn sie über ihre tote Tochter spricht. »Mein Bruder war da und seine Frau. Meine Mutter. Nachbarn. Nicht viele Freunde, weder von mir noch von ihr.« Dann lacht sie bitter. »Wobei man die meisten eher als Kollegen bezeichnen sollte.«

»Das tut mir leid«, sage ich. Als sie meinen Blick auf die Karaffe bemerkt, schenkt sie auch mir etwas ein, woraufhin ich mich bedanke und einen Schluck nehme. »Es ist etwas komisch ohne sie«, fährt sie dann fort. »Nicht, dass ich oft da war. Meistens war sie ja bei meiner Mutter oder das Kindermädchen war hier. Aber wenn ich heimkomme, ist es jedes Mal komisch.«

»Wie oft kommen Sie denn heim?«

»Verschieden. Manchmal bin ich zwei Wochen hier, dann wieder zwei Wochen weg. Für die Shootings. Es sind recht viele Aufträge, und in der letzten Zeit wurden es immer mehr.« Sie lehnt sich zurück und streicht sich eine nicht vorhandene Haarsträhne aus dem Gesicht; vielleicht sind automatisierte Gesten die Art und Weise, wie schöne Frauen ihre Gefühle verbergen.

»Haben Sie Lilly nicht vermisst?«

»Doch. Aber wäre ich hiergeblieben, hätte ich den Job noch mehr vermisst.« Einen Moment lang mustert sie mich. »Ich weiß, was du denkst. Du denkst, ich sei eine schlechte Mutter gewesen, weil ich so selten da war, richtig?« Sie schüttelt den Kopf und redet dann weiter, bevor ich etwas erwidern kann. »Lilly war ein glückliches Kind, sie hatte alles, was sie wollte. Bekam alle Kleider, die sie schön fand. Ich habe sie manchmal auch mit zu Shootings in der Nähe genommen, und manchmal kam sie mit auf Bilder. Manchmal hat sie dann sogar eigene kleine Fotoserien bekommen, sie wollte ein Star werden, ich war ihr Vorbild. Sie hatte seit einem Jahr ein Pony, zu dem das Kindermädchen sie ab und an gefahren hat, das war schon immer ihr Herzenswunsch. Sie war glücklich, hatte es gut.«

»Okay«, erwidere ich nur und nehme wieder einen Schluck Wasser, weil ich das einfacher finde, als zu widersprechen.

Außerdem geht es ja auch gar nicht darum, eine unglückliche Mutter auf ihre Fehler in der Kindererziehung hinzuweisen, sondern um Lilly. »Was ist mit Lillys Vater?«

»Den kannte sie nicht. War eine flüchtige Bekanntschaft mit Anfang zwanzig.«

»Aber er weiß von ihr?«

»Ich denke schon, ja. Ich glaube allerdings, er wollte es nicht wissen. Manchmal habe ich ihn angerufen, aber als Lilly in die Schule kam, habe ich es sein lassen.« Sie betrachtet ihre klar lackierten Nägel.

»Hat er Unterhalt gezahlt?«

»Nein. Um Unterhalt ging es mir nie, Geld hatte ich genug.«

»Was wollten Sie dann von ihm?«, hake ich nach und schaue sie eindringlich an, woraufhin sie den Kopf schief legt und ein paar Sekunden lang das merkwürdige Gemälde hinter mir betrachtet. »Ich weiß es nicht genau. Vielleicht mein altes Leben zurück. Das Leben, bevor ich ihn kennengelernt hatte.« Sie schenkt Wasser nach, erst mir, dann sich selbst. »Willst du Bilder sehen?« Daraufhin steht sie auf, verschwindet in den Gang und hinter eine der Türen, um kurz darauf mit einer schwarzen Blechkiste zurückzukommen. Und dann zeigt sie mir die Fotos von den Shootings.

Auf dem ältesten ist Lilly vier Jahre alt. Sie trägt ein schneeweißes Kleid, welches an das einer kleinen Prinzessin erinnert, sitzt auf einem Stuhl und starrt aus dem Fenster. Ihre Gesichtszüge sind fein und hübsch, die Wangenknochen hoch und elegant wie die von der Frau mir gegenüber und ihre Augen blau und groß. Dann kommen weitere Bilder, auf manchen ist sie allein zu sehen, auf anderen ist sie an der Seite ihrer Mutter, und mit jedem weiteren Bild wird sie ganz unbemerkt ein wenig freizügiger. Die Kajalstriche um ihre Augen werden dicker, die Röcke kürzer, die Schuhe höher, die Posen lasziver. Und auf den letzten Fotos, als sie dann zwölf ist, und auf denen sie in kariertem Rock auf einem Stuhl sitzt und die Beine so sehr spreizt, dass man beinahe, nur beinahe sehen kann, was darunter liegt, da sieht sie längst nicht mehr aus wie ein Kind, sondern vielmehr wie eine junge Frau, die ihr Leben lang nichts anderes getan hat, als Männer zu verführen. Perfekte Haare, perfekte Haut, perfekter Körper. Ein Blick in die Kamera, der so direkt, selbstverständlich und unverfroren ist, dass es mich beinahe erschüttert.

Ich schaue auf das Bild.

Dann zu Frau Heiser, die ihre Hände knetet, als hätte sie Schmerzen.

Schaue wieder auf das Bild.

Muss kurz an Cassie denken, die genauso weiße Haut hatte wie Lilly, und dann an Erik.

»Ist sie nicht hübsch?«, will Frau Heiser wissen, als wir die letzten Fotos zurück in die Kiste packen. »Sie hatte es in sich, das Modeln. Der Blick, die Ausstrahlung, das Posieren. Lilly hatte es gern, im Rampenlicht zu stehen.«

»Sie war hübsch, ja.« Mehr weiß ich nicht zu sagen. »Was für Freunde hatte sie?«

»Ich weiß es nicht. Gemessen an denen, die an der Beerdigung da waren, wenige. Aber sie hatte auch nicht so viel Zeit für Freunde. Die Schule war mir wichtig, ich wollte unbedingt, dass sie einen guten Abschluss macht. Dann die Shootings. Die Besuche bei der Kosmetikerin einmal die Woche. Und seit vier

Jahren hat sie auch dreimal die Woche geturnt, damit sie fit bleibt und ihre Figur hält.« Sie schenkt sich Wasser nach, schon wieder. »Das gehört eben alles dazu, wenn man groß rauskommen will.«

»Und Lilly wollte groß rauskommen?«

Sie lächelt milde. »Will das nicht jedes kleine Mädchen?«

»Nein.« Ich schüttle den Kopf. »Ich wollte das nie.«

Wieder das milde Lächeln; nun etwas verhärtet. »Ich kannte meine Lilly. Sie wollte das.«

»Und können Sie mir noch etwas zu ihren Kontakten sagen? Wen gab es noch in ihrem Leben?«

»Ich wüsste nicht, was. Aber ich kann dir die Nummer von ihrem Kindermädchen geben. Sie stand ihr sehr nahe und hilft dir sicher gern weiter.« Damit holt sie Zettel und Stift, um eine Telefonnummer und Namen zu kritzeln.

Lillys Kindermädchen ist älter, als ich dachte. Fünfundfünfzig, vielleicht sechzig Jahre alt, mit zahllosen, winzigen Fältchen um Augen und Mundwinkeln. Ihr Haar hat sie unter einem hellblauen Hut hochgesteckt, der aus den englischen Zwanzigerjahren stammen könnte; an einzelnen Strähnen erkenne ich, dass sie in ihrer Jugendzeit brünett gewesen sein muss. Der Filzmantel, den sie trägt, wirkt schlicht und modern; darüber eine dicke, anthrazitfarbene Wolljacke, die mich an aufgewühltes Meerwasser nach einem Sturm erinnert.

»Lilly war in ihrem Herzen ein ganz liebes Mädchen.« Sie nimmt ein Stück vom Preiselbeerkuchen, wobei die Hand mit der Gabel zittert, und schiebt ihn sich in den Mund. Um ihren Hals baumelt ein winziges, schlichtes Kreuz.

Wir sitzen in einem kleinen, urigen Café in einer leergefegten Seitengasse, eines mit spärlicher Beleuchtung und Bücherregalen an der Wand und altmodischen Sofas und Sesseln, in denen man versinkt, sobald man sich hinsetzt. »Sie war so tierlieb. Höflich, kreativ. Hatte selten Streit mit irgendwem. Schwierig war sie manchmal auch, ja, vor allem, als sie dann älter wurde. Aber mein Gott, wer kann es ihr verübeln bei den Anforderungen, denen sie sich zu stellen hatte?«

»Sie meinen die Schule und die Shootings?«

»Alles, ich kann es nicht konkretisieren. Aber vor allem waren es die Erwartungen, die an sie gerichtet wurden. Erwartungen, die sie auch selbst hatte, nachdem ihre Mutter sie ihr Tag für Tag vorgebetet hatte. Schön sein, gut sein, perfekt sein. Einmal, das war vor einem halben Jahr, da hatten wir ein Stück Kuchen gegessen und danach stand sie eine halbe Stunde lang halbnackt vor dem Spiegel, nur in Unterwäsche.« Sie legt ihre Gabel ab und starrt mit glasigen Augen an mir vorbei ins Leere, als würde sie Lilly vor sich sehen. »Da stand sie dann, vor dem Spiegel. ›Ich bin zu dick!‹, hat sie gesagt. ›Ich esse keinen Kuchen mehr.‹« Sie presst die Lippen zusammen, sodass sie einen Moment lang etwas weniger beben, und sieht dann wieder mich an. »Und was hab ich gemacht? Ich stand daneben und wusste, dass Widerspruch nichts helfen würde, also habe ich ihr geholfen, das Kleid wieder anzuziehen, sie neben mich aufs Sofa gelegt und dann ihre Lieblingssendung mit ihr angeguckt. *Hannah Montana* war das. Den ganzen Nachmittag lang.«

Eine Weile schauen wir uns nur an.

Dann frage ich: »Kannte Lilly einen Peter Damm?«

Es war Anfang Mai; ein Nachmittag, an dem die Sonne schon so viel Kraft hatte wie in anderen Jahren erst im Juni, und wir packten unsere Fahrräder, um an den kleinen Weiher im Wald zu fahren. Weit war es nicht bis dorthin, keine zehn Minuten, wenn wir schnell fuhren, und im Schatten der Bäume genoss ich die Fahrt sogar. Cassies rotes Haar wehte im Wind, und sie musste immer wieder aufpassen, dass ihr türkisfarbenes Kleid nicht zu weit hochrutschte, wenn sie in die Pedale trat. Sie trug Sandalen; ich hatte meine Turnschuhe auf den Gepäckträger geschnallt und genoss das Gefühl nackter Fußsohlen.

Unsere Räder lehnten wir an eine alte, dicke Eiche, um die letzten Meter barfuß zum Ufer zu laufen und die Picknickdecke an einer Stelle im Moos auszubreiten, an der die Sonne sich einen Weg durch das Blätterdach der Bäume gebahnt hatte. Die Decke hatte mir meine Mutter gemeinsam mit einem viel zu riesigen Korb voller Proviant und den mahnenden Worten *Geht nur mit den Füßen ins Wasser, auf keinen Fall weiter!* in die Hand gedrückt, um mich dann ohne größere Probleme zu entlassen. Bei Cassie war das – wie meistens – etwas schwieriger gewesen; ihre Eltern glaubten nämlich, dass wir das Wasser nur aus der Ferne betrachten und nicht reinspringen wollten, und ich hatte Cassie nur in letzter Sekunde und mit aller Energie, die ich aufbringen konnte, davon abhalten können, sie in diesem Glauben zu korrigieren.

Es war kein klassischer Badeweiher, den wir uns ausgesucht hatten, und vermutlich wäre es den meisten Menschen viel zu eklig gewesen, das Wasser auch nur zu berühren, da es braun war und undurchsichtig und vermutlich mit Unmengen Schlamm und Algen auf dem Grund. Doch nun lag er zauberhaft unberührt vor uns; ein kleiner Bach führte ihm sein Wasser mit leisem Plätschern zu, um auf der anderen Seite als kleines Rinnsal mit kaum hörbarem Rauschen und Glucksen wieder hervorzutreten. Weit und breit war kein Mensch zu sehen oder zu hören, nur irgendwo ein Specht, der an einen Baum hämmerte.

Ich wartete nicht lange, sondern zog mein T-Shirt aus, dann meine Hose, dann die Unterwäsche, und schlüpfte gleich darauf in den dunkelblauen Badeanzug, den ich zum letzten Geburtstag bekommen hatte. »Was ist?«, fragte ich und grinste Cassie an. »Zieh dich um, los!«

Verlegen schaute sie mich an. »Ich hab nichts dabei.«

»Aber warum denn das? Wir wollten doch baden.«

»Meine Mutter hat meine Badesachen weggepackt, bevor ich gefahren bin. Damit ich nicht ins Wasser kann«, murmelte sie, und betrachtete ihre Zehenspitzen, bis ich zu ihr rüberkam und den Arm um sie legte. »Das ist nicht schlimm. Du kannst ja deine Unterwäsche anlassen.«

»Aber das sehen meine Eltern, wenn die nass ist.«

»Wir lassen sie in der Sonne trocknen und gehen erst, wenn alles wieder trocken ist.«

»Und das klappt?«

»Ja, na klar. Komm jetzt.« Ich griff nach ihrer Hand und zog sie hoch, und Cassie zog ihr Kleid aus und stand dann nur noch in rosafarbener Unterhose und Unterhemd vor mir, beides mit kleinen weißen Punkten drauf. »Perfekt«, sagte ich und nahm ihre Hand wieder, und ich ließ sie nicht los, als wir beide zum Weiher rannten und unsere Zehen ins eisige Wasser tunkten, und auch dann nicht, als wir bis zu den Knien drin waren, und selbst als wir bis zur Hüfte im Weiher standen und ihre Lippen bereits blau waren und sich Gänsehaut auf unseren Armen bildete, hielt ich sie noch fest. Erst, als ich mich vom Boden abstieß und anfing zu schwimmen, da musste ich loslassen, und wir schwammen von einem Ufer zum anderen und wieder zurück und dann noch mal hin und zurück, und dann tauchte ich unter, packte Cassie und hob sie hoch und schmiss sie ins Wasser, sodass sie aufschrie und mit tausend Luftblasen unterging und dann prustend und lachend wieder auftauchte. Erst, als ich meine Zehen kaum noch spürte vor Kälte, stapften wir wieder ans Ufer und legten uns in die Sonne, um uns trocknen zu lassen und uns über den Marmorkuchen und die Weintrauben meiner Mutter herzumachen.

»Ich hab was mitgebracht«, sagte Cassie dann, deren Unterwäsche immer noch pitschnass am Körper klebte, sodass ich mir nicht mehr ganz sicher war, ob sie wirklich rechtzeitig trocknen würde. Sie zog einen Stapel Papier aus ihrer Tasche.

»Vielleicht sollte ich das jetzt toll finden, aber ich weiß nicht ganz, was du damit vorhast«, gestand ich, aber Cassie ließ sich nicht beirren und legte erst mir, dann sich selbst einen Zettel hin. »Ich dachte, wir könnten vielleicht Schiffe falten und sie im Bach schwimmen lassen.« Als sie mein entgeistertes Gesicht sah, lachte sie und stieß mich in die Seite. »Mir war klar, dass du das doof findest. Aber lass es uns zumindest probieren, okay?«

Ich seufzte. »Du weißt, ich bin kein großer Bastler. Kannst du nicht stattdessen … irgendwelche Muster in Äste schnitzen, während ich hier in der Sonne liege?«

»Nein.« Cassie schüttelte den Kopf, schob mir ein Papier rüber und begann einfach, sodass ich letztlich nicht anders konnte, als mitzumachen, bis sich ein kleiner Haufen Papierschiffchen neben uns auftürmte. Ihre waren viel hübscher als meine. »Du musst noch üben«, stellte sie fest.

Und dann setzten wir unsere Boote ins Wasser, und während manche nach wenigen Zentimetern kenterten und wieder rausgefischt werden mussten, hüpften manche unaufhaltsam über die Wurzeln und Steine, über die das Wasser sie scheinbar ohne jede Anstrengung trug. Und es machte Spaß, ja, es machte sogar so verboten viel Spaß, dass ich es nie zugegeben hätte.

»Versprich mir, dass du für immer meine Freundin bist«, sagte Cassie.

»Das verspreche ich«, antwortete ich.

»Kannte Lilly einen Peter Damm?« Meine Frage steht einen endlosen Moment lang unbeantwortet im Raum, sodass ich fast glaube, sie wurde überhört. Die Kellnerin kommt, fragt, ob wir noch etwas brauchen, ich schüttle den Kopf und sie verschwindet wieder hinter dem Tresen.

»Das ist der Täter, oder?« Ich beobachte, wie Lillys Kindermädchen ihre Hände auf dem Tisch knetet. Sie trägt zwei schlichte, silberne Ringe an der linken Hand. »Nein, den kannte sie nicht, sicher nicht.« Sie schüttelt den Kopf.

Ich schaue aus dem Fenster des Cafés, wo der Wind durch die Straßen tobt und Blätter und Müllfetzen herumwirbelt. Eine Taube landet ein paar Meter von uns entfernt auf einem Mülleimer und putzt sich das zerrupfte Gefieder. Sie ist aufgeplustert und zittert vor Kälte. »Warum musste sie sterben?«, frage ich, ohne die Taube aus den Augen zu lassen.

»Das weiß nur der Herrgott im Himmel.«

Acht

Die Brüder Aydin

»Ich hab Erik lang nicht mehr gesehen.« Meine Mutter schließt die Spülmaschine, legt ihre Schürze ab, eine pinke Küchenschürze mit kleinen Kätzchen, die sie schon seit dem Teenageralter besitzt und die so gar nicht mehr zu ihr passt, und setzt sich zu mir an den Küchentisch. »Nimm dir, iss. Es wird sonst kalt.«

Es gibt Tortellini. »Er hat viel zu tun«, sage ich und schiebe mir eine Gabel voll in den Mund.

»Was macht er denn so? Hat seine Familie endlich den Wald verkauft?«

»Nein. Und sie wollten auch nie den Wald verkaufen, sondern nur einen Teil.«

»Ach so. Richtig, das hatte er erzählt. Aber zwischen euch ist alles okay?«

»Klar.« Konzentriert kaue ich auf der Käse-Ricotta-Füllung herum.

Sie legt den Kopf schief. »Na dann.«

»Was gibt es Neues von dir?«, wechsle ich das Thema, während meine Augen über den Adventskranz wandern, den meine Mutter mit weißen Kerzen und kleinen weißen Kunststofffiguren verziert hat, sodass sich zwischen den Tannenzweigen und weißen Kunstzweigen kleine Häschen und Vögel tummeln. Es brennen zwei Kerzen.

»Bei mir ist alles gut. Ich … war vorgestern bei Sibylle.« Ich beiße mir auf die Zunge, meine Mutter spricht weiter. »Sie hat erzählt, dass du nicht da warst seit der Beerdigung.«

»Ich mach das noch. Ehrlich.«

»Okay.« Sie nickt.

»Wie kommt sie denn zurecht?«, lenke ich von mir ab.

»Nicht gut. Sie tut mir so leid. Noch nie hab ich sie so … trostlos erlebt.«

»Du wärst auch trostlos, wenn ich tot wäre.« Noch während ich ihn ausspreche, merke ich, wie unsensibel dieser Satz ist angesichts der Tatsache, dass ich wirklich hätte sterben können. »Das war jetzt blöd formuliert«, entschuldige ich mich, und meine Mutter schluckt und nimmt sich noch ein paar Tortellini.

»Ich würde ihr gern helfen«, sagt sie nach einer Weile. »Sie ablenken. Aber sie will das nicht. Ich glaube, sie will nicht mal, dass ich sie wieder besuche oder anrufe.«

»Vielleicht braucht sie Zeit für sich?«, mutmaße ich.

»Oder aber ich bin der falsche Mensch, um jetzt bei ihr zu sein.«

Für mehrere Minuten essen wir schweigend.

»Wie nah steht ihr euch eigentlich noch?«

Meine Mutter legt ihr Besteck zur Seite. »Das ist schwer zu sagen. Früher waren wir ja unzertrennlich. Wie du und Cassie.« Sie hält inne, mustert mich und fährt dann fort. »Ich hab dann ja das Abi nicht geschafft und bin Industriekauffrau geworden, da war ich dann beruflich recht eingebunden. Und sie … na ja, ein Zahnmedizinstudium kostet eben Zeit.«

»Ihr habt euch auseinandergelebt.«

»Nein, nicht direkt.« Sie schüttelt den Kopf, steht auf, nimmt sich ein Taschentuch von der Küchentheke, schnäuzt sich kaum hörbar, steckt es ein und setzt sich wieder hin. »Sagen wir, wir haben uns einfach in unterschiedlichen Welten entwickelt. Aber der Kontakt ist nie abgebrochen, sie ist immer noch … sehr wichtig für mich. Wir treffen uns nur nicht mehr so oft wie früher, aber das ist normal, wenn man erwachsen ist.«

»Okay«, sage ich.

Bei Cassie und mir wäre das nie so geworden.

»Wie laufen die Reitstunden?«, wechselt meine Mutter das Thema.

»Ganz gut.« In meiner Hosentasche vibriert es, sodass ich unwillkürlich zusammenzucke. »Ich muss mal aufs Klo«, sage ich und springe so hastig vom Tisch auf, dass mein Glas Wasser fast umkippt und das ganze Geschirr klappert. Ich laufe ins Bad und schicke Stoßgebete zum Himmel, dass die Nachricht von Erik sein möge.

»Ist wirklich alles in Ordnung, Liebling?«, ruft meine Mutter mir noch nach, aber ich antworte nicht, sondern sperre das Bad ab, lasse mich auf den kleinen Hocker neben der Tür fallen und ziehe mein Handy hervor, wo mir die Nachricht in klaren Buchstaben entgegenleuchtet.

Wann kann Hannah ihren Blazer und die Hose wiederhaben?

Ich werfe mein Handy in die Ecke, sodass mit lautem Scheppern der Akku herausspringt, und vergrabe mein Gesicht in den Händen.

An der Tür klopft es. »Willst du mit mir über Erik reden?«, fragt meine Mutter.

»Da gibt's nichts zu reden. Er ist ein Arschloch.«

Nachdem ich Lilly Heisers Leben stundenlang auseinandernehme, überdenke, neu zusammensetze und doch noch immer keinen Bezug zu Peter Damm finde, beschließe ich, sie zur Seite zu legen. Ich ziehe das Jahrbuch des letzten Schuljahrs hervor, um es von der ersten bis zur letzten Seite durchzublättern. Seite siebenunddreißig verrät mir, dass Enzar Aydin im Judo-Club unserer Schule war, sodass ich in der folgenden Woche dorthin gehe. Die Turnhalle ist furchtbar stickig, es riecht nach Schweiß und die schmalen Fenster sind beschlagen, als ich zum Ende des Trainings den Raum betrete. Die Schüler räumen gerade noch die letzten Matten vom Boden zurück in den Geräteraum, alle in weißen Judoanzügen, die meisten mit gelben und orangefarbenen Gürteln.

»Kann ich dir helfen?« Der Judolehrer, Herr Reuß, entdeckt mich sofort und kommt lächelnd auf mich zu. Er ist Anfang dreißig und mit seinen muskulösen Oberarmen und dem markanten Gesicht der klassische Mädchenschwarm. »Du bist die Helene aus der Zehnten, richtig? Leider ist das Training gerade zu Ende, aber wenn du dich interessierst, schau doch nächste Woche mal vorbei. Wir freuen uns über Zuwachs.«

»Nein, danke. Darum bin ich nicht hier. Es geht um Enzar Aydin.«

»Sagt dir der Name Peter Damm etwas?« Ich schaue dem kleinen Jungen mit rundem Gesicht und rotem, kurzen Haar in die Augen, den Herr Reuß mir als Enzars besten Freund vorgestellt hat. Wir haben uns auf dem Boden am Rand der Halle niedergelassen und lehnen an der Wand, während die Judokas in die Umkleiden verschwinden.

»Nein.« Chris schüttelt den Kopf. »Wer ist das?«

»Niemand, schon gut. Dann erzähl doch mal, wie er so war. Und sein Bruder, falls du den ebenfalls kanntest? Erzähl einfach, was dir einfällt.«

»Sein Bruder ist auch tot, oder?«

»Ja. Der ist auch tot.«

Er räuspert sich und kratzt sich die Nase. »Ich denke, die zwei haben sich nicht so gut verstanden. Haben nicht so viel zusammen gemacht und sich oft geärgert. Aber Enzar hat nicht viel erzählt von seinem Bruder. Wir hatten andere Themen.«

»Was waren das für Themen?«

»Ich weiß nicht, alles Mögliche. Wir haben uns beide sehr für Flugzeuge interessiert.« Seine Augen beginnen zu leuchten. »Mein Vater ist Pilot, und das fand er von Anfang an total spannend. Ich will auch mal Pilot werden, wenn ich groß bin, und Enzar will Flugzeuge bauen. Wir haben immer zusammengesessen und welche gezeichnet, er hat mir Modelle gezeigt, die er eines Tages bauen wird. Und er hatte ein großes Buch nur mit Bildern von Flugzeugen, das fand ich total toll. Und meine Modellsammlung hab ich ihm gezeigt. Mit der kann man sogar spielen, wenn man ganz vorsichtig ist, und mit Enzar hat das echt Spaß gemacht.«

Ich lächle. »Das klingt schön.«

Chris nickt. »Es war der Wahnsinn.«

Ich lasse den Gedanken an zwei Jungs, die in ihren Zimmern mit Flugzeugen spielen und von einer großen Zukunft träumen, auf mich wirken. Die Vorstellung wirkt so heil, so unberührt und schön. Und doch war sie zerbrechlich. Peter Damm hat sie zerbrochen.

»Kannte er einen Peter? Peter Damm?«

»Nicht dass ich wüsste. Wer ist das?«

»Niemand von Bedeutung.«

Etwas ratlos schaue ich auf meine Zehenspitzen, wobei mir auffällt, dass meine rechte Socke ein Loch hat, sodass der große Zeh ein Stück zwischen dem Ringelmuster herausschaut. »Fällt dir noch irgendwas ein, was wichtig wäre über Enzar? Probleme, die er hatte? Eine Freundin?«

»Er hat auch gerne Kartentricks gemacht und sich für Zauberei interessiert.«

Ich schaue Chris an und sage nichts.

»Er war ein toller Freund. Der beste auf der Welt.« Und dann sehe ich, dass Chris die Tränen kommen, und während er dasitzt, an die Wand der Sporthalle gelehnt, mit Tränen auf den Wangen und der schmerzlichen Erinnerung an seinen verlorenen Freund im Gesicht, fühle ich mich so hilflos wie selten zuvor. Ich kann ihn nicht einmal in den Arm nehmen, weil ich generell wenig Menschen in den Arm nehme, und so sitze ich einfach nur neben ihm und lasse ihm die Zeit, um zu weinen.

Ich habe keine Ahnung, wie lange wir noch nebeneinandersitzen, aber irgendwann stehen wir auf und verlassen die Turnhalle. Als ich mich vor den Umkleiden bei Chris bedanke und wir uns verabschieden, erfahre ich noch, dass Mesut meistens nach der Schule auf dem Sportplatz gewesen ist, und dass die Leute ihn dort gut kennen sollten. Darum ist das am nächsten Tag mein Ziel.

Obwohl die Straßenränder seit Tagen von braunem Schneematsch geziert werden, der durch die nächtliche Kälte immer wieder friert und nur am Tag antaut, treffe ich dort drei Jungs.

Alle zwei bis drei Jahre jünger als ich, alle trotz der Kälte nur in dünnen Sweatjacken, einer mit kurzer Hose. »Seid ihr Freunde von Mesut?«, rufe ich zu ihnen rüber, aber sie ignorieren mich, sodass ich hingehe und meine Frage wiederhole. Mit zusammengekniffenen Augen schauen sie mich an, dann kommt endlich einer zu mir und ringt sich immerhin dazu durch, mit mir zu sprechen. »Was willst du?«, fragt er, während eine Schneeflocke vom Himmel segelt und nach wenigen Sekunden einige andere folgen.

»Wissen, ob ihr Freunde von Mesut seid.«

»Mesut ist tot«, ruft einer der beiden anderen, während er seinen Basketball geradewegs durch den Korb wirft. Sein Atem zeichnet sich in Form von weißen Wölkchen in der Luft ab. Mir fällt auf, dass sein Haar auffallend lang und zu einem Zopf gebunden ist; er hat einen leichten Akzent; vielleicht türkisch. »Er ist bei Allah, du findest ihn nicht mehr hier. Also was willst du hier?«

Ich wende mich wieder dem zu, der vor mir steht. Er ist strohblond und trägt eine akkurat gestylte Gelfrisur, dazu ein Billabong-Shirt und Turnschuhe von Adidas.

»Ich will wissen, wer er war.«

»Warum? Das bringt dir doch jetzt nichts mehr.« Er spuckt mir vor die Füße.

Genervt verdrehe ich die Augen. »Mein Gott, kannst du mir nicht einfach antworten?«

»Tu ich ja gerade.«

»Na schön. Also, was kannst du mir über ihn sagen?«

»Er hat mit 'nem Mädel aus unserer Klasse rumgemacht. In der Woche, bevor er gekillt wurde.«

»Okay. Und weiter?«

»Willst du mehr über das Mädel wissen? Ihr Name war Anna und ich glaube sie …«

Ich winke entnervt ab. »Nein, Herrgott, vergiss das Mädchen. Ich will etwas über ihn wissen, du Vollpfosten. Was für Freunde hatte er, hat er sich mit irgendwem schlecht verstanden … all so was. Je schneller du mir einfach sagst, was ich wissen will, desto schneller bin ich wieder weg.«

»Na okay. Er war ziemlich cool, ziemlich beliebt. Die Jungs hatten Respekt vor ihm. Aber er war nicht so gut in der Schule, hat die letzte Klasse nur schwer gepackt und wäre dieses Jahr vermutlich durchgefallen. Sonst gibt es nicht viel. Sein Bruder war ein kleiner Freak. Den hat es ja auch erwischt. Tut mir leid für die Mutter.« Er grinst, doch seine Augen lachen nicht dabei. »Muss sich halt noch mal vögeln lassen, dann hat sie vielleicht wieder zwei Söhne.«

»Spar dir deine Sprüche. Was war mit Enzar?«

»Dem Bruder? Wie gesagt, ein ätzender Freak. Hat immer Flugzeuge gemalt.«

»Woher kanntest du ihn?«

Dem anderen Jungen gelingt gerade der sechzehnte Korb in Folge.

»Ist manchmal hier vorbeigekommen. Sollte von der Mutter irgendwas vorbeibringen. Mal Pausenbrot, mal einen Schal. Ziemlich peinlich, wenn du mich fragst.« Erneut spuckt er auf den Boden; verfehlt meine Füße nur noch um einen Zentimeter. »Haben dem Kleinen ab und an die Ohren lang gezogen, wenn er genervt hat. Ihm und seinem kleinen fetten Freund.«

Ich atme durch und werfe einen Blick auf die Spucke neben

meinem Schuh, die mehr und mehr von Schneeflocken zugedeckt wird, die zuerst schmelzen und dann eine weiße Decke bilden.

»Was soll das heißen? Habt ihr die beiden verhauen?«

»Geht dich 'nen Scheißdreck an.«

Und da reißt er, mein Geduldsfaden. Ich packe ihn grob am Kragen und schleudere ihn mit aller Kraft gegen den Zaun des Sportplatzes, wo ich ihn weiter fixiere, während meine andere Hand ihn so fest an den Gelhaaren nach hinten zerrt, dass er das Gesicht verzieht. »Du kleines Schwein erzählst mir augenblicklich, was ihr mit Enzar gemacht habt, oder ich vergesse mich.«

»Wir haben ihn nur geärgert. Bisschen geschubst vielleicht. Fette fallen schneller hin.«

Er versucht, sich aus meinem Griff zu lösen, aber ich zische nur: »Sprich weiter.«

»Wir haben Enzar und dem Dicken einmal seinen Apfelsaft über den Kopf gekippt. Der Dicke hat dann direkt geheult und ist nach Hause gerannt, und weil wir Nachsitzen mussten, hat Mesut seinem Bruder daheim noch eine gescheuert. Das war einfach scheiße von ihm, man petzt nicht. Aber … das war auch schon alles. Den Kleinen hat es doch nie geschadet, und es war witzig gemeint.« Er verzieht das Gesicht, mein Herz pocht laut. »Lass meine Haare los, verdammt, du tust mir weh.«

»So wie ihr Enzar und Chris wehgetan habt, hm?« Ich ziehe fester, bis er heult; dann lasse ich ihn los, stoße ihn von mir weg, sodass er gegen den Zaun fliegt, an dem er sich festhält und hochzieht. »Du bist doch irre«, meint er und spuckt mir ins Gesicht, und da packe ich ihn wieder, ziehe ihn stärker an den kurzen Haaren als zuvor, was ihn laut aufschreien lässt. »Oh ja, das bin ich, und weißt du was, es macht mir Spaß.« Ich schaue ihm direkt in die Augen; unsere Gesichter sind einander so nah, dass ich den Atem aus seiner Nase in meinem Gesicht spüre. »Und du, mein Freund, wirst nie wieder irgendwen anrühren, hast du das verstanden? Und um Chris wirst du einen großen Bogen machen; wenn du ihn je wieder auch nur ansiehst, bin ich nicht mehr so nett zu dir.« Er wimmert. Ich halte bereits ein Haarbüschel in der Hand. »Hast du das verstanden?«

»Verstanden«, jault er, und damit lasse ich endgültig von ihm ab, drehe mich um und stapfe durch den Schnee davon. Vom Jungen mit den langen Haaren und den sechzehn Körben fehlt jede Spur.

Mit dem Rad fahre ich noch am selben Abend raus aus der Stadt und rüber ins kleine, direkt angrenzende Dorf, in dem das Haus von Eriks Eltern und ein paar Meter weiter das von seinem Onkel und seiner Oma steht. Das Dorf besteht aus exakt zwölf Häusern und einer alten Postfiliale in der Mitte; seitdem ich Erik kenne, steht sie allerdings leer.

Nichts habe ich erfahren.

Gar nichts, weder von Chris noch von den Idioten am Bolzplatz.

Ich trete heftiger in die Pedale, um meinen Frust abzubauen.

Eine Dreiviertelstunde dauert der Weg zu Erik, und als ich mein Rad an der Hauswand abstelle und die Klingel drücke, sind meine Finger taub. Doch das ist mir egal, ich will Erik sehen, ich will mit ihm reden, über alles, was ich erfahren habe, und darüber, dass es mich nicht weiterbringt, egal wie ich es drehe und wende.

Keiner öffnet.

Es dämmert bereits. Trotzdem schwinge ich mich wieder aufs Rad und biege in die Schotterstraße ein, die in den Wald führt und nach wenigen Hundert Metern zu einem verwilderten Pfad wird, der nur deswegen fortbesteht, weil Eriks Familie regelmäßig mit Traktoren hier durchfährt.

Ich erkenne sie am Klang der Motorsäge, zwei Gestalten in orangefarbenen Warnwesten und mit Schutzhelmen in derselben Farbe. Sie stehen etwa fünfzig Meter vom Weg entfernt; ein Baumstamm liegt vor ihnen, von dem der eine immer ein Stück absägt, damit der andere den entstandenen Holzklotz ein Stück zur Seite auf eine Schubkarre wuchten kann. Den alten, rostigen Pick-up von Eriks Onkel haben sie neben dem Weg zwischen Büschen abgestellt, sodass er fast nicht zu sehen ist.

Ich lasse mein Rad liegen und laufe zu ihnen.

Erik ist der, der die Holzstämme in die Schubkarre lädt.

Sein Vater der mit der Säge.

Als Erik mich entdeckt, hebt er die Hand, woraufhin sein Vater die Maschine abstellt und sich zu mir umdreht. »Helene«, meint er, hustet kurz und bringt mir dann ein strahlendes Lächeln entgegen. »Was treibt dich denn hierher? Es ist fast dunkel.«

»Hallo, Herr Reuter. Ich wollte nicht stören, nur kurz nach Erik sehen.«

»Hast du ja jetzt gemacht«, schaltet sich Erik ein. Und dann in Richtung seines Vaters: »Können wir weitermachen?« Dieser schaut erst seinen Sohn an, dann zu mir, dann wieder zu

Erik und dann wieder zu mir. »Wenn ihr ein paar Minuten für euch braucht … «

»Erik, ich weiß nicht, was das Theater soll«, sage ich. »Können wir uns nicht einfach wieder verstehen? Du führst dich auf wie ein Kindergartenkind, dem man die Plastikschaufel weggenommen hat, und langsam nervt das. Ich will doch nur, dass du wieder normal bist und dass du wieder mit mir redest und dass alles ist wie vorher.«

»Ja«, erwidert Erik und wischt sich mit seinen Arbeiterhandschuhen übers Gesicht, sodass eine braune Spur auf seiner Stirn zurückbleibt. »Und genau das ist das Problem, Helene. Du willst.«

Neun

31. Oktober

Er sah so müde aus. Der Junge. Heute kenne ich seinen Namen.

Tagelang, wochenlang gruben sich die Augenringe tiefer in die blasse Haut.

Bis zum 31. Oktober.

Da war er plötzlich fort.

An dem Tag war es etwas kühler geworden, sodass wir auf Anraten unserer Mütter bereits Mäntel und Schals und Stiefel trugen, ich in Grau und Dunkelblau, Cassie in Braun und einem zartem Hellgrün, das mich an ihre Pastelltöne in meinem Lebensbild erinnerte. Es war windig und düster an diesem Tag, aber noch nicht so kalt, dass man draußen fror; Herbst und Winter ließen auf sich warten in diesem Jahr.

Sein Fehlen stach mir sofort ins Auge. Die Bank, auf der er sonst immer gesessen hatte, stand heute einsam und unberührt da, und der Anblick der dort herrschenden Leere rief in mir ein Gefühl hervor, das ich nicht zuordnen konnte. Es war komisch, an diesem Tag keinen fremden Blicken auszuweichen, es war komisch, keine bohrenden Blicke im Rücken zu spüren, wenn ich die Schule betrat.

Ich vermisste es nicht, natürlich nicht, da war keine Sehnsucht, die ich an diesem Tag verspürte. Es war vielmehr ein Ziehen ganz tief in mir drin, irgendwo an einem undefinierbaren

Ort zwischen Herz und Magen. Ein Ziehen, das mir verriet, dass etwas falsch war an diesem Tag.

Doch ich sagte nichts.

Niemals erwähnte ich den Jungen auf der Bank.

Auch nicht am Tag seiner Abwesenheit. Ich versuchte, mich mit dem Schulstoff der ersten Stunde abzulenken, da hatten wir Deutsch. Cassie wurde abgefragt und hatte eine Eins plus, ich erinnere mich so gut an ihr Lächeln. Dann kam Mathe in der zweiten, wo wir uns in nahezu beängstigender Routine denselben Gleichungen wie immer widmeten. Ich erinnere mich daran, wie mein Mathelehrer in dieser Stunde ausrastete, weil die halbe Klasse immer noch nicht beherrschte, was wir seit Wochen übten, und daran, wie er mich lobte, weil ich es von allen am besten konnte.

Nach Mathe gingen wir in die Pause.

Unsere Schule ist klein, hat nicht einmal fünfhundert Schüler, und zu allem Überfluss ist sie auch überhaupt nicht hübsch. Sie sieht aus wie ein trister, grauer Kasten, der aber immerhin von buntem, selbst gebasteltem Fensterschmuck der unteren Klassen geziert wird und von ebenso bunt geschwungener Schrift über dem Haupteingang, die jeden darüber aufklärt, dass es sich um das Christoph-Probst-Gymnasium handelt. Vermutlich ist das für Menschen, die sich verirrt haben und dann auf Google Maps den Namen unserer Schule eingeben können, um zu gucken, wo sie sind. Oder aber unsere Kunstlehrer hatten einfach keine anderen Ideen, was man künstlerisch und in Farbe hätte gestalten können.

Bei uns kann man die Pause an zwei Orten verbringen: Entweder auf dem betonierten Vorplatz der Schule, an dessen Rand die Lehrer ihre Autos parken und auf dem die Fünftklässler gern Gemälde aus Straßenmalkreide kreieren, oder auf einem kleinen, in sich geschlossenen Innenhof, in welchem Bänke, Bäume und Tischtennisplatten von wackligem Kopfsteinpflaster ablenken. Der Innenhof ist nur über zwei Türen zu je gegenüberliegenden Seiten zu erreichen; Cassie hatte ihn in der fünften Klasse immer als »Innenhof einer sicheren Burg« bezeichnet. Im Laufe der Jahre wurde er zu unserem eigenen, kleinen Paradies, in dem wir immer auf derselben, verrosteten Metallbank saßen oder lagen, uns die Sonne ins Gesicht scheinen ließen und die Wolken am Himmel beobachteten, während Cassie Geschichten von ihrer Schwester erzählte und ich Lehrer kritisierte.

Auf dieser Bank saßen wir auch am 31. Oktober.

Erik aß sein Schinkenbrot. In viel zu großen Bissen.

Cassie erzählte irgendwas, im Wechsel dazu ich.

Hielt dabei ihre Papiertüte fest in der Hand; Erik hatte sie ihr mitgebracht, sie war voller kleiner Holzklötzchen aus seinem Wald, an denen teils noch Erde klebte. »Wir könnten auch mal zusammen was basteln«, hatte er beim Überreichen gesagt, und dann hatten sie sich darüber unterhalten, welche Figuren sie am liebsten erschaffen würden und was besonders schwierig sein könnte und wie man das Holz am besten halten musste, um sich beim Schnitzen nicht in den Finger zu schneiden.

Über mir zog eine Wolke in Form eines Kaninchens vorüber.

Ich weiß noch, wie ich beide darauf aufmerksam machte.

Was dann passierte, kann entweder Zufall gewesen sein oder das Werk eines Gottes, dessen Existenz ich bezweifle, jedenfalls stand Erik auf. »Muss aufs Klo«, meinte er, noch immer mit dem Mund voller Schinkenbrot, warf die zerknüllte Bäckertüte in den Abfalleimer und ging eilig nach drinnen. Ich sah ihn durch die riesigen Glasfenster des Schulflurs noch einige Meter laufen und durch die nächste Tür verschwinden, bevor es losging.

Fünf Atemzüge, nachdem Erik verschwunden war.

Da passierte es.

Ich weiß nicht, warum es gerade fünf waren, geschweige denn, warum ich das bemerkte, aber nach diesen fünf Atemzügen durchdrang ein Schuss die Vertrautheit meiner Umgebung und brachte sie endgültig zu Fall. Ein Schuss, der mein Herz aussetzen ließ, nur um es dann viel schneller schlagen zu lassen, einer, auf den keine Stille folgt, sondern ohrenbetäubende Lautstärke.

Sie schrien.

Sie alle schrien, laut, und dann ertönte ein zweiter Schuss.

Sie rannten.

Sie alle rannten.

Cassie rannte.

Ich rannte.

Der Schuss war von einer der Türen gekommen, die vom Innenhof ins Schulhaus führten. Nicht die, durch die Erik gegangen war, nein, die andere. Und nun schoben sie sich wie die Tiere zur entgegengesetzten Seite, es waren viele, verdammt es waren so viele, und sie wollten nicht aufhören zu schreien. Einige fingen hysterisch an zu weinen, bevor ich überhaupt richtig begriff, was los war, aber mitten im Hof lag ein Kind, ein Junge mit hellblondem, kurzen Haar, und er blutete und bewegte sich nicht und nun trampelten alle über ihn drüber.

Sie stießen einander weg, jeder wollte als Erster raus aus diesem Hof.

Suchend drehte ich mich um, wollte wissen, woher diese gottverdammten Schüsse kamen, aber da waren nur Menschen, so viele Menschen, die mich fast zerquetschten und nach unten drückten, sodass ich den Blick wieder nach vorn richtete, Cassies Hand fest umklammert.

Da war eine Kleine, vielleicht aus der fünften oder sechsten Klasse, mit braunen Haaren und einer schiefen Brille auf der Nase. Sie lief neben mir, und ich nahm sie wahr, weil sie viel kleiner war als alle anderen. Sie wurde weggeschubst, runtergedrückt, ein großer Junge schob sich vor sie, sodass ich sie aus den Augen verlor. Erst jetzt weiß ich, dass es Nina Heuß war, und dass sie vermutlich nur wenige Sekunden später gestorben ist. Ein anderes Mädchen, älter, vielleicht einen Kopf kleiner als ich und zierlicher als der Durchschnitt, stolperte und fiel ebenfalls, bei ihr sah ich es mit an, aber auch ich half ihr nicht hoch. Ich glaube, ich trat sogar auf ihren Arm, als mich ein großer Junge hinter mir nach vorne stieß und dabei schrie, wir sollten ihn sofort durchlassen.

Ein dritter Schuss.

Es ist ein grausames Gefühl, wenn man nicht weiß, wo der Schütze steht.

Ich verlor das Zeitgefühl, wusste nicht, ob sich Augenblicke oder gar Minuten zwischen den Schüssen befanden, spürte Cassies Fingernägel, die sich in meine Hand bohrten. Schaute sie an, sah Tränen und Angst. Es waren nur noch gute sechs Meter bis zum Schulhaus, vor uns unendlich viele Schüler, hinter uns auch, ich fühlte mich wie ein Schaf in einer riesigen

Viehherde, zusammengetrieben auf engstem Raum, nicht wissend, was gleich passiert.

Ich hielt Cassie fest, ganz fest, zog sie ein Stückchen vor mich, wollte sie zuerst durch diese gottverdammte Tür bekommen, vor ihnen allen und vor mir selbst. Drehte mich noch mal um, und ab diesem Moment passierte alles um mich herum wie in Zeitlupe.

Denn ich sah ihn.

Endlich.

Den Jungen von der Bank.

Er stand am anderen Ende des Hofes.

Blaugraue Schatten um müde Augen.

Er trug eine Sweatjacke, fleckig und mit Löchern in den Ärmeln.

Seine Haare waren so lang, dass er mal wieder zum Friseur gemusst hätte.

Er war nicht groß, was ich heute zum ersten Mal erkannte.

Vielleicht war er sogar kleiner als ich.

Unsere Blicke kreuzten sich.

Es war wie all die Tage und Wochen zuvor.

So vertraut, egal wie sehr sich alles in mir sträubte.

Doch dieses Mal lächelte er.

Er lächelte mich an.

Nur mich.

Hob die Hand, in der eine Pistole lag, aufs Neue.

Zielte.

Auf mich.

Ich drehte mich weg, presste mich gegen Cassie, die meine Hand losgelassen hatte, warf mich in die Menschenmenge, schob sie alle raus aus diesem scheiß Innenhof, machte meine Augen zu, merkte, wie vor mir wieder jemand fiel, ignorierte es, schob weiter. Hörte Schüsse.

Eins, zwei, drei.

Übertrat endlich die Schwelle der Tür, die uns rausbringen würde aus dieser Hölle.

Und erkannte erst dann, dass das Mädchen vor mir keine roten Haare hatte. Dass sie keinen hellgrünen Mantel trug, dass sie keine Sommersprossen hatte. Dass ihre Stimme nicht glockenhell war, dass ihre Augen nicht nach mir suchten. Dass meine Hand leer blieb.

Zehn

Am Fenster

Am 17. Dezember stehe ich vor Eriks Haus. Es ist schwer, seinen inneren Schweinehund zu überwinden, besonders wenn es bereits dunkel ist und so kalt, dass die Finger wehtun, sobald man das Haus verlässt. Der Himmel ist schwarz, nur die Straßenlaternen lassen die riesigen Schneeflocken in ihren Lichtkegeln leuchten, während der Wind mir um die Ohren pfeift und ich mir durch die kniehohen Schneemassen einen Weg ums Haus herum und durch Eriks Garten bahne. Vorbei an einem Stapel Holzscheite, die seine Familie im Winter zum Heizen benötigt, und vorbei an der windschiefen, riesigen Tanne, die laut Erik schon hundert Jahre alt sein könnte und deren Äste sich jetzt unter den Schneemassen biegen. Eriks Zimmer liegt im ersten Stock; aus seinem Fenster dringt Licht. Ich erinnere mich noch daran, wie wir in den Sommern gemeinsam mit Cassie Vögel und Eichhörnchen beobachtet haben; wie wir in der Dämmerung am Fenster saßen und Cola tranken und nach draußen starrten, wie sich manchmal sogar Füchse und Rehe auf das verwilderte Grundstück verirrten. Jedes Tier, jeden Vogel konnte Erik benennen.

Heute schmeiße ich ausnahmsweise keine Kieselsteine gegen das Fenster, weil seine Mutter das hasst, sondern stelle den riesigen Gettoblaster von Jens an die Hauswand unter das Vordach und drehe die Musik auf volle Lautstärke, sodass vermutlich sämtliche benachbarte Senioren im Umkreis von drei Kilometer wach werden.

When we stand together von Nickelback.

Sein Lieblingslied.

Und als Erik dann endlich ans Fenster tritt, mit zerwühlten Haaren und in fleckigem Shirt und Jogginghose, und als er nach einer Taschenlampe greift und mich durch die Glasscheibe mit ihrem Licht blendet, da hebe ich das riesige Schild hoch, das ich daheim gemalt habe und auf dem in schwarzen, riesigen Buchstaben geschrieben steht:

Lass uns zusammen Silvester feiern.

Unsere Blicke treffen sich.

Bleiben viel zu lang aneinander hängen.

Und gerade als ich glaube, dass er sich abwenden und gehen will, öffnet er das Fenster und lacht aus vollem Herzen, und da weiß ich, dass ich ihn wiederhabe.

Elf

Das Zimmer von Peter Damm

Erik hält sein Versprechen und begleitet mich erneut zum Haus der Damms. Dieses Mal sind keine Menschenmengen da; nur zwei Männer mittleren Alters, beide in lange graue Mäntel gehüllt und einer mit Spiegelreflexkamera um den Hals, lungern auf der anderen Straßenseite herum, sichtlich in der Hoffnung, unter dem grauen Himmel unterzugehen und so unauffällig ein skandalöses Foto zu ergattern. Eines von seiner Mutter vielleicht, wie sie am Fenster die Blumen gießt und vergisst, ihr Gesicht zu verdecken, oder ein Foto von seinem Vater, wenn er sich aus der Vordertür wagt, um die Post aus dem Briefkasten zu holen. Doch es tut sich nichts, und natürlich macht auch mir keiner auf, selbst nach dem vierten Klingeln nicht.

Trotzdem warten wir, wir warten eine geschlagene Stunde vor dem Tor, und gerade, als die Männer in Grau von der anderen Straßenseite verschwunden sind, biegt eine Gestalt um die Ecke, mit tief ins Gesicht gezogenem Hut und langem, schwarzem Mantel. Seine auffallend große Nase ist rot angelaufen vor Kälte. Auf seinem Kinn klebt ein kleines Pflaster.

Als er das Gartentor erreicht hat und ich nicht zur Seite gehe, wirft seine Stirn Falten. »Was wollt ihr?«, fragt er und wühlt in seiner Tasche, während er durch seine sichtlich tropfende Nase mit einem ziemlich ekligen Geräusch Luft einzieht, um das Tropfen zu beenden.

»Sind Sie der Vater von Peter?«, frage ich.

»Nein.« Er spuckt auf die Pflastersteine, trifft dabei fast meine Stiefel, zieht endlich den Schlüssel hervor und schiebt mich grob zur Seite. »Hören Sie auf, was soll das?«, verteidigt mich Erik, doch der Mann ignoriert uns beide. Er sperrt auf, öffnet das Tor gerade so weit, dass er sich hindurchquetschen kann, und schlägt es mit einem lauten Knall wieder zu.

»Ich gehe hier nicht weg«, teile ich ihm mit, und als er hastig zur Haustür stürmt und diese ebenso hastig öffnet und zuknallt, schreie ich wütend: »Ich bleibe hier, bis Sie endlich geradestehen für die verfickte Drecksscheiße Ihres Sohnes, Sie können sich nicht ewig verkriechen!«

»Denkst du, das war hilfreich?« Erik sieht mich an.

»Ist doch egal.«

»Du kannst nicht vor fremde Häuser gehen und Leute anschreien.«

Ich schnaube. »Und was soll ich deiner Meinung nach tun?«

»Keine Ahnung.« Er legt den Arm um mich und zieht mich an sich. »Mach es wie ich«, raunt er in mein Ohr. »Lenk dich ab, fokussier dich auf was anderes, aber nicht auf … das hier. Das tut uns beiden nicht gut.«

»Das kann ich nicht«, entgegne ich und befreie mich aus seinem Arm.

Erik bleibt noch ein paar Minuten. Dann geht er.

Ich bleibe dort, bis es dunkel wird. Fange an zu frieren, kauere mich auf den Boden, um dem Wind nicht ganz so großflächig ausgeliefert zu sein. Es fängt schon wieder an zu regnen; meine Mutter ruft an und ich drücke sie weg, dann auch Jens, mit dem ich genauso verfahre, nur mein Vater versinkt vermutlich wieder im Arbeitszimmer und vergisst die Existenz seiner Nachkommenschaft.

»Komm rein.« Es ist neun Uhr abends, als eine Frau hinter mir am Tor steht.

»Was?« Ich stehe auf und starre in ihre ausdruckslose Miene, die im fahlen Licht der Straßenlaterne nur schwer zu erkennen ist. »Du sollst reinkommen. Erfrierst ja noch. Keine Angst, mein Mann ist weg.« Damit macht sie das Tor auf und ich folge ihr ins Haus, wo ich zum ersten Mal sehe, wie Cassies Mörder gelebt hat.

Der Flur ist gelb gestrichen.

Sonnengelb, eine ähnliche Farbe wie mein eigenes früheres Kinderzimmer, und an der Wand hängt irgendein impressionistisches Gemälde oder zumindest ein billiger Nachdruck davon. Es ist hübsch; nie hätte ich gedacht, dass im Haus eines Mörders hübsche Bilder hängen könnten. Peter Damms Mutter führt mich ins mediterran und ebenso freundlich eingerichtete Wohnzimmer und bietet mir sogleich einen Platz auf einem kleinen, grünen Samtsofa an, um sich dann mir gegenüber in einen ebenso grünen Sessel zu setzen.

»Was kann ich für dich tun?« Sie sieht alt aus, mehr wie eine Großmutter als eine Mutter, trägt einen schwarzen Wollpullover und dazu eine Brille mit auffallend kleinen Gläsern.

»Warum haben Sie mich reingelassen?«, will ich wissen.

»Weil ich gehört habe, was du draußen gerufen hast. Das mit deiner Freundin.«

»Dass er sie ermordet hat«, wiederhole ich und rechne im selben Moment damit, dass sie mich gleich wieder rauswirft. Aber das tut sie nicht. Stattdessen verkrampfen sich ihre Lippen für einen kurzen Moment und ihre von Fältchen umzogenen Augen schließen sich kurz, bevor sie fragt: »Wie kann ich dir denn weiterhelfen?«

Ich räuspere mich. Überlege kurz, ob ich mich für ihren Verlust entschuldigen soll, entscheide mich dann aber dagegen, da es ich kein Freund von Heuchelei und Beschönigungen bin. »Warum hat er es getan?«, frage ich stattdessen.

Sie schweigt eine Weile und bietet mir anstelle einer Antwort irgendwann Tee an. Ich lehne ab, aber sie drückt mir trotzdem einen in die Hand. Bevor ich protestieren kann, beginnt sie zu sprechen. »Peter war ein lieber Junge, weißt du?« Sie setzt sich wieder. »Er hat viel gelacht als Kind. Er hatte Tiere sehr gerne und wollte Pilot werden.« Sie greift nach einem unfertig gestrickten Schal, an dem noch Wollknäuel und Stricknadeln hängen, betrachtet ihn eine Weile und legt die Sachen dann wieder weg. »Dahinten« – sie deutet auf eine kleine Nische am Fenster, in der nichts steht als eine halb verkümmerte Topfpflanze – »dahinten hat er gerne gespielt, als er klein war. Mit Lego und seiner Holzeisenbahn.« Sie starrt die Ecke an, als könne sie ihren Peter dort sehen. »Wir waren sehr glückliche und so stolze Eltern, ja wirklich.«

Sie trinkt einen Schluck von ihrem eigenen Tee, und als sie die Tasse absetzt, hustet sie erst kurz, bevor sie weiterspricht. »Es tut mir wirklich sehr leid, das mit deiner Freundin. Ich kann sie dir aber nicht zurückholen.«

»Das weiß ich. Er wollte Pilot werden, sagen Sie.«

»Ja.« Sie nickt. »Das war sein Traum.«

»Kannte er Enzar Aydin? Haben sich die beiden mal darüber unterhalten?«

»Ich weiß nicht, wer das ist.«

Ich schlucke, fahre dann aber fort. »Lilly Heiser? Mesut Aydin?«

»Was sind das für Namen?«

»Es sind die Toten.«

Sie stellt ihre Teetasse ab, steht auf, geht zum Fenster und starrt hinaus.

»Felicitas Illingen? Nina Heuß?«, fahre ich mit meiner Liste fort.

»Die Reporter sind weg, seit ein paar Tagen. Es wurden immer weniger. Nun sind sie weg. Es ist schön, wieder aus dem Fenster schauen zu können, ohne in eine geifernde Meute blicken zu müssen.« Sie nimmt ein Foto in die Hand, das auf dem Fenster steht, das Foto eines Kleinkindes, das einen Teddybären im Arm hat. Betrachtet es, minutenlang, bis ich mich frage, ob sie mich vergessen hat. Dann küsst sie das Bild, stellt es vorsichtig zurück auf seinen Platz und setzt sich wieder zu mir. Sie nimmt einen Schluck Tee. »Ich kenne die Namen nicht, die du gesagt hast. Und ich denke nicht, dass Peter sie kannte.«

Meine Augen fixieren immer noch das Foto. Irgendwie habe ich nie daran gedacht, dass Peter Damm mal ein Kind war.

Dass er ein Mensch war.

Er sah glücklich aus.

Unschuldig.

Für einen kleinen Moment vergesse ich, ihn zu hassen.

»Die Waffe war von einem Verwandten, richtig?«

»Wer sagt das?«

»Die Nachrichten.«

»Ach ja. Die Nachrichten.« Sie nickt und seufzt. »Die schaue ich nicht mehr, seit der Peter fort ist. Aber das mit der Waffe stimmt. Mein Vater ist Hobbyjäger, er hat ihn oft mitgenommen, zur Jagd und auch in den Schützenverein, da durfte mein Peter dann mit den Luftwaffen schießen. Das hat ihm großen Spaß gemacht.« Sie starrt in ihre Teetasse. »Es hat die beiden sehr verbunden. Und nun muss mein Vater dafür bezahlen. Weil es angeblich sein Fehler war. So ein Unsinn.«

»Er hat seine Waffen nicht sicher gelagert«, werfe ich ein.

»Offensichtlich.« Sie runzelt die Stirn, wobei sich die Falten ihrer Haut scheinbar verdoppeln und sie noch älter aussieht als ohnehin schon. »Trotzdem ist er nicht der Schuldige. Peter hat den Code zum Waffenschrank selbst herausgefunden, da bin ich mir sicher. Ein kluger Kopf war er, hat gern Detektiv gespielt als kleiner Junge. Vermutlich hat er meinem Vater einfach mal unbemerkt über die Schulter geschaut, als er das Zahlenschloss geöffnet und die Waffen rausgeholt hat. Da kann man keinem einen Strick draus drehen.«

Wir schweigen.

Dann sage ich: »Ich will wissen, warum er es getan hat.«

»Ich kann es dir nicht sagen.«

»Aber so was macht man doch nicht grundlos.«

»Nein, sicher nicht, nicht grundlos.«

»Aber warum? Und warum hat er genau diese Kinder getötet und keine anderen?«

»Ich weiß nicht.«

»Was wissen Sie denn?!« Erst, als ich meine eigene Stimme höre, begreife ich, dass ich eben geschrien habe. Frau Damm atmet durch und schaut mich ruhig an. »Willst du sein Zimmer sehen?« Sie stellt ihre Tasse ab. »Die Polizei hat es sowieso schon durchforstet, also macht das keinen Unterschied mehr. Mein Mann kommt in zehn oder fünfzehn Minuten zurück, vielleicht auch eher, er wollte nur tanken fahren und ist zum Hinterausgang raus. Aber wenn du morgen vorbeikommst, kannst du es dir anschauen. In Ruhe.« Sie sieht mich an, aber ich sage nichts, da ich keine Worte finde und auch nicht weiß, ob sie scherzt oder nicht; also fährt sie einfach fort. »Komm aber auch durch die Hintertür, ich will keinen Ärger mit den Medien und der Öffentlichkeit. Keinem kann man mehr trauen, auch den Nachbarn nicht, und sicherlich gaffen sie alle, wenn du herkommst. Mein Mann wird arbeiten.«

Damit steht sie auf und bugsiert mich zur Haustür.

»Ist das Ihr Ernst?«, will ich wissen.

»Ja. Das ist mein Ernst.«

Peter Damms Zimmer ist im ersten Stock.

Es ist klein.

Ein Bett, ein Schrank, ein Schreibtisch und kaum Platz, um zwei Schritte zu machen.

Dafür, dass die Polizei angeblich hier war, ist es nahezu unberührt.

Da ist ein Bandposter von Metallica an der Wand, daneben eine Postkarte aus Ibiza. Sie ist von seiner Oma, wie ich beim Lesen feststelle, doch ich lese nicht zu Ende, da ich in der Mitte des Textes feststelle, dass ich am liebsten nichts davon wissen will, dass Cassies Mörder eine Oma hatte oder sonst irgendwen, der ihn neben seinen Eltern noch geliebt hat. Kurz erscheint vor meinem inneren Auge wieder das Bild von dem kleinen Jungen mit dem Teddy, aber ich schiebe es von mir.

Betrachte stattdessen ein gerahmtes Foto von ihm und einem kleinen Hund auf dem Arm auf dem Schreibtisch; ich nehme es hoch und schaue in die Augen des Jungen, die ich an so vielen Tagen zuvor schon gesehen habe, nur dass er auf diesem Bild lächelt.

Es gibt sonst kaum Dekoration; alle Wände sind weiß, eine gelb wie unten im Flur. In einem Regal liegt säuberlich gefaltet eine schwarze Mütze mit neonfarbenem Logo vorn drauf; auf schreiendem Gelb zeichnen sich die Buchstaben S und H ab, dahinter die Umrisse eines schemenhaft gezeichneten Vogels mit ausgebreiteten Flügeln. Neben dem PC stapeln sich Computerspiele und im Regal darüber einige abgegriffene Fantasy-Bücher, darunter Werke von Tolkien und George R. R. Martin; ein paar Bildbände über Panzer und Armeeausrüstung und Kriege und was-weiß-ich-nicht-alles stehen daneben. Auf dem Boden liegt ein zusammengeknülltes T-Shirt. Getragen, vermute ich, ich fasse es nicht an.

Obwohl es mir den Hals zuschnürt, öffne ich alle Schränke und Schubladen. Es kommt mir respektlos vor und widerspricht ganz offensichtlich jeder guten Erziehung, die ich genossen habe, doch Peter Damms Mutter wird klug genug sein, um zu wissen, dass ich sein Zimmer kaum wie ein Museum behandeln werde. Ich durchwühle alte Notizen, Einkauflisten, getragene Socken, finde eine Tüte mit verschimmeltem Toastbrot. Frage mich, ob die Polizei wirklich hier war und wenn ja, was ich hier dann überhaupt noch veranstalte. Ziehe mein Handy hervor und fotografiere alles, was ich finden kann und was auch nur im Ansatz interessant scheint – Bücher, alte Bustickets, die Regale, alle Ecken des Zimmers, damit nichts verloren geht, gar nichts. Ich bin längst nicht fertig, da höre ich die Haustür unten im Erdgeschoss und Schritte auf der Treppe, schnelle Schritte, und ehe ich mich versehe steht Peters Vater vor mir. Und dann schreit er, während Peters Mutter weinend hinter ihm hergeeilt kommt, ihn an den Schultern zurückziehen will, doch er stößt sie grob von sich und schreit weiter. Über Verräter, über seinen Sohn, dessen Namen er nicht beschmutzt sehen will. Er nennt seine Frau eine Hure, die daraufhin noch mehr weint, und stürmt dann plötzlich auf mich zu, packt mich an den Oberarmen und schleudert mich mit aller Kraft gegen die nächste Wand, wo ein stechender Schmerz meinen Kopf durchzieht und ich zu Boden sinke, erst Cassie sehe und dann Erik und dann beide zusammen, während sich alles um mich herum verdunkelt.

Als wir zehn waren, fanden wir unser Leben nicht mehr schön. Cassies Kanarienvogel war weggeflogen, und der ihrer kleinen Schwester Sarah saß immer noch im Käfig und sang all die Lieder der vergangenen Jahre, sodass es Cassie jedes Mal traurig stimmte, wenn sie am Käfig vorbeilief.

Mein Bruder war ausgezogen und ich war sauer, dass ich nicht mitdurfte, sondern stattdessen von meiner Mutter zu viel und meinem Vater zu wenig Aufmerksamkeit bekam; also fing ich an, Musik zu hören, die meine Eltern nicht gut fanden, und meine Haare zu merkwürdigen Frisuren zu formen – damals ein Zeichen meiner kindlichen Rebellion, heute vermutlich einfach nur eigenartig anzusehen.

Cassie hatte mir außerdem zum ersten Mal gestanden, dass sie ihren Namen ganz fürchterlich fand, und ich war zu stolz, um ihr zu sagen, dass ich ihn gar nicht so doof fand wie sie und mir Cassandra sogar viel besser gefiel als Helene.

Wir beide wollten also das Leben nicht mehr, wie es war, wir wollten keine Zubettgehzeiten mehr, nicht auf entflogene Vögel warten, nicht dasitzen und warten, bis die Welt zu uns kommt. Wir wollten zur Welt, sie und ich, und darum beschlossen wir, wegzulaufen.

Wir übernachteten bei ihr. Warteten, bis alles schlief, schnappten uns dann die Rucksäcke mit Wasserflaschen, belegten Broten, einem Kletterseil, Streichhölzern, einem Taschenmesser, den nötigsten Klamotten und zusammengelegt zwanzig Euro und schlichen uns durch die Terrassentür nach draußen, um durch den Garten zu rennen, unter dem Apfelbaum durch, über das abgesperrte Gartentor, weiter durch ein schmales Waldstück und dann raus auf die Felder, die im klaren Mondlicht so ruhig dalagen, dass ich dachte, sie wären mit der Sonne zu Bett gegangen.

Es war Juni, und wir waren barfuß, weil wir in all dem Eifer leider die Schuhe vergessen hatten. Doch es machte nichts, denn wir waren frei und die Welt lag uns zu Füßen, egal wie viel Matsch und Dreck an ihnen klebte.

»Wohin laufen wir jetzt?«, fragte Cassie keuchend, als wir die Felder überquert und ein kleines Waldstück erreicht hatten, an dessen Rand wir nun das Tempo drosselten. Es roch gut nach lauer Sommernacht und irgendwo in der Ferne schrie eine Eule. »Dorthin, wo unsere Beine uns tragen«, erwiderte ich heroisch, bückte mich und hob einen Stock auf, um ihn als Wanderstab zu verwenden. Für Cassie fand ich zwei Minuten später auch einen.

Unsere Beine trugen uns tatsächlich aus der Stadt hinaus und ins nächste, angrenzende Dorf. Zwei junge Katzen huschten dort vor uns über die Straße, und irgendwo schreckten wir ein Huhn auf, das gackernd hinter die nächste Hausecke rannte. Ansonsten war alles still.

»Wenn du dein Leben anders machen könntest«, sagte ich zu Cassie. »Was würdest du tun?«

Sie überlegte, während wir um eine Straßenecke bogen und an einem riesigen, offenen Kuhstall vorbeiliefen. »Da gibt es schon was. Das ist aber ein Geheimnis«, meinte sie und sah mich mit leicht zusammengekniffenen Augen an. »Weil man so etwas eigentlich nicht sagen darf, meine ich.«

Ich nickte. »Sag schon.«

»Ich kann es nicht sagen.«

»Komm schon, sag. Ich erzähl es keinem.«

Sie seufzte. »Manchmal will ich, dass Sarah nicht mehr da ist.«

»Oh.« Ich kratzte mich an der Schläfe. »Warum denn nicht?«

»Weil alle nur sie auf der Schaukel anschubsen, nicht mich. Und alle heben sie auf ihre Schultern, nicht mich. Und wenn wir streiten und sie weint, dann wird sie immer getröstet, und wenn sie mir meine Bilder kaputt macht, die ich gemalt habe, und ich sie anschreie, bin ich die Blöde. Das ist immer so.«

»Oh.« Ich räusperte mich. »Das wusste ich nicht.«

»Ist aber so.« Sie schniefte. »Weil sie die Kleine ist, und sie bekommt all meine Kleider.«

»Aber die passen dir doch gar nicht mehr.«

»Es sind trotzdem meine.« Dann schnaubte sie. »Du verstehst mich nicht.«

Sie bückte sich, um einen Stein vom Wegrand aufzuheben und schleuderte ihn mit aller Kraft von sich. Er traf einen Baum, prallte ab und landete einige Meter entfernt im Gestrüpp. »Es ist nervig mit einer kleinen Schwester. Du hast das ja nicht, du Glückliche.«

»Ich dachte, du hast sie lieb.«

»Klar hab ich sie lieb. Und trotzdem nervt sie!« Sie griff nach weiteren Steinen, schleuderte einen nach dem anderen von sich, und ich sah, wie ihre Augen dabei funkelten. Noch nie hatte ich Cassie wütend gesehen. »Und weißt du, was der größte Mist ist? Sie kriegt mein Zimmer!«

»Aber du bekommst dafür ein viel größeres. Oben, im ersten Stock.«

»Ja, und warum kann Sarah nicht hochziehen?« Sie schmiss weitere Steine, diesmal mit noch mehr Kraft. »Ich will mein Zimmer behalten! Aber wenn ich das irgendwem sage, sind alle enttäuscht und sauer und reden auf mich ein und ... keiner versteht mich!« Sie blieb stehen; vom Steinewerfen schien sie ganz außer Puste.

»Ich verstehe dich.«

»Bin ich eine schlechte Schwester, weil ich all das nicht will?«

»Nein, nein. Gar nicht.« Ich zögerte. »Weißt du, wir suchen uns einen Platz im Wald. Eine Höhle vielleicht. Und da wohnen wir dann und du darfst dir aussuchen, welcher Teil der Höhle dir gehört. Und du musst deine Kleider nicht teilen und keiner macht deine Bilder kaputt. Okay?«

»Okay.« Cassie schniefte und wischte sich mit der Hand über die Nase.

»Sei nicht mehr traurig.« Ich griff nach ihrer Hand und sie drückte meine ganz fest.

Und dann ging die Sonne auf, und das war so schön, dass wir beschlossen, trotz der Kanarienvogelsache und trotz Sarah und trotz des neuen Zimmers und trotz des Auszugs meines Bruders zurück nach Hause zu gehen, und so kam es, dass diese Nacht unser ewiges Geheimnis blieb.

Mein Kopf dröhnt.

Einen Moment lang ist alles um mich herum total verschwommen und verzerrt, und ehrlich gesagt warte ich in jeder Sekunde nur darauf, dass ich noch mal gepackt und noch mal durch das Zimmer geschleudert und noch mal den Schmerz an meinem Kopf spüren werde. Aber das passiert nicht, stattdessen reißt Peters Vater schreiend Sachen aus dem Regal und wirft sie, ohne richtig zu treffen, erst nach mir, dann nach seiner Frau, die inzwischen auch schreit und immer noch weint und ich kauere an der Wand und frage mich, wie ich in diese Hölle geraten konnte.

Irgendwann verlässt er das Zimmer, schreit im Flur weiter, dann gehen sie nach unten, ich höre, wie etwas auf dem Boden zerbricht und Peters Mutter aufschreit. Mein Herz schlägt ohrenbetäubend laut, während ich mich auf allen vieren zur Tür bewege und sie zudrücke, den Schlüssel umdrehe und mich in die Ecke kauere, während unten noch mehr Dinge durch die Gegend fliegen und ich mir nicht mehr sicher bin, ob ich dieses verdammte Haus je wieder lebendig verlassen werde.

Irgendwann fällt die Haustür ins Schloss.

Dann ist es still, abgesehen von meinem Herzklopfen und

dem Pochen, das immer noch meinen Schädel durchzieht, dass ich Angst vor einer ernsthaften Hirnverletzung habe, und nach einer Ewigkeit wage ich es, die Tür aufzuschließen und nach unten zu schleichen, wo Peter Mutter in der Küche sitzt, auf dem Boden, mit einem blauen Auge in einem Haufen Scherben. Ich gehe hin und will ihr aufhelfen, doch sie wehrt mich ab, und als ich die Scherben aufheben will, sagt sie nur: »Geh jetzt besser, ich mach das schon.«

Zwölf

Cassies Mutter

Ich will Erik anrufen, an diesem Abend. Einfach, um nicht allein zu sein, um jemandem von dem Geschehenen zu erzählen, von der pulsierenden Stelle an meinem Kopf, die ich beim Nachhausekommen durch eine Mütze verdecken konnte. Aber ich tue es nicht; ich lasse sein Handy klingeln, zwei Mal, lege dann auf und hebe auch nicht ab, als er zurückruft. Denn er würde mir entweder Vorwürfe machen, weil ich allein in dieses Haus gegangen bin, oder aber er würde mich bemuttern. Oder beides. Ja, vermutlich beides.

In dieser Nacht träume ich von ihnen.

Den Kindern, wie sie eine Klippe runterspringen, mit ausdruckslosen Gesichtern, während im Hintergrund Peter Damms Vater schreit, ohne dass ich ihn sehen kann. Cassie ist immer die Letzte, und Cassie steht immer ganz besonders lang oben, bevor sie springt. Morgens sind es genau diese Träume und die Fotos an der Wand, die mich zum Aufstehen und weitermachen treiben, aber genauso zieht es mich am Nachmittag nur wieder in mein Bett, wo ich die Decke über den Kopf ziehe und mich in meinen Gedanken an Cassie verliere.

»Worüber denkst du dann nach?«, fragt Magdalena Albrecht mich bei der fünften Sitzung.

»Darüber, warum Menschen andere Menschen umbringen.«

»Und warum tun sie das?«

»Sagen Sie es mir.«

Und dann reden wir erneut fünfzig Minuten lang über Peter Damm und kommen unterm Strich mal wieder dabei raus, dass ich nicht mit Sicherheit wissen kann, warum Menschen andere Menschen umbringen, und dann ist die Sitzung vorbei und ich darf nach Hause.

Doch dieses Mal gehe ich nicht heim. Ich steige in den Bus und rufe Erik an, zweimal direkt hintereinander, doch beim ersten Mal geht keiner ran und beim zweiten Mal begrüßt mich die Stimme der Mailbox, die mich wenig enthusiastisch dazu auffordert, eine Nachricht zu hinterlassen.

In der Hoppenheimerstraße steige ich aus.

Seit Cassies Tod bin ich zum ersten Mal hier, laufe zum ersten Mal den Hügel hinab, vorbei an riesigen Grundstücken mit riesigen Häusern mit gigantischen Fensterfronten; sehe zum ersten Mal den kleinen Zugbrunnen im Vorgarten, die Rhododendren, den Wald, der hinter dem Haus beginnt.

Es ist zwei Tage vor Heilig Abend.

»Helene.« Die Wangenknochen von Cassies Mutter stehen deutlich hervor.

»Ja. Hallo.« Unwillkürlich blicke ich zu Boden.

»Magst du reinkommen?«

Ich streife den Schlamm und Kieselsteine auf der Fußmatte ab, ziehe die Schuhe aus und stelle sie im Flur in die Ecke. Suche dort sofort nach Cassies hellblauen Winterstiefeln, doch sie fehlen. »Ich hab den Anblick nicht ertragen«, sagt ihre Mutter.

Ich lasse mich von ihr ins Wohnzimmer bugsieren, wo ich

mich auf das dunkelblaue Ledersofa setze, während sie in die Küche verschwindet und ich wenige Sekunden später das Rauschen des Wasserkochers vernehme.

Das Wohnzimmer ist ein großer, lichtdurchfluteter Raum mit Marmorfliesen auf dem Boden und dunklen, eleganten Holzmöbeln in altmodischem Stil, die mit ihren geschnitzten Verzierungen aus einem jahrhundertealten Schloss hätten stammen können. Die Decken sind hoch, knapp vier Meter vielleicht, und dort, wo Decke und Wände aufeinanderstoßen, reihen sich unauffällig winzige Blätter und Blumen aus Stuck aneinander, um den ganzen Raum und seine Geschehnisse einzurahmen wie ein Gemälde.

Durch die Fensterfront in Richtung Garten sehe ich Cassies kleine, einsame Schaukel am Apfelbaum schwingen, getragen vom Wind im strömenden Regen. Es ist ein faszinierendes Bild der von sturmartigen Böen durcheinandergewirbelten Blätter im Garten, dem gegenüber ich im Warmen sitze, umgeben von hohen, dunklen Bücherregalen mit endlosen Gedichtbänden und einer sechsundzwanzigteiligen Enzyklopädie. Cassies Vater ist es, der gern liest, und ich erinnere mich, wie er Cassie manchmal ein schönes Gedicht vorlas, nur damit sie es dann voller Begeisterung für den Klang dieser Worte auswendig lernen und mir jeden Tag so oft vortragen konnte, bis ich es zwangsläufig auch beherrschte.

»Hagebuttentee.« Cassies Mutter stellt eine pinke Tasse mit roten Herzen darauf vor mich auf den Couchtisch. »Trinkst du noch, oder?« Ihre Hände zittern ein wenig, als sie die Tasse abstellen.

»Ja.« Ich nicke. »Danke.«

Cassies Mutter hat keinen Tee. Sie sitzt nur da, schräg gegenüber von mir im Sessel. Trägt einen grauen, schlichten Rock mit schwarzer Strumpfhose darunter und eine schwarze Bluse. Die Haare sind zu einem Dutt zusammengebunden. Rotes Haar hat sie, wie ihre Töchter.

»Ich wollte Sie nicht verletzen.«

»Ich weiß.« Sie nickt, ohne eine Miene zu verziehen oder mich anzusehen.

»Aber ich habe Sie verletzt.«

»Dein Vater schickt dich. Oder deine Mutter.«

»Auch. Aber das ist nicht der Grund, warum ich da bin.«

»Warum bist du da?« Sie schaut mich an und ihre Augen sind leer.

»Ich bin da, weil ich Ihnen nicht wehtun wollte. Ich wollte mich ... aufrichtig entschuldigen für das, was ich an der Beerdigung gesagt habe. Und ich bin da, weil Cassie Sie geliebt hat.«

Lange erwidert sie nichts. Sitzt aufrecht; ich glaube, ich habe sie noch nie krumm sitzen sehen.

Dann meint sie: »Ist das so?«

»Ja, natürlich. Sie hat es mir oft gesagt.«

Sie schluckt, ohne das Kinn auch nur einen Millimeter zu senken. »Danke.«

»Wie geht es Ihnen?«, will ich wissen.

»Es geht.« Sie kramt ein Taschentuch aus ihrer Rocktasche hervor, schnäuzt sich, faltet es dann sorgfältig wieder zusammen und steckt es zurück. »Ich bin etwas erkältet, hatte vorgestern noch Fieber. Musste die Praxis schon vor ein paar Wochen schließen, weil ich die Arbeit nicht mehr schaffe.«

»Soll ich lieber wann anders wiederkommen?«

»Nein, nein. Schon gut.« Damit steht sie auf und holt sich doch eine Tasse Tee, die sie mit abgespreiztem kleinen Finger trinkt. Ihr Gesicht ist eingefallen, die Ringe unter den Augen konnte sie nicht überschminken. »Was ist mit dir? Und Erik, was ist mit Erik? Kommt ihr beide gut zurecht?«

»Ja. Wir kommen zurecht.«

Als sie zum zweiten Mal nach dem Tee greift, zittern ihre Hände so sehr, dass sie etwas davon über ihrem Rock vergießt. Es muss brühend heiß sein in ihrem Schoß, aber sie zuckt nicht einmal mit dem Mundwinkel. »Bleiben Sie sitzen«, sage ich und laufe in die Küche, um ein Tuch zu holen. Damit tupft sie den Stoff trocken, Zentimeter für Zentimeter. »Tut mir leid. Das passiert mir öfter in letzter Zeit. Es sind wohl einfach die Nerven.«

Die Standuhr neben der Tür schlägt zwei Uhr nachmittags. Ihr tiefer Klang ist mir vertraut.

»Deine Mutter war ein paarmal hier, das weißt du vermutlich.«

»Sie hat erzählt, dass sie mal hier war, ja.«

»Sie ist ein freundlicher Mensch, deine Mutter.«

»Vermutlich, ja.« Ich nicke.

Sie mustert mich. »Du siehst genauso aus wie sie in deinem Alter.«

»Das sagen alle. Vor allem, wenn ich die Haare zusammenstecke.«

Sie nickt und schweigt.

»Kann ich etwas für Sie tun?«, wechsle ich das Thema.

»Ich denke nicht, nein.« Sie wirft einen Blick aus dem Fenster in Richtung Schaukel, wobei ein unmerkliches Lächeln über ihr eingefallenes Gesicht huscht. Dann wendet sie ihren Blick wieder der Teetasse zu, greift sich an den Hinterkopf und öffnet ihren Dutt, sodass ihr das lange, rote Haar glatt über die Schultern fällt. »Weißt du, Helene«, setzt sie an und faltet die Hände im Schoß, um dann den Kopf schief zu legen und ihre Fingernägel zu betrachten. »Es ist schwer, das eigene Kind zu begraben. Keine Mutter, keine Eltern sollten so etwas tun, das ist einfach nicht richtig.«

Ich schlucke. »Ja. Ich weiß.«

Und als sie nichts mehr sagt, füge ich hinzu: »Wollen Sie davon erzählen?«

Sie lacht bitter. »Was soll ich dir schon erzählen. Dir, der besten Freundin meines toten Kindes. Was für eine Mutter wäre ich, einer Fünfzehnjährigen mein Herz auszuschütten?« Mit hochgezogenen Augenbrauen sieht sie mich an, um sie dann sinken und die Erschöpfung auf ihr Gesicht zurückkehren zu lassen. »Ich habe Albträume«, flüstert sie. Und nach einer Pause erklärt sie: »Ich schaue dreimal in der Nacht nach Sarah, ob es ihr gut geht, und schaue dann in Cassies Zimmer, ob sie nicht vielleicht doch noch da ist.« Sie schluchzt auf, wie auf der Beerdigung, nur irgendwie viel schwächer. Vergräbt das Gesicht in den Händen, sodass ich fast das Gefühl habe, sie würde sich schämen. »Meine Praxis geht den Bach runter. Ich schaffe den Haushalt kaum noch, koche nicht mal mehr Mittagessen für die Kleine.«

»Es tut mir so leid«, flüstere ich, während ich mich an meiner Teetasse festhalte.

Sie nickt und wischt sich eine Träne weg, streicht ihren Rock glatt, will sich wieder aufrecht hinsetzen und das Taschentuch erneut hervorziehen, dann heult sie plötzlich ohne jede Vorwarnung auf und sackt endgültig in sich zusammen wie ein bebendes, kümmerliches Häuflein Elend. Und ich lege ihr die Hand auf den Rücken, streichle unbeholfen darüber, so lange, bis es vorbei ist.

Dreizehn

Silvester

Vor mir erstreckte sich ein Gang, durch den ich hätte rennen können wie alle anderen auch, und an dessen Ende mich mein Leben erwartete, mein reines, wunderbares Leben, doch ich rannte nicht. Ich blieb stehen und drehte mich um, schaute durch die Glasscheibe, die den Gang vom Innenhof trennte, sah zahllose Jungen und Mädchen jeden Alters auf der anderen Seite, die schrien und weinten und drängelten und hinfielen und sich wieder aufrappelten und einander mit den Ellenbogen wegstießen.

Da war Cassie.

Meine Cassie, deren Hand ich nur eine Sekunde zu lang losgelassen hatte; sie lag ganz am Rand der drängelnden Horde, mit Dreck an den Fingern und Schürfwunden auf den Handflächen. Ich sah, wie sie sich aufrichtete, sich mit den Händen vom harten Steinboden wegdrückte, wie ihre Arme nachgaben, sie wieder auf dem Boden lag, wie sie es noch mal versuchte, wieder und wieder, wie ihre Füße sie endlich wieder trugen, wie sie einen Meter zur Seite stolperte und sich mit der Hand an einer der Tischtennisplatten abstützte.

Ich wollte zurück, zurück auf die andere Seite. Wollte sie da rausholen, sie in Sicherheit bringen, sie halten. Aber meine Beine arbeiteten nicht für mich. Sie wollten nicht laufen, sondern stehen bleiben, direkt neben dem Türrahmen, aus dem ein Schüler nach dem anderen gestolpert kam und hinter mir vorbeirannte. Ihre Schreie nahm ich nur noch wie durch eine dicke Wand wahr.

Sie hatte Erde auf dem hellgrünen Mantel.

Und einen großen roten Fleck auf Hüfthöhe, der sich ausbreitete.

Ihre rechte Hand lag darüber, hielt diese Stelle, als wollte sie die Blutung stoppen.

Ihr ganzer Körper war gekrümmt, ihr Gesicht konnte ich nicht sehen, so sehr krümmte sie sich.

Sie ließ die Tischtennisplatte los, machte ein paar Schritte auf mich zu, langsam und wacklig.

Dann fanden mich ihre Augen und unsere Blicke trafen sich.

Da war ein Loch in ihrer Jeans, genau da, wo sich ihr rechtes Knie befinden musste.

Noch einen Schritt machte sie, während ihr Brustkorb sich hob und senkte.

Ihr Gesicht war verzerrt.

Die Lippen zitternd zusammengepresst, die geröteten Augen auf mich gerichtet.

Noch nie hatte ich so viele Tränen gesehen.

Ich warf einen Blick über den Hof.

Sah, dass er lächelte, ja, er lächelte noch immer, lächelte mir direkt ins Gesicht.

Ich schloss die Augen.

Befahl meinen Beinen, zu rennen.

Roch ihr Parfüm.

Sah, wie sich ihre Rippen unter nackter, heller Haut abzeichneten.

Sie stand da, im cremefarbenen Kleid.

Dann in Rosa, mit Schleife, auf einer Schaukel mit nackten Füßen, die durch das Gras streiften.

Ich hörte mein Herz.

Nur für einen Moment glaubte ich, es sei ihres.

Spürte meine Beine, die sich keinen Zentimeter mehr bewegten.

Und dann fielen vier weitere Schüsse.

Manchmal, beim Reitunterricht, erinnert mich das Zuschlagen der Boxentüren an ebendiese Schüsse. Und dann bleibt mein Herz stehen und ich kralle meine Hände in Falks Mähne, beobachte, wie alles in mir für einen Moment starr und eiskalt wird und mein Herz rast, und ich kann nichts tun, als dazustehen und zu warten, bis die Empfindungen nach ein paar Minuten verebben.

Niemand bemerkt das.

Niemand außer Falk und mir.

Und er wartet mit mir.

Geduldig, jedes Mal, als wüsste er, was los ist.

Er weiß es ja auch.

Ich habe es ihm hundertmal erzählt.

Ich denke auch noch an die Schüsse, wenn Tessa meinen Sitz und meine Handhaltung und meine Beinarbeit korrigiert und das Pferd gemütlich vor sich hin trottet. Aber auf seinem Rücken ist es plötzlich leichter als sonst, als würde er nicht nur mich tragen, sondern auch meine Last zwischen uns beiden aufteilen.

Weihnachten vergeht, Silvester kommt.

Erik holt mich ab.

Es ist unser erstes richtiges Treffen seit Wochen.

Er trägt ein dunkelblaues Hemd mit hochgekrempelten Ärmeln, sodass ich mir die Frage verkneifen muss, ob es eine Spießerparty mit Jurastudenten und Kindern reicher Eltern sein wird, da ich mich für die noch mal umziehen müsste.

Die Feier findet in einer Altbauwohnung mit weiß gebeizten, knarrenden Holztüren und zahlreichen Winkeln und Dachschrägen statt, in deren Ecken Lampions und leuchtende Girlanden aufgehängt wurden, bei deren Anblick ich die Erinnerung an Cassies letzte Geburtstagsfeier verdrängen muss und die die Räume nun in ein gemütliches Dämmerlicht tauchen. In den Ecken stehen ein paar leere, verstaubte Bierkästen, während zwei Couchtische aus Europaletten die Hauptablagefläche für Flaschen, Coladosen und Cocktailgläser darstellen. Durch die Zimmer tönt Musik, irgendetwas Alternatives, schätze ich, aber nicht so laut, dass man sich nicht unterhalten könnte. Gleich nach dem Eintreten greift Erik mich am Handgelenk und zieht mich in die Küche.

»Das ist Max«, stellt er mir seinen Cousin vor. Ich reiche ihm die Hand. »Helene.«

»Ah.« Max nickt und schaut Erik an. »Deine Freundin?«

»Eine Freundin«, korrigiert dieser und greift uns beiden ein Bier aus dem Kühlschrank, was ich ablehne und stattdessen eine Cola nehme. Max stellt mich gleich darauf seinen beiden Mitbewohnern vor, zwei Brüdern mit mittelblondem Haar und trainiertem Oberkörper, von denen einer Ernährungsökonomie studiert und der andere irgendeine technische Ausbildung macht. Als die beiden dann anfangen, Gras auszupacken, verziehe ich mich mit Erik in eine Ecke mit noch unbesetztem Sofa, wo wir anstoßen.

»Du hast mir nicht gesagt, dass es sich hier um eine Drogenparty handelt.«

Er winkt ab. »Mach dir mal keinen Kopf. Außer den beiden raucht hier keiner was.«

Ich nehme einen Schluck Cola.

»Oder willst du wohl?«, hakt Erik grinsend nach.

»Was? Nein!« Ich schüttle den Kopf.

»Okay.« Er lehnt sich zurück und streckt seine Arme nach rechts und links auf die Sofalehne aus. »Ist es sonst erträglich?«, will er wissen und winkt gleich darauf zwei Typen zu, die zu uns rüberkommen, ihn mit Handschlag begrüßen und weiterziehen.

Ich nicke. »Hab auch nie etwas anderes prognostiziert.«

»Na ja.« Er zieht die Augenbrauen hoch. »Du hast dich schon sehr lange bitten lassen, bis du entschieden hast, mit hierherzukommen.«

»War das Sinn und Zweck des Streits? Dass ich zur Feier komme?«

»Nein, so berechnend bin ich nicht.« Er sieht mich an. »Ich will das Thema ungern breittreten, weil es uns echt die Stimmung vermiesen könnte, aber nur so aus Interesse: Haben deine Nachforschungen noch was ergeben?«

Ich muss an meinen Besuch bei den Damms denken; an die Beule an meinem Kopf, die man bei genauem Hinsehen immer noch erkennen kann. Beiße mir auf die Lippen und lächle dann betont unbeschwert. »Nichts Weltbewegendes bisher. Also, ich habe viel erfahren über die einzelnen Personen, bisher sehe ich aber noch keinen … richtigen Zusammenhang zum Täter. Es ist ein bisschen frustrierend, aber vielleicht muss ich einfach Geduld haben.«

»Hm.« Erik betrachtet das Bier in seiner Hand und spielt am Etikett.

»Das muss nichts heißen, Erik. Vielleicht übersehe ich etwas.«

»Können wir im neuen Jahr drüber reden und jetzt erst mal Silvester feiern?«

Ich zögere. »Okay.«

Erik lächelt. »Danke«, sagt er und wir stoßen noch mal an.

Sie wechseln die Musik und es ertönt plötzlich irgendwas Elektromäßiges mit so starkem Bass, dass die ganze Wohnung vibriert. »Du magst nicht tanzen, oder?«, brüllt Erik mir ins Ohr.

Ich schüttle nur den Kopf und beobachte lieber Max und seine Freundin, eine Russlanddeutsche mit unnatürlich weißen Zähnen, wie sie ihre Körper eng aneinandergeschmiegt durch den Raum bewegen, wie sie ihre Hüften kreisen lässt und sich durch die Haare fährt, als wäre sie für die Alleinunterhaltung im Raum zuständig, und wie er es sich wiederum nicht nehmen lässt, ihr dabei mehr oder weniger unauffällig möglichst tief ins Dekolleté zu schauen.

»Und wer bist du?« Als bereits das vierte Elektrolied durch die Wohnung dröhnt und Erik sich gerade auf die Toilette verzogen hat, lässt sich ein kleines, südländisch aussehendes Mädchen mit schönem, schwarz gelocktem Haar auf seinen Platz plumpsen. »Ich bin Simona.« Lächelnd streckt sie mir die Hand hin, schüttelt meine ausgiebig und hält mir dann ihren leuchtend grünen Cocktail unter die Nase. »Magst du mal probieren?«, ruft sie mir ins Ohr. »Ich weiß nicht, was drin ist, aber es ist das Beste, was du jemals trinken wirst.«

»Danke, nein.« Etwas irritiert mustere ich sie.

»Also, wie war dein Name noch mal?«

»Ich hab ihn nicht gesagt.« Doch ihr Blick bleibt erwartungsvoll. »Helene.«

»Toll, dich kennenzulernen!« Wieder schüttelt sie mir die Hand, dieses Mal mit eifrigem Nicken, vermutlich um mir zu signalisieren, dass sie den Namen auch wirklich verstanden hat und ihn sich unbedingt merken will. Noch bin ich unsicher, ob ihr Verhalten durch den Alkohol verursacht oder schlichtweg charakterbedingt ist. »Also, Helene«, sagt sie und schlägt ein Bein über das andere, während sie sich genüsslich ins Sofa sinken lässt. »Woher kennst du die Jungs?«

»Du meinst Max und so? Ich bin mit einem Freund hier.«

»Wer denn?«

»Erik. Sein Cousin. Kennst du?«

»Aaah, der Junge vom Kühlschrank, oh ja! Hat sich mit ein paar Typen in der Küche festgequatscht, als er Bier holen wollte.« Sie rutscht so nah an mich ran, dass ich ihre Hüfte an meiner spüren kann, und kommt ganz nah an mein Ohr heran. »Und danach hat ihn so ein Mädel belabert, die war echt ziemlich scharf auf ihn. Vermutlich wird er sie nicht los.« Sie lacht, zwinkert mir fröhlich zu und bietet mir nochmals ihren Cocktail an, was ich zum zweiten Mal höflich, aber dieses Mal mit amüsiertem Lächeln ablehne. Doch als Erik dann mit einem blonden, wohlgeformten Mädchen am Arm auftaucht, kann ich mir einen missbilligenden Blick in seine Richtung nicht verkneifen.

»Janine, das ist Helene«, stellt Erik mich vor. »Helene, Janine wohnt hier nebenan.«

»Wie nett«, erwidere ich und nicke ihr zu.

Sie hat so lange Fingernägel, dass ich mich wundere, wie sie es bewerkstelligt, ihr Radler zu halten, ganz zu schweigen von all den anderen Alltagsdingen, bei denen man seine Finger benötigt, wie aufs Klo gehen oder einen Knopf annähen.

»Ich bin vor einer Woche neu eingezogen«, erklärt sie in meine Richtung und wirft dann ihr Haar über die Schultern, fast so wie die Freundin von Max vorhin beim Tanzen. Scheinbar gilt diese Geste als sexy. »War ganz komisch, allein in einer neuen Stadt in einer neuen Wohnung.« Ihre Stimme klingt irgendwie gequetscht und erinnert mich an die eines affektierten Schweins. »Da hat Max mich einfach eingeladen, damit ich nicht alleine bin, so ein netter Kerl. Und seine Verwandtschaft ist ja fast noch besser.« Mit einem breiten Grinsen und übertriebenem Augenaufschlag in Eriks Richtung nimmt sie einen Schluck aus ihrem Strohhalm. Zuvor habe ich noch nie einen Menschen Radler mit Strohhalm trinken sehen, aber ich habe generell noch fast nie jemanden Radler trinken sehen, weswegen ich mir darüber kein Urteil erlaube.

»Wer war das denn?«, will ich von Erik wissen, nachdem Simona, die Wunderbare, Janine von ihrem grünen Cocktail überzeugt und in die Küche gezerrt hat, um ihr auch einen mixen zu lassen. »Wusste ja gar nicht, dass du auf blond stehst.«

»Du musst ja auch nicht alles wissen.« Kumpelhaft stößt er mich in die Seite.

Ich verdrehe die Augen. »So was will ich auch gar nicht wissen.« Nach einer Pause füge ich hinzu: »Sie steht total auf dich. Hast du ihre Nummer?«

»Klar. Aber anrufen werd ich sie nicht.« Forschend sieht er mich an, was mich ein wenig aus dem Konzept bringt.

»Wie dem auch sei«, wechsle ich also das Thema. »Die Party ist wirklich gar nicht so schrecklich. Simona eben war total nett.«

»Wow.« Erik zieht die Augenbrauen hoch. »Also doch kein silvesterliches Martyrium.«

Ich muss lachen. »Im Ernst, es gefällt mir.«

Eine Stunde später ziehen wir uns unsere Mäntel an und schieben einander die engen, knarrenden Holzstufen der Wendeltreppe des Hauses nach unten auf die Straße. Es ist so kalt, dass jeder Atemzug von einer kleinen, weißen Wolke begleitet wird, und als wir die letzten zehn Sekunden des vergangenen Jahres abwärts zählen und Janine sich dabei so hemmungslos an Erik ranschmeißt, dass wir uns lieber ein paar Meter von ihr entfernen, fallen vereinzelte Schneeflocken vom Himmel, die im Laternenlicht erstrahlen wie winzig kleine Hoffnungsschimmer.

»Frohes neues Jahr«, flüstert Erik mir ins Ohr, als wir bei null angekommen sind und alle anderen lauthals jubeln, während über uns die ersten Raketen explodieren. Dabei legt er den Arm um mich und zieht mich so nah an sich heran, dass ich die Wärme seines Atems an meinem Ohr spüren kann. »Auch wenn du es jetzt noch nicht glaubst – es wird ein gutes Jahr. Und es wird alles leichter.«

Vierzehn

Jeremy

Es ist Jens, der in der ersten Januarwoche vor unserer Wohnungstür steht, ausgerüstet mit einem riesigen Rucksack. »Mitkommen«, befiehlt er mir, und als ich mich weigere, schnappt er mich einfach am Arm und zieht mich entgegen aller Proteste nach unten in sein Auto. »Mach mal nicht so ein Theater«, meint er genervt, während er den Motor seines halb verrosteten VW Golfs anlässt, der erst auf den dritten Versuch reagiert. »Dann sag mir, wohin wir fahren«, schnauze ich ihn an.

»Zu einer Demo«, erwidert er und schaltet das Radio ein, um dann auf CD zu wechseln, woraufhin viel zu laute E-Gitarren aus den Boxen durch das Auto dröhnen. »Nicht dein Ernst«, entgegne ich, aber er erwidert nur: »Doch. Gegen Abschiebungen nach Afghanistan. Ist gut für die Menschheit und gibt deinem Leben vielleicht mal wieder einen Hauch von Sinn.«

»Mein Leben hat Sinn«, widerspreche ich.

»Ja, klar«, meint er sarkastisch. »Nur irgendwie den Falschen.« Er tritt auf die Bremse und biegt abrupt in eine Seitenstraße ein, sodass ich heftig zur Seite geworfen werde. »Weißt du, was für die Gesellschaft zu tun, Dinge bewegen, die Welt verbessern … das tut dir ganz gut, glaube ich.«

»Wie kommst du auf so einen Blödsinn? Ich war sogar auf einer Silvesterparty.«

»Ich hab das Kunstwerk in deinem Zimmer gesehen. Die Zeitungsartikel an der Wand, die Todesanzeigen, die Fotos … wusste nicht, dass du immer noch diesem verrückten Gedanken nachjagst. Du solltest versuchen, die Dinge ruhen zu lassen.«

»Was hast du in meinem Zimmer zu suchen?!«

»War zufällig dort. Sorry.« Er zuckt die Schultern.

Ich ringe nach Worten. »Es ist kein verrückter Gedanke, ich … «

»Hör auf zu diskutieren, ich will nicht streiten. Ich wollte dich nur mal rausholen.«

Energisch schüttle ich den Kopf. »So läuft das nicht, Jens. Du hast überhaupt keine Ahnung von irgendwas. Ich komme super klar, auch ohne deine angebliche Hilfe. Also fahr mich gefälligst zurück. Fahr mich sofort zurück!«

»Nein.« Und damit dreht er die Musik lauter, und immer, wenn ich sie ausmache, macht er sie wieder an, sodass ich irgendwann aufgebe und aus dem Fenster starre, bis wir einen Parkplatz zwischen einem geschlossenen Pub und einem Friseursalon gefunden haben.

Die Demo beginnt am Rand eines winzigen Parks, wo sich bereits zahlreiche Menschen mit Postern, Schildern und Plakaten eingefunden haben. Jens zieht auch zwei aus seinem Rucksack. Auf einem das klassische »Kein Mensch ist illegal«, das ungefähr jeder Zweite hier mit sich herumträgt und das er bei sich behält, das zweite nur mit einem riesigen Peace-Zeichen, das er mir in die Hand drückt. Ich will mich gerade umdrehen und gehen, bis mir einfällt, dass ich weder Geld noch Busfahrkarte dabeihabe. Kurz spiele ich mit dem Gedanken, meine Mutter oder Erik anzurufen, damit sie mich abholen, aber dann komme ich mir doof dabei vor und bleibe.

Ich warte, bis die Demo losgeht, lasse mich von einem riesigen Menschenzug treiben, der einmal um den Park und dann durch die gesamte Stadt wandert. Gemeinsam rufen sie Sätze wie »Gleiches Recht für alle!« und »Wir tragen Verantwortung!« und »Kein Mensch nach Afghanistan!«, und obwohl Jens so laut brüllt, dass mir fast das Ohr abfällt, weigere ich mich, mitzurufen, da ich immer noch stinksauer auf ihn bin.

Wir laufen lange. Über eine Stunde.

Nehmen nicht den direkten Weg durch die Innenstadt, sondern scheinbar einen Umweg über eine Hauptstraße, auf deren anderer Seite ein paar Industriegebäude stehen, und ohne dass ich es wirklich bemerke, verwandeln sich gesprochene Worte und verbale Einigkeit dort plötzlich in wütende Schreie und Steine, die vom Wegrand gegriffen und aus Taschen gezogen und gegen Fenster geworfen werfen. Es wird laut, Menschen fangen an, Parolen gegen den Kapitalismus zu schreien, sie brechen aus geordneten Reihen aus und fangen an, mit Eisenstangen auf weitere Fenster loszugehen, sie trampeln sie ein, rennen weiter zu anderen Gebäuden, klettern über Zäune und Mauern, schlagen auf abgestellte Autos und Lkws ein, und während ich noch gar nicht fassen kann, was passiert, spüre ich den Griff von Jens an meinem Oberarm, der mich weg von den Massen zerrt, während Polizeiautos mit Blaulicht und Sirene die Menge einkesseln und wir beide einfach anfangen, zu rennen. Wir rennen weg von den Massen, weg vom Lärm, weg von den Steinen, hin zur grauen, stillen Einöde, biegen um eine Straßenecke, hinter der wir uns Frieden erhoffen. Und während der Lärm hinter uns nur unmerklich leiser wird und wir uns keine Sekunde umdrehen, stechen mir von der grauen

Außenwand eines weiteren Fabrikgebäudes plötzlich die Buchstaben SH auf neongelbem Grund entgegen, im Hintergrund zwei ausgebreitete Flügel.

Und darunter steht der Name der Firma. Der Name, für den die Abkürzung SH steht.

Sprethuber.

Es ist Jeremys Nachname.

Die Firma Sprethuber ist ein 1999 gegründetes Unternehmen, das vor allem Sportartikel herstellt. Der Chef der Firma, Günther Sprethuber, ist Jeremys Vater. Das erzählt mir zumindest Wikipedia, woraufhin ich den Artikel ausdrucke und neben Jeremys Foto über mein Bett hänge. Es ist der erste richtige Anhaltspunkt dafür, dass meine Suche nach einem tieferen Sinn kein Hirngespinst ist, und davon scheint sogar Erik so überrascht, dass er mich ohne Widerstand erneut zum Haus der Damms begleitet.

»Warum hatte Ihr Sohn eine Mütze der Firma Sprethuber in seinem Zimmer?«

Die blaue Schwellung um ihr Auge ist nicht zu übersehen, als Frau Damm uns in einem zu weiten, weißen Gewand die Tür öffnet, das aussieht wie ein Nachthemd. Ihre Augen sind glasig und gerötet. »Weil mein Mann dort arbeitet«, erwidert sie und schaut ein paarmal zwischen Erik und mir hin und her. Ihre Stimme klingt heiser. »Ich hätte nicht gedacht, dich hier noch mal zu sehen«, meint sie dann zu mir, wobei ich Eriks fragenden Blick in meiner Seite spüre. »Und du bist?«

»Erik Reuter, entschuldigen Sie die Störung«, stellt Erik sich vor und reicht ihr die Hand.

»Dürfen wir reinkommen?«, will ich wissen.

Sie schüttelt den Kopf. »Nein. Das wäre nicht gut, denke ich.«

»Ist Sprethuber ein guter Arbeitgeber?«, fahre ich fort.

Frau Damm runzelt die Stirn. »Sicher. Wieso willst du das wissen?«

»Jeremy Sprethuber wurde von Ihrem Sohn erschossen.«

Erik unterbricht mich. »Wir wollten Sie nicht stören, Entschuldigung«, meint er dann in Frau Damms Richtung, und fügt zögerlich hinzu: »Geht es Ihnen denn gut? Ich meine, wegen Ihrem Auge. Das sieht nicht gut aus, vielleicht ... sollten Sie zum Arzt.«

»Mit meinem Auge ist alles in Ordnung. Bitte geht nun.« Damit knallt sie die Tür zu.

»Wieso war sie so überrascht, dich *noch mal* zu sehen?«, will Erik wissen, als wir das Grundstück verlassen haben und die Straße hinunter zu Eriks Motorrad laufen. »Ich meine, woher kennt sie dich?«

»Ich war schon mal da«, antworte ich betont gleichgültig, ohne ihn anzusehen. »Du weißt doch, dass ich ohne dich recherchiert habe.«

»Ja, klar. Aber warum hast du mir nicht gesagt, dass ihr miteinander gesprochen habt? Und wieso war sie so überrascht, dass du wiederkommst?«

»Weil sie mich damals gebeten hat, nicht wiederzukommen und ich es ihr versprochen habe?«, versuche ich es.

»Du bist schlecht im Lügen«, meint Erik, zieht den Reißverschluss seiner Lederjacke zu und steigt aufs Motorrad. Mir entgeht nicht, wie unwiderstehlich gut er dabei aussieht, doch ich schaue schnell weg, da ich keines dieser Mädchen bin, die sich durch so was aus der Fassung bringen lassen.

»Warte noch kurz«, bitte ich ihn stattdessen sachlich und ziehe mein Handy aus der Tasche. »Lass mich überprüfen, was Frau Damm uns erzählt hat, okay?«

Erik verdreht die Augen, wartet aber, bis ich die Nummer der Firma Sprethuber gewählt habe. Eine nette Damenstimme begrüßt mich schon nach kurzem Warten, doch als ich darum bitte, den Mitarbeiter Herrn Damm sprechen zu dürfen, sagt sie mir nach einem kurzen Blick in ihren Computer, dass Herr Damm schon lange nicht mehr bei der Firma arbeitet.

Fünfzehn

Die Einladung

»Warum lügt sie?«, frage ich Erik, während wir auf dem Weg zu dem Haus sind, in dem Alexander Nowak gelebt hat. Eine halbe Stunde habe ich versucht, Erik davon zu überzeugen, mitzukommen, aber aufgebrochen sind wir erst, nachdem wir Schere-Stein-Papier gespielt und ich Papier und er Stein gezeigt hatte. Hätte er gewonnen, hätte ich ihn in den Wald begleiten müssen, doch Erik zeigt fast immer zuerst Stein, sodass meine Chancen viel besser waren als seine.

»Keine Ahnung, vielleicht ist es ihr peinlich, dass ihr Mann arbeitslos ist.«

Die Wohnung der Nowaks befindet sich in einem kleinen Mehrfamilienhaus mit vier Parteien und hübschen, hellblauen Balkonen. Vor dem Hauseingang kann man Spuren von Kindern und einem Hund im Schnee sehen, und einen hübschen kleinen Schneemann mit Karotte als Nase und Kohlestückchen als Augen.

Uns öffnet eine Frau von vielleicht Mitte siebzig, in dicht gestricktem Kleid und mit Stricknadeln und Wolle in der Hand. »Wie kann ich helfen?«, fragt sie mit erschöpftem Lächeln und mustert erst Erik und dann mich, während aus der Wohnung zahlreiche Kinderstimmen tönen. Ein Junge, in etwa so alt wie ich, steckt kurz den Kopf in den Flur. Die Frau vor uns schickt ihn wieder zurück, nennt ihn Markus.

Wir brauchen ungefähr zehn Minuten, bis wir ihr verständlich machen können, wer wir sind und was wir wollen, aber auch nach diesen zehn Minuten will sie uns weder hereinlassen noch mit uns sprechen. Schließlich schlägt sie uns die Tür vor der Nase zu, und Erik muss mich davon abhalten, erneut den Klingelknopf zu drücken.

Der Rückweg ist weit und mein Frust riesig.

Zu Fuß dauert es eine Dreiviertelstunde bis zu mir nach Hause, und da Sonntag ist und kaum Busse fahren und Eriks Motorrad in die Werkstatt musste und meine Mutter mir strikt verboten hat, bei dem Wetter Rad zu fahren, laufen wir.

Als erneutes Schneetreiben einsetzt und mir der Wind in den Nacken fährt, ziehe ich meinen Schal enger und setze die Kapuze meiner Jacke auf.

Nach fünf Minuten spüre ich an meinem Rücken einen dumpfen Schlag.

So plötzlich, dass ich zusammenzucke.

Als ich mich umdrehe, steht zwanzig Meter hinter mir Erik, der den nächsten Schneeball formt.

»Was soll denn das?«, frage ich genervt. »Das ist jetzt echt Fehl am Platz.«

»Ach komm schon!«

»Nein, nicht komm schon. Ich bin frustriert, also hör auf.«

»Das wird schon«, sagt Erik nur und hört nicht auf, den Ball zu formen. »Und jetzt schalt mal dein Gehirn ab, wir finden einen Weg, wie es weitergeht.« Er grinst provokant und setzt an, den Schneeball in meine Richtung abzufeuern.

»Erik, bitte. Lass es einfach. Ich möchte nach Hause, mir ist kalt und ich bin nicht in der Stimmung für so einen Mist.«

Sein Grinsen wird breiter. »Ich aber.« Und damit wirft er und ich kann mich nur in letzter Sekunde wegducken, und dann kommt der nächste Ball und der nächste, und irgendwann werfe ich zurück. Erst genervt, dann frustriert, dann schreiend und wütend, und dann ganz plötzlich, weil es Spaß macht. Meine Hände sind eiskalt, wenn sie den Schnee berühren, und die Fingerspitzen sind bereits nach zwei Minuten blau gefroren, aber wir machen weiter, den ganzen Weg bis zu meinem Haus, und am Ende wirft Erik sich auf mich und drückt mein Gesicht in den Schnee, woraufhin ich erst laut schreien und dann doch herzhaft lachen muss, als er mich wieder auftauchen lässt und mir den Schnee vom Gesicht wischt. Mehrere Minuten kugeln wir über den Boden und tauchen einander in den Schnee und ringen nach Luft und frieren und schreien und lachen. Dann hilft Erik mir hoch.

»Mir ist wirklich scheiße kalt«, teile ich ihm etwas vorwurfsvoll mit und versuche, meine schmerzende Nase wieder ein bisschen warm zu reiben.

»Das hattest du verdient«, erwidert Erik und legt einen Arm um mich, nur um die Position gleich wieder aufzulösen. »Du hast mich in den Nacken getroffen«, verteidigt er sich. »Mein ganzer Pulli ist jetzt voller Schnee und das Wasser läuft mir den Rücken runter.«

Ich lache. »Selbst schuld. Magst du noch mit raufkommen?«

Erik kramt seinen Fahrradschlüssel aus der Jackentasche und schließt sein Rad auf, das an unserer Hauswand lehnt. Ich sehe ihn selten Rad fahren, aber durch seine Motorradjacke, auf die er auch heute nicht verzichtet hat, sieht er sogar dabei verdammt cool aus. »Leider nein. Ich muss gleich weiter. Aber schau dir das mal an.« Mit diesen Worten drückt er mir einen dunkelblauen Flyer mit weißer Schrift in die Hand, schwingt sich aufs Fahrrad und fährt mit einem »Bis morgen!« durch den Schneematsch davon.

In meinem Zimmer knülle ich den doofen Flyer zusammen und werfe ihn in die Ecke.

Idiot.

Was denkt er sich, mit so etwas anzukommen?

Ausgerechnet jetzt.

Ausgerechnet bei mir.

Ich lasse mich aufs Bett fallen und starre an die Decke, während ich mir ausmale, was Cassie dazu sagen würde. Vermutlich würde sie Erik in Schutz nehmen, wie immer, sich dann umdrehen, *Der Himmel über Appleton House* vom Fensterbrett nehmen und sich damit trotz aller Kälte im Wintermantel unter den Apfelbaum setzen, aber in ihren Augen würde ich dabei die Entfremdung erkennen, die sich in den letzten Monaten ihres Lebens nur ganz selten zwischen uns gedrängt hat, und ich würde wissen, dass ich nie wieder ein Wort über diesen Flyer verlieren dürfte, um ihr die Treue zu halten. Deswegen stehe ich wieder auf, fische den Flyer aus dem Papierkorb, schnappe mir aus der Küche das Feuerzeug meines Vaters und verbrenne das idiotische Stück Papier in der Badewanne, bis nur noch ein Häuflein Asche übrig ist.

Lass uns weiter nachdenken, schreibe ich Erik.

Zehn Sekunden später vibriert es neben mir auf dem Kopfkissen. *Worüber?*

Über Alexander Nowak. Einer wird ja wohl mit uns sprechen wollen.

Fünf Minuten nichts. Dann: *Frag doch diesen Markus. Den aus der Wohnung, ich glaube, den hab ich schon Mal in der Schule gesehen.*

Wie soll ich das anstellen?, tippe ich zurück.

Frag Facebook. Muss ins Bett, gute Nacht.

Wir haben Cassie einen neuen Kanarienvogel gekauft. Ein paar Monate nachdem ihrer gestorben und wir weggelaufen waren. Ihr Vater war mit uns in der Zoohandlung, und Sarah war auch dabei; ich erinnere mich daran, dass sie genau das rosafarbene Kleid trug wie Cassie viele Jahre zuvor auf der Schaukel am Apfelbaum.

»Was willst du denn für einen?«, wollte Cassies Vater wissen.

»Ich weiß nicht genau.« Cassie presste ihr Gesicht gegen die Glasscheibe, die uns von den Vogelkäfigen trennte. Noch heute weiß ich, dass es viele Vögel gab, kleine und große und rote und blaue und gelbe. Am besten hatte mir ein blauer Ara gefallen, der immerzu den Kopf schief legte und mich anguckte, als wollte er mir irgendetwas sagen, aber sooft ich mit ihm auch verschiedenste Begrüßungsformen übte, er sprach trotzdem nicht mit mir.

Eine halbe Stunde lang starrten Cassie und ich die Vögel an, während ihr Vater mit Sarah zuerst die Kaninchen und Meerschweinchen und danach die Fische beobachtete.

»Na, was ist jetzt?«, fragte er dann und strich sich über den grauen Dreitagebart. Seitdem ich ihn kannte, trug er diesen Bart, und immer schon war er grau gewesen, so wie seine Haare. »Wie findest du denn diesen?« Er deutete auf einen kleinen, hellblauen Wellensittich mit einem weißen Fleck auf der Stirn. »Der sieht fast so aus wie dein alter Vogel.«

Cassie schüttelte den Kopf. »Ich will den gelben. Den in der Ecke.«

»Hm. Aber der sieht krank aus. Er humpelt doch.«

»Ja.« Und dann strahlte sie ihn an. »Genau deswegen will ich ihn haben.«

Ich treffe Alexanders Bruder am nächsten Tag in der Pause vor dem Haupteingang unserer Schule, wo wir uns auf eine etwas abgelegene Bank setzen. Er ist in der elften und damit eine Klassenstufe über mir; nicht sehr groß, höchstens so groß wie ich, schmal und blass, aber mit schelmischem Lächeln. Einen ausgeleierten Kapuzenpulli in leuchtendem Orange trägt er, in den er sicher drei- oder viermal reingepasst hätte und den ein Mädchen auch gut und gern als Kleid hätte tragen können. Wir brauchen nicht lang, um zum Thema zu kommen.

»Er hat ihm Nachhilfe gegeben«, sagt er dann. »Wusstest du das nicht?« Er lispelt auffällig.

Ich schüttle den Kopf und ziehe instinktiv Kuli und Zettel heraus, um mitzuschreiben.

»Ist aber ewig her, der Alex war da gerade erst in der fünften, als das anfing.«

»Und wann hat es aufgehört?«, hake ich sofort nach.

»Puh, keine Ahnung, Anfang siebte Klasse? Meine Mutter weiß das sicher besser.«

Ich nicke eifrig. »Wie war das Verhältnis? Zwischen den beiden?«

Und dann erfahre ich, wie verschieden die beiden waren.

Alexander als Fußballer und Pfadfinder, Peter als Liebhaber von Computerspielen und Fantasybüchern. Dass Peter ihn immer als guten Freund sah, Anschluss suchte. Und dass Alexander dies nicht erwiderte.

Auch als Markus schon weg ist und die Schulglocke bereits das Pausenende verkündet, sitze ich noch auf der Bank und denke nach.

Darüber, ob jemand sterben musste, weil dieser jemand das Gefühl freundschaftlicher Verbundenheit nicht erwiderte. Und darüber, warum Peter Damm jemanden getötet hat, den er eigentlich von Herzen gernhatte.

Als der Unterricht an dem Tag vorbei ist, gehe ich noch mal zum Klassenraum der 9b – der Klasse, in die Alexander Nowak ging. Ich schaffe es, vor der Tür ein recht kindlich aussehendes Mädchen in Jeans und pinkem T-Shirt abzufangen, mit blonden Locken, die zu einem Pferdeschwanz gebunden sind. Überraschend widerstandslos lässt sie sich zur Seite ziehen.

»Der Alexander war immer sehr nett zu mir«, beginnt sie, nachdem ich sie dreimal hintereinander genötigt habe, mir von ihm zu erzählen. »Gibt nicht viel mehr zu sagen. Ich fand ihn immer total lustig und hilfsbereit, nicht so wie die meisten anderen Jungs. Ich … vermisse ihn viel mehr als die Felicitas, nur darf man das ja nicht sagen, wenn jemand gestorben ist.«

»Felicitas?«

»Ja.« Sie senkt die Stimme. »Die Felicitas ist doch auch gestorben.«

»Sie war auch in eurer Klasse?« Ich komme mir echt dämlich vor mit meiner begriffsstutzigen Nachfrage. »Okay, also Felicitas Illingen?« Das Mädchen nickt. »Wieso mochtest du sie denn nicht?«, will ich wissen.

»Ich weiß nicht«, druckst sie herum. »Sie war manchmal etwas arrogant. Und nicht sehr nett.«

»Okay. Und was heißt das, sie war nicht sehr nett?«

Sie tritt von einem Fuß auf den anderen und beißt sich auf die Lippe. »Ich will jetzt nichts zu Schlechtes sagen.« Sie wirft einen Blick über ihre Schulter, dreht sich dann wieder zu mir. »Aber sie hat sich manchmal über andere lustig gemacht. Sie ein bisschen geärgert und doofe Witze gemacht. Nicht lustige Witze wie der Alex, sondern eher gemeine Sachen über die Klamotten von anderen oder wenn jemand im Unterricht was Dummes gesagt hat. Das fand ich … nicht so gut.«

»Hat sie dich auch geärgert?«

»Nein.« Sie wirft einen Blick den Gang hinunter. »Hör zu, es sind schon alle weg und ich muss meinen Bus erwischen.«

Aber ich gehe nicht darauf ein und schaue ihre fest in die Augen. »Wen hat sie dann geärgert?«

»Die Josefine.« Sie dreht sich um und will in die Klasse gehen, doch im letzten Moment wendet sie sich mir noch einmal zu. »Und den Alexander manchmal auch.«

»Sie war eine Mobberin!«, rufe ich zum siebenten Mal ins Telefon, was mir wieder nur ein Seufzen am anderen Ende der Leitung einbringt. »Mach die Augen auf, Erik. Peter Damm wurde selbst immer gemobbt und gehänselt in seiner Schulzeit. Alexander hat er als engen Freund betrachtet, und nun hat diese Felicitas ihn fertiggemacht. Sie war also seine … Todfeindin!«

Erik gluckst, als würde er ein Lachen unterdrücken.

»Findest du das witzig?«, will ich fassungslos wissen.

»Nein nein, aber so dramatische Wörter wie *Todfeindin* verwendest du selten.«

»Mach dich nicht lustig. Du weißt doch, was ich sagen will.«

»Ja, weiß ich. Und für mich ist es an den Haaren herbeigezogen. Wieso sollte er dann Alexander direkt mit erschießen?« Er atmet hörbar ein und aus. »Schau, nicht mal bei Jeremy sind wir sicher, ob es einen Zusammenhang gibt. Bei den anderen noch weniger.«

Ich schweige.

»Helene?«

»Ja?«

»Was ist?«

»Ich weiß jetzt, wieso Jeremy gestorben ist.«

»Was?«

»Ich hab noch mal nachgedacht. Jeremys Vater wurde gefeuert.«

»Woher willst du das denn nun wissen? Vielleicht hat er auch gekündigt?«

»Er ist Alkoholiker geworden. Der Vater von Peter, er hat seinen Job verloren und deswegen angefangen, zu trinken. So macht alles Sinn.«

»Was redest du denn jetzt?«

»Er schlägt seine Frau«, spreche ich weiter. »Er ist gewalttätig. Die Entscheidung der Sprethubers, Peter Damms Vater den Job zu nehmen, hat Peters Vater und seine ganze Familie kaputt gemacht. Jeremy zu erschießen war Rache.« Ich höre, wie Erik ansetzt, etwas zu sagen, aber ich fahre fort. »Deswegen dachte Frau Damm nicht, dass ich wiederkomme. Weil ich es erlebt habe, wie er besoffen heimkam und sie verprügelt hat. Mich hat er auch erwischt, ein bisschen. Und bevor du jetzt fragst, wieso ich nichts erzählt habe: weil du mich nie wieder dorthin begleitet hättest.« Ich hole Luft. »Dass Jeremy tot ist, ist kein Zufall, da bin ich sicher, die Sprethubers haben seinen Vater in den Suff getrieben und deswegen musste ihr Sohn sterben. Also sag nicht, dass auch der Rest nur Hirngespinste gewesen wären. Für mich ist der Tod von Jeremy und Felicitas erklärt und es ist offensichtlich, dass sie alle ihre Gründe hatten, alle Tode. Wenn du das anders siehst, okay. Und ja, vielleicht finden wir niemals alle heraus. Aber ich will erfahren, warum er auf Cassie geschossen hat. Denn davor finde ich keinen Frieden.«

Es ist still. So lange, dass ich fast schon glaube, dass Erik gar nicht mehr auf der anderen Seite sitzt.

»Du hättest es mir sagen müssen«, sagt er dann. »Dass er dich geschlagen hat.«

»Es war nicht … so schlimm.«

»Was hat er mit dir gemacht?«

Ich schlucke. »Ich war kurz weg, schätze ich.«

»Weg?«, fragt er nach.

»Bewusstlos. Kurz. Es war nicht so schlimm, wie es klingt.«

»Warst du beim Arzt?«

»Nein.«

»Verdammt noch mal, Helene –« Er hält inne. »Warum hast du es mir nicht gesagt?«

»Wie gesagt, du hättest mir verboten, wieder zu Peter Damms Haus zu gehen. Und du hättest mir Vorträge gehalten.«

Erik lacht bitter. »Und seit wann hältst du dich an Verbote?«

Ich weiß keine Antwort.

»Bitte verschweig so etwas nie mehr vor mir.«

Wieder sage ich nichts.

»Nächstes Mal sagst du es mir. Versprochen?«, hakt er nach.

Ich schlucke. »Okay.«

Ein paar Minuten schweigen wir.

»Weißt du, es tut mir leid, dass ich alles als Unsinn abgetan habe«, sagt Erik dann.

»Schon gut. Glaubst du wirklich daran? Daran, dass er sie alle bewusst getötet hat?«

»Ich weiß nicht mehr, was ich glaube«, gesteht er. »Das mit Jeremy ändert vieles.«

»Dann versuch mal, dich darauf einzulassen. Bitte.«

»Okay.« Er räuspert sich. »Was denkst du über den Ball? Du weißt schon, der Flyer. Für den Ball. Am 28. Januar. Es ... war als Einladung gemeint.«

Ich lege auf.

Sechzehn

Cassies Grenzen

Cassie und ich waren zwölf, als wir zum ersten Mal über Sex sprachen.

»Ich finde das ziemlich merkwürdig«, sagte ich. Wir waren gerade auf dem Spielplatz in der Nähe unserer Wohnung, wo im Sandkasten zwei Kinder von vielleicht vier oder fünf Jahren spielten, deren Mütter auf einer der Bänke saßen und sich dabei mit wilden Gesten unterhielten und ihnen hin und wieder Ermahnungen zuriefen. Cassie und ich hatten die beiden Schaukeln in Beschlag genommen, und während sie einen kleinen Ast mit einem Taschenmesser bearbeitete, ließen wir beide die nackten Füße durch den warmen Kies streifen, Cassie in einem blauen T-Shirt und braunem Rock, ich in Jeans und Kapuzenpulli. »Ich meine, ist es nicht total komisch, sich nackt zu machen und es dann … zu tun?«

»Ich bin mir nicht sicher«, entgegnete Cassie, während sie die letzten Rindenstücke von ihrem Ast entfernte. Ihre Hände waren voller Erde und Harz, und die Rindenstückchen lagen wie eine Ausbeute auf ihrem Rock.

»Hast du schon mal einen nackten Jungen gesehen?«

»Nein. Du?«

»Ja, na klar, meinen Bruder. Ist aber nicht so toll, wie man glaubt.«

Einen Moment lang war die schneeweiße Haut ihrer Stirn

von einer tiefen Falte durchzogen, während sie das Messer zusammenklappte, in ihre Rocktasche gleiten ließ und ihr Werk von allen Seiten begutachtete.

»Ich meine das untenrum.« Ich grinste. »Ist gar nicht so toll.«

»Okay.« Mit ihren Zehenspitzen wühlte sie den Kies auf.

»Du hörst mir gar nicht zu, oder? Was wird das überhaupt?«

»Ich bin mir noch nicht sicher. Vielleicht einfach … Kunst. Fällt dir was ein?«

Ich verdrehte die Augen. »Willst du mal einen sehen?«

»Was?« Sie blickte auf, den geschälten Ast noch immer in der Hand.

»Einen nackten Jungen.«

»Ich … weiß nicht genau. Vielleicht?«

Ich sprang von der Schaukel und zog aus meinem abgegriffenen, grauen Rucksack eine Zeitschrift hervor. Ich hatte sie vom Kiosk neben der Schule, wo die alte Verkäuferin einem immer zuzwinkerte und dann einen Zitronenbonbon anbot, den ich stets dankend entgegennahm.

Es war eine dieser klassischen Jugendzeitschriften, in der über Stars und coole Outfits und die Charts und über Dating-Tipps geschrieben wurde. Und es gab in jeder Ausgabe zwei Seiten, auf denen ein nackter Mann und eine nackte Frau abgebildet waren; da konnte man sie sich angucken, von Kopf bis Fuß und ohne dass irgendetwas verdeckt war.

»Meine Eltern erlauben so was nicht«, meinte Cassie, während ich mich zurück auf die Schaukel setzte und hin und her blätterte, um die richtige Seite zu suchen. Ein Poster von Taylor Swift segelte mir entgegen; in letzter Sekunde konnte ich es festhalten, bevor ein Windstoß es fortreißen konnte. »Sie kleben mir die Seiten immer zu, auf denen die Leute nackt sind.«

»Was?« Ich unterbrach meine Suche und sah sie an. »Warum denn das?«

»Weil ich nicht das richtige Alter für so etwas habe.« Sie warf ihr Haar zurück und legte den Kopf in den Nacken, um die Birkenzweige zu beobachten, deren Blätter über uns bei jedem kleinen Luftzug zu rauschen begannen. Ich merkte trotzdem, dass ihr das peinlich war.

»Aber jetzt kriegen sie es doch nicht mit«, sagte ich und stieß sie sanft in die Seite. »Komm jetzt, hab dich nicht so.« Und damit hielt ich ihr den nackten Typen von Anfang zwanzig unter die Nase, der einen leichten Bauchansatz und ziemlich stämmige Beine hatte, und dessen Genitalien man komplett unzensiert sehen konnte, was ich jedes Mal ziemlich aufregend fand.

»Und?«, wollte ich wissen, nachdem wir das Bild drei Minuten lang intensiv betrachtet hatten.

»Ich finde es gar nicht so schlimm«, gestand sie.

»Gar nicht so schlimm?« Ich musste lachen. »Na, das ist aber kein Kompliment für den Kerl.«

»Nein, nein.« Sie schüttelte den Kopf. »Das Nacktsehen meine ich. Ist nicht so schlimm. Und ehrlich gesagt wollte ich schon länger mal wissen, wie das aussieht.« Sie hielt sich die Zeitschrift noch näher vor die Nase, um jedes Detail zu begutachten.

»Natürlich ist es nicht schlimm«, meinte ich betont sachlich und fühlte mich in dem Moment ziemlich erwachsen und aufgeklärt. »Und keine Angst, ich sag deinen Eltern nichts. Aber die Zeitschrift, die schenk ich dir, wenn du magst.«

»Nee, behalte sie lieber. Ich hab es ja jetzt gesehen.«

»Na gut.« Ich zuckte die Schultern und ließ sie wieder in meiner Tasche verschwinden.

»Ich finde den Gedanken an Sex ein kleines bisschen eklig«, fuhr ich fort. »Und du?«

Sie legte den Kopf schief. »Ich weiß nicht.«

Ich verdrehte die Augen. »Ach komm, so macht das keinen Spaß. Du kannst nicht immer ›Ich weiß nicht‹ sagen. Ich kenne dich, du denkst doch auch über solche Sachen nach, hm? Mit wem soll ich denn sonst über so was reden, wenn nicht mit dir?«

Sie senkte den Kopf. »Ich red einfach nicht gern drüber.«

Und dann wussten wir beide nicht mehr, was wir sagen sollten. »Hast du Lust, am Wochenende mit mir ins Schwimmbad zu gehen?«, wollte ich irgendwann wissen. »Im Radio haben sie gesagt, es soll noch ein letztes Mal dieses Jahr total heiß werden.«

»Geht nicht.« Sie schüttelte den Kopf. »Meine Eltern sagen, ich muss lernen.«

»Du musst jedes Wochenende lernen.«

Sie verdrehte die Augen. »Ich weiß. Sag das meiner Mutter.«

An der Straße hupte es.

Ein silberner Mercedes hatte am Straßenrand geparkt; ein Fenster wurde heruntergelassen und Cassies Mutter winkte uns zu. Sie trug einen schwarzen Haarreif und eine schwarze, elegante Bluse. »Du musst schon gehen?«, fragte ich Cassie.

Sie nickte und angelte nach ihren Schuhen.

»Cassandra, mein Engel, du holst dir sicher eine Erkältung«, tönte es aus dem Mercedes.

»Tut mir leid«, sagte Cassie zu mir und stöhnte. »Meine Mutter will nicht, dass ich abends lang weg bin.«

Damit ging sie, ihr entrindetes Kunstwerk fest in der Hand, warf ihre Tasche in den Kofferraum, winkte mir noch mal zu und das Auto rollte nahezu lautlos davon. Ich warf einen Blick auf die Uhr. Es war halb sechs.

Siebzehn

Die Wahrscheinlichkeit des Himmels

Die Albträume werden wieder schlimmer.

Ich träume von ihr.

Von dem Tag, als sie starb, von ihrem dreckverschmierten Mantel.

Von ihrem rosafarbenen Kleid, das in unserer Kinderzeit im Wind wehte, immer wenn sie auf der Schaukel am Apfelbaum saß, ihre nackten Füße im Gras, die Sommersprossen ihrer Haut, das Blau ihrer Augen.

Von Peter Damms Vater, dem Geruch ausgeschwitzten Alkohols.

Dem Duft von Cassies Parfüm am Abend ihres fünfzehnten Geburtstags.

Dem Anblick des Feuers, dem Klang von Eriks Gitarre.

Schüsse.

Überall Schüsse.

Ihr Schrei.

Nach mir.

Helene.

Und dann wache ich auf.

Deswegen entscheide ich, hinzufahren, dorthin, wo es nach ihr riecht, dorthin, wo die Erinnerung an sie noch lebt, vielleicht verschwinden sie dann, die Schüsse in meinem Kopf.

»Helene.« Diesmal werde ich umarmt.

»Komme ich ungelegen? Ich ruf nächstes Mal vorher an.«

»Schon gut, komm rein. Magst du Tee?«

»Nein, danke. Darf ich hoch?«

»Ja, sicher.« Sie lächelt. Doch mir fällt es schwer, die Stufen nach oben in den ersten Stock zu erklimmen, meine Beine fühlen sich kraftlos an und als würden sie an jeder Stufe kleben bleiben.

Ich lege meine Hand auf die Klinke.

Drücke sie runter.

Die Tür lässt sich fast zu leicht öffnen für meinen Geschmack, und als ich eintrete, kommt sofort alles wieder hoch. Es überwältigt mich wie eine riesige Welle, und ich lasse zu, dass diese Welle mich unter sich begräbt und mitreißt. Schließe die Augen, noch im Türrahmen stehend und die Klinke in der Hand. Mache sie wieder auf. Und da steht sie, meine Cassie, sie steht vor mir, in weißer Unterwäsche, die roten Haarsträhnen, die ihr über den von Sommersprossen übersäten Rücken fallen, die kindliche Statur. Sie schaut in den Spiegel. Und dann zu mir.

Ich kann nicht atmen.

Schließe die Tür hinter mir.

Mit einem leisen Klacken fällt sie zu.

Da steht sie, keine zwei Meter von mir weg.

Halbnackt.

Schaut mich an.

Lächelnd.

Fast wie ihre Mutter, nur hundertmal schöner.

Ich strecke die Hand aus.

Warte darauf, dass sie dasselbe tut.

Sie soll meine Hand nehmen.

Sie soll sie nehmen und nie mehr loslassen.

Aber das tut sie nicht.

Sie schaut mich nur an.

Hört nicht auf zu lächeln.

Auch dann nicht, als ich anfange, zu weinen.

»Cassie«, flüstere ich.

Es tut weh, sie zu sehen. Genau da, wo mein Herz liegt, da tut es verdammt weh.

Und ihre Lippen bewegen sich ebenfalls. »Helene«, sagen sie.

Aber ich kann ihre Stimme nicht hören.

Cassie ist stumm.

Und doch ist sie da, steht vor mir. So unendlich real.

»Du fehlst mir«, sage ich.

Doch sie sagt nichts mehr.

Ihr Blick ruht auf mir wie eine Decke, die mich einhüllen und trösten will.

Sanft und warm und unerschütterlich.

Das Lächeln echt und lebendig, während die Tränen mein Shirt durchnässen und ich merke, wie es aus meiner Nase über meine Lippen und das Kinn läuft. Mit dem Handrücken wische ich es weg, während der andere Arm ausgestreckt in ihre Richtung verharrt.

Sie schmunzelt, ein kleines Stück mehr als zuvor, und ich erkenne das Grübchen in ihrer linken Wange. Ich schniefe. Schließe die Augen. Atme durch.

Warte.

In der Hoffnung, dass sie doch noch meine Hand ergreift.

Mich doch noch in den Arm nimmt.

Ein letztes Mal.

Ich stelle es mir vor. Stelle mir vor, wie sie zu mir kommt, mich berührt, mich hält.

Doch niemand nimmt meine Hand.

Und ich mache die Augen wieder auf.

Cassie ist fort.

»Sie war da, ehrlich.« Ich liege im Bett und betrachte die Decke; trage nur einen schlichten, schwarzen BH und einen grün-rot karierten Slip, der mir ein wenig zu groß ist, sodass er immer fast runterrutscht, wenn ich ohne Hose zur Toilette laufe. Strecke die Beine zur Decke, um zu gucken, wie hoch ich komme. »Ich hab sie gesehen. Ihr Grübchen hab ich sogar gesehen, und dabei hatte ich schon fast vergessen, dass sie überhaupt ein Grübchen hat. Sie war wirklich da.«

»Die Gegenwart des Verstorbenen während und auch nach der akuten Trauerphase zu spüren, ist etwas ganz Natürliches und sollte nicht künstlich pathologisiert werden«, höre ich Eriks Stimme am anderen Ende der Leitung. »Nur in vereinzelten Fällen äußert sich die Verbindung zur verstorbenen Person zusätzlich in Form akustischer oder visueller Halluzinationen. Letztere treten jedoch im Gegensatz zum Gefühl emotionaler Verbundenheit stets abrupt, unregelmäßig und nur sehr kurz auf. Zudem sind sie ausschließlich Teil der akuten Trauerphase und verschwinden im Normalfall nach wenigen Wochen völlig. Sollten derartige Wahrnehmungen in darüber hinausgehender Intensität oder über einen längeren Zeitraum als den eben genannten anhalten, ist –«

»Was liest du da?«, unterbreche ich ihn.

Ich höre, wie er das Buch zuklappt. »*Der Mensch in Trauer*«, zitiert er. »Untertitel: *Gesunde und pathologische Trauerreaktionen erkennen und mit ihnen arbeiten.*«

»Du nimmst mich nicht ernst.«

»Oh doch. Das ist ein Fachbuch.«

»Von wem?«

»Eine Frau Doktor … Maria … okay, den Nachnamen kann ich nicht aussprechen.«

»Ein Doktortitel macht niemanden zum Experten.«

»Eigentlich schon«, erwidert er. »Aber wie du meinst. Zugegeben, es ist aus den Neunzigern, also vielleicht nicht die aktuellste Lektüre zum Thema.«

»Es war keine Halluzination.«

»Das zu glauben ist typisch für Menschen, die halluzinieren.«

»Es war keine. Sie war echt, sie war … sie. Ich hab das gespürt.«

»Dann ist sie dir als Lichtgestalt aus dem Himmel erschienen?«

Ich schweige.

»Du glaubst nicht an einen Himmel«, fährt er fort.

»Ich sage, dass Gottes Existenz statistisch gesehen unwahrscheinlich ist.«

»Dann wäre Cassies Erscheinung aus dem Himmel auch entsprechend unwahrscheinlich.«

»Stimmt. Aber dennoch möglich. Und außerdem können wir rein theoretisch gar nicht wissen, ob ein Himmel wirklich durch die Existenz eines Gottes bedingt ist. So gesehen können wir auch gar keine Aussage darüber treffen, wie wahrscheinlich es ist, dass ich tatsächlich Cassie begegnet bin oder ob mein Gehirn einen Aussetzer hatte.«

Erik pfeift durch die Zähne. »Die Professorin hat gesprochen.«

Ich höre, wie der Deckel einer Flasche aufspringt. »Trinkst du Bier?«, will ich wissen.

»Ja. Das Mindesthaltbarkeitsdatum ist morgen. Da will ich nichts riskieren.«

»Es gibt Leute, die finden es komisch, wenn man mit siebzehn allein Bier trinkt.«

»Ich bin nicht allein«, widerspricht er. »Ich telefoniere mit dir. Das ist fast wie ein Treffen.«

»Aber nur fast.«

»Deswegen sagte ich es ja so.« Er nimmt einen Schluck; ich kann es hören, ganz leise.

»Warum trinkst du eigentlich nie was? Deine Eltern sind doch entspannt«, meint er dann. »Nicht, dass ich ein unschuldiges junges Mädchen zum Alkohol verführen will, im Gegenteil, ich verehre dich förmlich für deine Ablehnung von Drogen. Aber interessieren tut es mich schon.«

»Ich sehe den Sinn und Zweck dahinter nicht ganz«, antworte ich.

»Hm, guter Punkt. Ich würde sagen … Alkohol ist eben unterhaltsam.«

»Wieso? Es gibt ungefähr hundert Getränke, die besser schmecken als Alkohol.«

»Kannst du sie mir nennen?«

»Was?«

»Na, die hundert Getränke. Nenn sie mir, das klingt spannend.«

Ich lache. »Du bist blöd.«

»Cassie hat nie getrunken. Ist das der Grund?«

»Na ja, es hat sich nie ergeben mit ihr«, gebe ich zu. »Und mir fehlt der Anlass, wie gesagt.«

»Okay.« Er trinkt wieder. »Glaub mir, der Anlass kommt von selbst, und das früh genug.«

»Sei nicht so altklug.«

»Warum? Ich bin immerhin wesentlich älter als du und auch ziemlich klug.«

Ich kann sein Grinsen förmlich hören, als er das sagt; und vor meinem geistigen Auge sehe ich es, so deutlich, dass es sich anfühlt, als würde er neben mir liegen, hier und jetzt. Ich stelle mir vor, wie er mich anschaut, mit seinen braunen Augen und den kleinen Fältchen drum herum, die immer da sind, wenn er lacht, und den Grübchen, die sich bei jedem noch so kleinen Schmunzeln in seine Wangen graben. Und ich frage mich, ob er mich trotz der zu großen Unterhose sexy fände.

Achtzehn

Melissa

»Was hast du da?« Als mich eine Hand an der Schulter berührt, zucke ich zusammen. Ich schaue auf und blicke in Melissas Gesicht. Sie trägt eine knallpinke Weste und gleich drei silberne Ketten, die auf Höhe ihrer ausladenden Brüste herumbaumeln. An einer von ihnen erkenne ich einen Anhänger in Form eines Vogels.

»Nichts«, erwidere ich und drücke instinktiv das Foto an mich, das ich wenige Tage nach dem Amoklauf aus der Zeitung herausgeschnitten und dann über mein Bett geklebt habe. Es zeigt Nina, Nina Heuß aus der fünften Klasse, das kleine Mädchen mit der Brille, deren Mutter damals das Interview gegeben hat. Am Wochenende habe ich versucht, ihre Eltern anzurufen, doch die Nummer war nicht mehr vergeben, und ein Besuch bei ihrer Adresse am Samstagabend zeigte mir nur eine leer stehende Wohnung.

»Die sind weggezogen«, erklärte mir eine alte Nachbarin. »Weiß nicht wohin.«

Und nun sitze ich da, mit Ninas Bild in der Hand und tausend Fragen in Kopf.

Es ist Montag. Der Januar neigt sich dem Ende zu, hört aber nicht auf, die Erde mit Schnee zu überhäufen.

»Ach komm«, meint Melissa und greift nach dem Bild. »Zeig schon her.«

Ich schlage ihre Hand weg, heftiger als gewollt. »Au!«, quiekt sie und zuckt zurück.

»Sorry«, murmele ich.

»Die Leute halten dich zu Recht für komisch.« Sie reibt ihre Hand, die in einen so dicken Handschuh eingepackt ist, dass sie den Schlag vermutlich nicht mal bemerkt hat, und setzt sich dann neben mich. »Ich meine, eigen warst du ja schon immer, aber seit dem Amoklauf hast du echt einen an der Klatsche.« Sie zuckt die Schultern. »Aber mir macht das nichts aus.«

Ich kneife meine Lippen zusammen. »Schön für dich.« Damit lasse ich das Bild von Nina in meine Jackentasche gleiten, wobei meine Finger bei jeder Bewegung wehtun. Sie sind blau gefroren. »Was willst du denn?«

»Ich wollte dich zu meinem Geburtstag einladen.« Sie lächelt. Ihr Mund ist übertrieben rot geschminkt, die Augen verklebt durch die viele Wimperntusche. Ich glaube, ich habe Melissa noch nie ungeschminkt gesehen, nicht einmal im Schwimmunterricht.

»Das ist nett, danke«, erwidere ich. »Aber ich glaube, ich kann nicht kommen.«

»Du weißt doch noch gar nicht das Datum«, widerspricht sie unbeirrt.

»Ich hab viel zu tun«, versuche ich es, sie drückt mir allerdings bereits einen kleinen, weißen Umschlag in die Hand. »Für dich«, sagt sie. »Es ist noch fast einen Monat hin, du hast bestimmt Zeit. Du kannst auch Erik mitbringen, wenn du sonst keine Lust hast.«

»Wieso sollte ich Erik mitbringen?«

»Na ja, ihr habt euch schon gern, oder?«

»Ja. Und?«

Übertrieben zwinkert sie mir zu. »Das Thema hatten wir schon mal, Helene.« Sie wirft ihr Haar zurück. »Ihr wärt ein supersüßes Paar. Etwas merkwürdig, aber unheimlich süß, vertrau mir. Und nichts für ungut, aber es sieht echt ein Blinder, dass er auf dich steht.«

»Was?« Mein Herz setzt kurz aus, und ich hasse es dafür.

»Ich meine ja nur: wie er dich manchmal anschaut ... ich kenne diesen Blick bei den Jungs.«

»Er steht nicht auf mich«, widerspreche ich.

Sie zuckt die Schultern. »Wenn du das sagst.«

Ich seufze. »Gut. Und nun hör bitte auf mit dem Thema.«

Melissa zieht die Augenbrauen hoch. »Wunder Punkt?«

»Blödsinn. Ich bin nur genervt von dem ganzen Gerede.«

Sie legt den Kopf schief. »Gehst du mit ihm zum Ball?«

Ich zucke zusammen. »Was?«

»Na, der Ball. Gehst du mit ihm hin?«

»Woher weißt du das?«

»Was denkst du wohl, wer hat ihn ermutigt, dich zu fragen?«

Fassungslos schaue ich sie an. »Du?«

»Klar.« Sie nickt. »Sonst hätte er sich nie getraut.«

»Und seit wann seid ihr so dicke miteinander?!«, fahre ich sie an.

Sie hebt abwehrend die Hände. »Komm wieder runter. Wir sind nicht dicke. Aber meine Eltern arbeiten dort mit und deswegen bekomme ich vergünstigte Karten. Da hab ich rumgefragt, ob jemand Interesse hat. Mit den Jungs in unserem Alter kannst du da ja kaum ankommen, aber Erik ist ja etwas erwachsener und er hat lang überlegt und … es lag auf der Hand, dass es um dich geht.«

Ich weiß nicht, was ich sagen soll, und schüttle nur den Kopf.

»Keine Angst, wir haben nie über dich geredet, aber ich meinte, dass er die Karten nehmen soll und dass er sich überwinden soll, das Mädchen, das er im Sinn hat, zu fragen. Dann haben wir noch kurz hin und her geredet und irgendwann hat er mir zugestimmt.« Sie macht eine kurze Pause. »Und nun meine Frage an dich: Gehst du mit ihm hin?«

Noch immer fehlen mir die Worte. »Nein«, bringe ich schließlich hervor.

»War mir klar«, meint Melissa schulterzuckend. Ihre Stimme klingt auf einmal unterkühlt, als sie mich ansieht und fortfährt: »Und es bestätigt: Erik ist eindeutig erwachsener als du.« Damit steht sie auf und geht und lässt mich sitzen, während neue Schneeflocken vom Himmel fallen und ich meine Fingerspitzen so gar nicht mehr spüre.

Als ich nach Hause komme, sitzt meine ganze Familie am Küchentisch zusammen. Sofort denke ich, dass entweder irgendwer aus der Verwandtschaft ein Kind bekommen hat oder aber gestorben ist, denn meine Mutter und meinen Vater und Jens und Hannah an einem Tisch zu sehen, ist eine absolute Rarität. Noch seltener ist es, dass mein Vater keine Unterlagen aus dem Arbeitszimmer mitgenommen hat, und auch das ist heute der Fall. Stattdessen steht nur ein unberührtes Glas Sekt vor ihm, genauso wie vor allen anderen.

»Helene!«, ruft meine Mutter, als sie mich im Türrahmen erkennt. »Toll, dass du da bist.«

»Was ist los?«, will ich wissen. Angesichts der Sektgläser habe ich die Möglichkeiten eines traurigen Ereignisses als Anlass der Zusammenkunft bereits ausgeschlossen. Ich lege meine Schultasche in die Ecke und komme zum Tisch, wo meine Mutter und Hannah aufstehen und mich umarmen, während mein Vater mir lächelnd zunickt und Jens konzentriert die Kohlensäurebläschen in seinem Sektglas begutachtet.

»Jens, willst du nicht auch wenigstens Hallo sagen?«, rügt ihn meine Mutter.

»Oh«, erwidert er und blickt auf. »Ich hatte Angst, dass sie das verwirrt. Du kennst uns doch, unser geschwisterlicher Umgang ist in erster Linie pragmatisch.« Dann grinst er und klopft mir auf die Schulter. »Hallo, Schwesterherz.«

»Was ist passiert?«, frage ich erneut, während Hannah mir ebenfalls ein Sektglas in die Hand drückt und meine Mutter mich auf einem Stuhl platziert. Erst, als alle sitzen, meldet Jens sich zu Wort. »Hannah und ich …«, setzt er an und macht eine Kunstpause, »… werden heiraten!«

»Wow«, stoße ich hervor. Dann muss ich ehrlich lächeln. »Das … ist wunderbar.«

»Nicht wahr?«, mischt meine Mutter sich ein, springt auf und stellt eine Schachtel Pralinen auf den Tisch. »Hannah«, sagt sie und erhebt ihr Sektglas. »Wir heißen dich ganz herzlich willkommen in der Familie!«

»Sagt man so etwas nicht erst am Tag der Hochzeit?«, kommentiert mein Vater, aber dann stoßen wir alle an, und es klirrt so laut, dass ich fast glaube, eines der Gläser könnte zerspringen. »Und?«, frage ich vorsichtig in Hannahs Richtung. »Habt ihr schon genaue Pläne?«

Sie nickt. Seitdem ich die Küche betreten habe, strahlt sie wie ein Honigkuchenpferd, was ich kaum glauben kann, da sie ja nun den Rest ihres Lebens mit meinem Bruder verbringen wird und ich das an ihrer Stelle ziemlich ätzend fände. Aber Hannah strahlt und schmiegt sich an ihn und strahlt weiter und trinkt Sekt, und dann erzählt sie. »Ich will, dass wir draußen heiraten. Freie Trauung nennt man das, da kommt die Standesbeamtin zu uns und traut uns.«

»Und wir sind barfuß«, wirft Jens ein.

»Das ist ein Witz«, kommentiert mein Vater.

»Nein«, entgegnet Jens. »Kein Witz. Wir haben keine Lust auf drückende Schuhe.«

Ich muss lachen. »Das ist gut, ich habe auch keine, die sich für Hochzeiten eignen.«

»Und natürlich wird es eine Sommerhochzeit. Wenn es klappt, würden wir gern schon im kommenden Jahr heiraten«, fährt Hannah fort. Sie trägt wieder unendlich viele Perlen in ihren Dreadlocks, wodurch sie mich in Kombination mit ihrem senfgelben Leinenhemd an eine ziemlich hübsche gestrandete Piratin erinnert. Ihre Finger spielen an einem kleinen, goldenen Ring, auf dem ein winziger, blauer Stein funkelt.

»War der teuer?«, raune ich Jens zu, während meine Mutter und Hannah Hochzeitszeitschriften auspacken und sich angeregt über Blumenschmuck unterhalten.

»Nichts ist zu teuer für die Liebe«, witzelt Jens zurück.

»Freut mich für euch«, sage ich und stoße ihn in die Seite.

»Mich auch.« Er nimmt einen Schluck Sekt.

»Woher warst du dir so sicher?«, frage ich.

»Was meinst du?«

»Die Entscheidung, sie zu heiraten. Woher wusstest du, dass sie die richtige ist?«

»Keine Ahnung. Ich weiß es einfach. Wenn es so ist, weiß man es.«

Und dann schenkt mein Vater uns allen neuen Sekt ein.

Als ich im Bett liege, fällt sie mir wieder ein, die Einladung von Melissa. Ich weiß, dass ich nicht hingehen werde, aber trotzdem hole ich den Briefumschlag aus meiner Jacke, lege mich aufs Bett, reiße ihn auf und ziehe einen Zettel mit Blumenmuster hervor, auf dem handschriftlich mit Tinte geschrieben steht:

Liebe Helene,
hiermit lade ich dich recht herzlich ein, meinen Geburtstag, den Samstag, 18. Februar, mit mir zu verbringen. Ich würde gern mit dir ins Kino gehen, den Film können wir zwei aber gemeinsam aussuchen. Ich kenne deinen Filmgeschmack nämlich nicht. Es wäre schön, wenn du Zeit hast. Und zieh dir was Schickes an.
Melissa

Neunzehn

Erik wirft

Am nächsten Tag versuche ich, Melissa in der Schule zu erwischen. Doch zur ersten Stunde schneit sie erst kurz vor Madame Pelier, unserer Französischlehrerin, die tatsächlich aus Frankreich stammt und nicht nur so tut, zur Tür herein und ist nach der Schule genauso schnell wieder verschwunden. In der Pause sehe ich sie einmal ins Lehrerzimmer laufen, verpasse sie aber, als sie es mit schnellem Schritt und auf hochhackigen roten Stiefeln wieder verlässt. Niemals hätte ich geglaubt, dass man jemandem so gut aus dem Weg gehen kann, obwohl man dieselbe Klasse besucht. Aber man lernt ja nie aus.

»Was wirst du ihr sagen?«, will Erik wissen, als wir nach der letzten Stunde zu seinem Motorrad laufen. »Also, wirst du hingehen, zu ihrem Geburtstag? Ist natürlich fraglich, ob ihr euch auf ein Filmgenre einigen könnt, aber hey, einen Versuch wäre es doch wert.« Er grinst, wobei seine Grübchen mir förmlich ins Auge stechen.

»Du willst, dass ich hingehe, hm?«

Er hebt abwehrend die Hände. »Himmel, nein.« Heftig und mit todernster Miene schüttelt er den Kopf. »Bevor du ihr mit mieser Stimmung den Geburtstag versaust, bleib bitte lieber daheim. Wenn du allerdings der strahlende Sonnenschein sein willst, der von Tag zu Tag mein eigenes Leben beglückt« – er wirft mir einen schelmischen Blick zu – »dann nur zu.«

»Du hilfst mir nicht weiter.«

»Ich weiß. Aber ich habe meinen Spaß.« Er zieht seinen Schlüssel aus der Tasche seiner Lederjacke und schließt damit das Gepäckfach seines Motorrads auf. Dann zieht er zwei Helme hervor und drückt mir einen in die Hand. »Ich fahr dich heim.«

»Danke.« Ich nicke und will mir den Helm aufsetzen, doch er hält mich zurück. »Moment noch. Da du am Telefon immer die Unnahbare mimst, nutze ich gleich mal die Gelegenheit und frage dich, ob du schon ein Kleid für unseren Ball besorgt hast.«

Ich runzle die Stirn. »Ich geh da nicht mit dir hin.«

»Aber warum nicht?«

»Weil ... weil ...« Ich kratze mich am Kopf. »Weil ... das so was wie ... ein Date wäre?«

»Und?«

»Wie – und?«

»Und, wo wäre das Problem?«

»Ich, ähm – « Verwirrt schaue ich zwischen ihm und dem Motorrad hin und her, während ich meine Hände tief in den Taschen meiner zu großen Allwetterjacke vergrabe. »Wir zwei sind doch Freunde und ein Date wäre da total fehl am Platz und ... noch dazu ein Ball, das ist so gar nicht meine Art, das weißt du und ...«

»Aber gegen einen netten Abend zu zweit hättest du nichts?«

Skeptisch mustere ich ihn. »Natürlich nicht. Wir verbringen regelmäßig nette Abende zu zweit.«

»Na schön. Dann lassen wir das Wort ›Date‹ einfach weg und gehen trotzdem hin?«

»So einfach funktioniert das nicht. Jetzt hast du ja schon gesagt, dass es ein Date wäre.«

Er verdreht die Augen. »Du bist echt kompliziert. Ich hab nie gesagt, dass es eines ist, sondern nur gefragt, was denn schlimm daran wäre, wenn wir ein Date hätten. Konjunktiv, meine Liebe, kein Imperativ, das hatten wir erst neulich im Unterricht.« Er zieht die Augenbrauen hoch, schmunzelt leicht und klopft mir dann betont lässig auf die Schulter. »Hör zu, ich muss langsam los. Deswegen kürzen wir das Ganze ab.« Damit zieht er eine Flasche Wasser aus seinem Rucksack, stellt sie auf den Boden in den Schneematsch und schraubt den Deckel ab. »Siehst du den Mülleimer da hinten?« Er deutet auf einen windschiefen Mülleimer am Rande des Parkplatzes. Er war mal rot lackiert, wie die letzten Fetzen abgeblätterter Farbe erkennen lassen.

Ich nicke. »Was hast du vor?«

»Ich erspare uns das ewige Hin und Her«, erwidert er und streicht sich die Haare zurück. Das macht er fast nie, vor allem weil Eriks Haare viel zu kurz sind, um in sein Gesicht zu fallen. »Wenn ich es schaffe, den Deckel da rüberzuwerfen und hinten in den Mülleimer zu treffen, dann gehst du mit mir hin. Ohne zu meckern und ohne Panik zu schieben, dass es ein Date sein könnte.«

»Ist es eines?«

»Nein, ist es nicht. Nur ein netter Abend.«

»Na schön. Und wenn du nicht triffst, hörst du dann auf damit?«

»Dann höre ich auf.«

»Endgültig und für immer und nervst mich nicht mehr?«

»Ich werde nie mehr wagen, dich nach einem Ball zu fragen.«

»Okay«, sage ich.

»Okay.«

Erik wirft.

Der Deckel fliegt.

Und er trifft und mein Atem setzt aus.

Und dann guckt er mich an und lächelt und sagt: »Ich freu mich drauf.«

Zwanzig

Mädchen mit hohen Ansprüchen

Der Moment, in dem dich ein Junge zum allerersten Mal um ein Date bittet, ist der, in dem du, ohne zu zögern, zum Hörer greifst und deine beste Freundin anrufst. Dann besprecht ihr jedes Detail und jede Eventualität und was man am besten anzieht und wie man ihn so findet, und dann sind drei Stunden um und ihr seid immer noch nicht fertig damit, euch wie zwei Cheerleaderinnen verrückt zu machen und zu kichern wie die Hühner.

Ich kichere nicht, und das mit Erik ist auch kein Date.

Aber trotzdem fehlt Cassie, weil ich das Gefühl habe, mit ihr sprechen zu müssen, nicht um zu kreischen und über Klamotten zu reden, sondern um über viel Fundamentaleres zu sprechen. Aber ich kann sie nicht anrufen, nicht mehr, und ich kann auch sonst keine Antworten finden auf all die vielen Fragen, die in meinem Kopf umherschwirren, sodass ich auch die Schuldgefühle nicht loswerde, die aufkommen, sobald ich bemerke, dass mein Herz schneller schlägt bei dem Gedanken an den eigentlich so verhassten Ball.

Hannah ist diejenige, die in der kommenden Woche ein Kleid mit mir kauft. Es dauert lange, bis ich mich entscheiden kann, immerhin fühlt es sich total komisch an, keine Jeans oder Shorts zu tragen, sondern etwas, was die Taille betont und federleicht über die Knie fällt, aber am Ende kann Hannah mich von einem mittellangen, recht schlichten Kleid aus dunkelblauem, matten Stoff überzeugen, das am unteren Rücken von einer gleichfarbigen Schleife geziert wird.

»Du wirst Erik gefallen«, stellt sie fest, woraufhin ich versuche, ihr sachlich zu erklären, dass ich ihm gar nicht gefallen will, weil es ja nur um die Wette mit dem Mülleimer geht, die ich verloren und die er gewonnen hat, und um nichts weiter und dass er mich mit seiner Einladung sowieso nur ärgern wollte. Aber trotzdem kann ich die Stimme in mir nicht zum Schweigen bringen, die Erik gefallen will, und ich kann das Bild von Cassie vor mir nicht verschwinden lassen, wie sie daneben steht und mich ansieht – ohne zu lächeln, weil ich dabei bin, das letzte Versprechen zu brechen, das uns beide noch verbindet.

»Die Familie von Nina Heuß ist umgezogen. Hab ich noch nicht erzählt, oder?«

»Doch, schon dreimal.« Es knarrt und kratzt in der Telefonleitung; vielleicht liegt es am Sturm, der draußen durch die Straßen wütet und unter dessen Gewalt sich selbst die mächtigsten Bäume biegen. Ich schaue nach draußen aus dem Fenster, stehe auf, öffne es. Mir fegt ein so gewaltiger Windstoß entgegen, dass ich für eine Sekunde fast das Gleichgewicht verliere. Draußen ist es beinahe dunkel; die Straßenlaternen lassen den Nieselregen aufscheinen, der seit heute Nachmittag ohne Unterlass auf die Erde fällt. Es ist Tauwetter und die Straßenränder werden von graubraunem Schneematsch geziert. »Alles okay bei euch?«, frage ich in den Hörer, den ich mir zwischen Schulter und Ohr geklemmt habe, um mich mit den

Händen am Fensterbrett abzustützen und ein Stück weit vorsichtig hinauszulehnen.

»Passt schon. Wir werden in den nächsten Tagen wieder viel aufräumen müssen. Umgekippte Bäume sind da nicht mal das große Problem – eher die, die halb umkippen und dann jede Sekunde runterkrachen können, wenn man drunter spazieren geht.«

»Ich könnte euch mal helfen«, schlage ich vor.

»Kennst du dich damit aus? Mit Forstwirtschaft und Sägearbeiten?«

»Nicht wirklich«, gebe ich zu.

»Ich behalte es im Hinterkopf.« Es knackt wieder in der Leitung. »Danke.«

»Also, Nina Heuß. Weggezogen. Ihre Eltern, meine ich, sie sind weg und unauffindbar. Die Frage ist deshalb: Wie machen wir weiter?«

»Was meinst du, wie wir weitermachen?«

»Ich bin alle durchgegangen. Alexander Nowak wurde von dieser Felicitas gemobbt. Mesut war ein –«

Erik lässt mich nicht aussprechen. »Geht es nicht eigentlich nur um Cassie?«

Für einen Moment bringt er mich mit seiner Aussage aus dem Konzept, dann schüttle ich energisch den Kopf. »Nein, es geht um das große Ganze. Cassie ist ein Teil davon.«

»Heißt, was willst du tun?«

»Lass uns zu Nina Heuß fahren.« Kurz zögere ich. »Wenn Nina keinen Bezug zu Peter Damm hatte, dann lassen wir das Thema ruhen, versprochen. Aber wenn es doch einen gab … dann gab es auch einen zu Cassie.«

»Was ist mit meinem Geburtstag?« Als ich am kommenden Tag zum Klassenzimmer gehe, tritt mir plötzlich Melissa in den Weg. Die letzten beiden Tage war sie nicht in der Schule, sodass ich zusammenzucke, als ich in ihr Gesicht sehe.

Kurz muss ich die passenden Worte suchen, bevor ich frage: »Sind das nur wir zwei auf deiner Party? Nur du und ich?« Der Gang um uns herum leert sich. Der erste Gong ertönt; in fünf Minuten beginnt der Unterricht.

Melissa legt den Kopf schief und mustert mich. Ihr linkes Augenlid zuckt ganz leicht; es ist mit rostbraunem Lidschatten bepinselt. Als sie sich durch die Haare fährt, fällt mir auf, dass ihre Nägel in exakt der gleichen Farbe lackiert sind, sodass ich nicht anders kann, als darüber nachzudenken, ob es vielleicht ein ganzes Schminke-und-Beautykram-in-Rostbraun-Set ist, das sie daheim rumstehen hat. Es würde zumindest die farbliche Einheit erklären. »Ja«, meint Melissa nach langem Schweigen. Sie zieht dabei die Augenbrauen hoch, als hätte ich gerade etwas Dummes gesagt. »Ja, nur wir zwei. Problem?«

»Nein.« Ich schüttle den Kopf und grüble fieberhaft darüber nach, wie ich aus dieser beschissenen Situation wieder rauskomme. Ich meine, Melissa zum Geburtstag abzusagen, wäre eigentlich ein Klacks gewesen, aber wenn man der einzige Gast ist, steigt natürlich die ethische Verantwortung. »Nein, kein Problem. Wann wolltest du dich denn treffen? Und wo? Ich hab aktuell extrem viel zu tun, da brauche ich mehr Infos«, versuche ich, Zeit zu schinden.

»Siebzehn Uhr vor dem Kino«, erwidert sie. »Und hab dich mal nicht so, es ist gerade mal Ende Januar, da wirst du dir doch den Termin in drei Wochen freihalten können.« Erst sagt sie das mit einem Stirnrunzeln, dann kehrt das alt bekannte Zahnpastalächeln in ihr Gesicht und die affektierte Gestik in ihre Hände zurück. »Da läuft gerade eine ganz tolle romantische Komödie«, trällert sie und schaut mit einer dramatischen Handbewegung in die Ferne. »Zwei Schwestern verlieben sich in denselben Typen und wetten darum, wer ihn zuerst bekommt, und dann schließen sie dauernd ganz komische Wetten ab und die eine hat noch ihren Exmann, der aber bereits mit einer anderen Frau zusammen ist, die ihm aber so gar nicht guttut. Und richtig spannend wird es dann, als –«

»Ich komme«, unterbreche ich sie und hätte mir am liebsten die Zunge abgebissen.

Melissa strahlt mich an. Bestimmt hat sie sich mal die Zähne aufhellen lassen, so strahlend kann kein natürliches Lächeln sein. »Oh, wunderbar!«, kreischt sie und fällt mir um den Hals, und dann fängt sie an, wild herumzuhüpfen, ohne mich loszulassen. »Entschuldige, ich freue mich einfach, dass du kommst«, meint sie dann und hört auf zu hüpfen. »Dann sehen wir uns an meinem Geburtstag um fünf, Schwester. Ich zieh etwas Blaues an, passend zu den Stiefeln.« Sie deutet auf ihre Stiefel; dasselbe hochhackige Modell wie neulich, nur in Blau anstelle von Rot, zumindest sieht es für mich so aus. »Vielleicht findest du ja auch was Blaues – ach was, nicht vielleicht, du findest garantiert etwas Blaues, du hast ja genug Zeit bis zum großen Tag! Dann tragen wir Partnerlook!« Damit rauscht sie davon und ins Klassenzimmer.

»Alles klar«, murmle ich erschöpft, mehr für mich als für sie. »Schwester.«

Nachdem der Unterricht überstanden ist, in welchem ich zweimal wegen Unaufmerksamkeit ermahnt wurde, weil ich die ganze Zeit aus dem Fenster gestarrt und über Melissa und mich in harmonierenden Outfits nachgedacht habe, treffen Erik und ich uns in der Cafeteria unserer Schule.

Er schiebt mir einen Zettel zu. »Das hier ist die neue Adresse ihrer Eltern.«

»Wie hast du die rausgekriegt?«

»Berufsgeheimnis«, erwidert er.

Ich entfalte den Zettel. Bevor ich etwas sagen kann, fährt Erik bereits fort. »Ich hab die Adresse gegoogelt. Ist anderthalb Stunden von hier weg, also ein ganzes Stück. Sie scheinen jetzt in einem dieser Dörfer zu wohnen, das nur aus fünf Häusern und einer Bushaltestelle besteht. So auf die Schnelle kommen wir da nicht hin.«

»Aber du hast dein Motorrad«, werfe ich ein. Ein paar Fünftklässler kommen kreischend in die Cafeteria gestürmt, schubsen einander zur Seite und laufen um die Wette, um als Erster in der Warteschlange stehen zu dürfen. Ein Mädchen fällt hin, schreit auf und wird heulend von meiner Französischlehrerin aufgegabelt, die sie auf einen Stuhl verfrachtet.

»Dein Ernst?« Als ich zurück zu Erik schaue, macht er große Augen. »Du willst da neunzig Minuten lang hingurken? Bei dem Mistwetter? Und das, obwohl uns vermutlich eh keiner die Tür aufmacht, geschweige denn mit uns reden will?«

»Wir können ja erst mal der Ballettsache nachgehen. Aber wenn Peter Damm nicht zufällig unter einer gescheiterten Ballettkarriere gelitten hat, weil er von Nina und Cassie rausgeekelt wurde … dann müssen wir mit Ninas Eltern reden, ja.«

»Du bist ein Mädchen mit echt hohen Ansprüchen, weißt du das?«

Ich zucke gespielt gleichgültig die Schultern. »Wenn meine Ansprüche zu hoch sind, solltest du dir das mit dem Ball noch mal überlegen. Vielleicht findest du ja eine mit geringeren Erwartungen und ausgeprägterer Tanzbegabung.«

»Netter Versuch!« Erik grinst. »Aber wir gehen da am Samstag hin, ob du willst oder nicht.«

Einundzwanzig

Ein Abend in einem Kleid

»Du siehst atemberaubend aus.«

Erik trägt einen Anzug mit dunkelblauer Krawatte, als er mich unter einer Straßenlaterne in der Nähe der Stadthalle, in der der Ball stattfindet, empfängt. Meine Mutter hat mich hergefahren und abgesetzt, sich davor aber den verzweifelten Versuch nicht nehmen lassen, mit mir über die korrekte Anwendung von Kondomen und die Risiken beim Geschlechtsverkehr zu sprechen, was mir zwar mehr als unangenehm gewesen war, ich hatte mir aber dennoch Proteste und Erklärungsversuche, dass Erik nur ein guter Freund ist, gespart.

»Seit wann so charmant?«, erwidere ich möglichst trocken nach einem kurzen Moment unterdrückter Verlegenheit. »Du siehst auch ganz gut aus.« Ich grinse und blicke mich um. »Na dann, wo müssen wir denn hin, um uns zu blamieren?«

Erik hält mir den Arm entgegen und ich gucke ihn irritiert an. »Na los, du bist meine Begleitung, jetzt stell dich nicht so an«, sagt er. Dann zwinkert er mir zu. »Und wir müssen nur die Straße runter, ab dann kannst du dich blamieren, wie du willst, du wirst trotzdem nicht vorzeitig entlassen.«

Als ich mich bei ihm unterhake, fühlt sich der Stoff seines Jacketts ungewohnt glatt und weich an, und wenn ich mich ganz genau konzentriere, spüre ich seine Körperwärme unter dem Stoff. Mir selbst ist furchtbar kalt, weil ich Hannahs Blazer vergessen habe, aber obwohl meine Gänsehaut vermutlich nicht zu übersehen ist, behaupte ich steif und fest, mir sei total warm.

Am Eingang der Stadthalle reißt ein älterer Herr in Hemd und Anzugweste unsere Tickets ab und winkt uns dann durch, woraufhin wir in ein elegantes, hoch gebautes und weiß gestrichenes Foyer mit marmoriertem Steinboden gelangen, von welchem wir durch eine riesige, hölzerne Flügeltür den Tanzsaal betreten.

Der Saal ist so groß und hoch, es könnten Vögel darin fliegen.

Er liegt im Vergleich zum Foyer etwas tiefer nach unten versetzt, sodass sich Stufen vor uns befinden, die im gleichen marmorierten Stein gehalten sind wie der Boden der Eingangshalle und die links und rechts von eisernem, geschwungenen Geländer abgegrenzt werden. Es ist prunkvoller, als ich es erwarte habe, viel nobler und edler und fremder und ich bin schon dabei, das Ganze viel zu kitschig und mädchenhaft und falsch zu finden, als Erik mir einen kurzen Blick zuwirft, der mich dann plötzlich vergessen lässt, all das zu hassen. Er macht einen Schritt nach vorne, seinen Arm noch immer unter meinem, führt mich langsam nach unten, eine Stufe nach der anderen, während ich all die Eindrücke aufsauge, die vor mir liegen. Am Rand des Saals befinden sich zahllose Tische, die von Kerzenständern und weißen Tischdecken geziert werden, in der Mitte liegt eine riesige Tanzfläche und gegenüber von uns eine Bühne, auf der sich gerade eine Band auf das nächste Lied vorzubereiten scheint. Alles ist bereits voller Menschen, und sie alle tragen Kleider in Schwarz und Rot und Blau und Beige, während die Männer sich eigentlich nur in den Farben ihrer Krawatten unterscheiden. Die meisten sind viel älter als wir.

Kaum dass ich die letzte Stufe hinter mir gelassen habe und wir die Tanzfläche erreichen, fängt die Band an zu spielen. »Geht es schon los?«, will ich von Erik wissen, und er erwidert: »Wir sind genau richtig. Ich dachte, dass dich die ganzen Reden und Begrüßungen am Anfang eh nicht interessieren, darum sind wir eine halbe Stunde später dran als offiziell vorgesehen.«

»Oh. Okay. Und jetzt?«, will ich wissen.

»Tanzen wir?«

»Ich kann nicht tanzen, das weißt du.«

»Mach einfach, was sich richtig anfühlt. Ich führe.«

»Aber die werden uns total komisch angucken.«

Erik grinst verschmitzt. »Seit wann interessiert dich denn, was andere Leute von dir halten?«

Ich lasse zu, dass er seine Hände an meine Hüfte legt, und weil ich nicht weiß, was ich sonst machen soll, lege ich meine Hände auf seine Schultern, so wie man es aus diesen ganzen Kitschfilmen kennt. Nur sind Erik und ich nicht kitschig; stattdessen fangen wir nach wenigen Sekunden an, uns heimlich über die umstehenden Leute lustig zu machen, weil ihre Kleider zu eng, ihr Make-up zu dick aufgetragen oder ihr Tanzstil besonders ausschweifend ist. Das macht mir sogar das Tanzen erträglich – wenn man es überhaupt tanzen nennen kann, eigentlich stehen wir nur da und machen ein paar Schritte hin und her im Rhythmus der Musik, was von außen betrachtet mehr als unbeholfen aussehen muss.

Nach den ersten zwei Liedern will Erik mir aber dann doch Walzer beibringen und zerrt mich ins Foyer in eine recht menschenleere Ecke. Im Prinzip ist es ziemlich einfach, man muss einfach um einen imaginären Bierkasten laufen und dabei möglichst elegant aussehen, aber irgendwie fühle ich mich dabei trotzdem wie ein hinkender Kranich und nicht wie der klassische edle Schwan, den junge Mädchen wie ich nach dem gesellschaftlichen Idealbild verkörpern sollen.

»Klappt doch«, meint Erik. »Aber sie spielen gerade keinen Walzer. Wollen wir erst mal was trinken? Ich lade dich ein.«

»Musst du nicht.«

»Doch, klar. Du bist meine Begleitung.«

»Das hier ist aber kein Date, Erik.«

Unsere Blicke treffen sich und verharren ineinander.

»Ich weiß«, sagt er dann und verschwindet.

Im Saal ist es uns zu laut, sodass wir uns im Foyer auf ein steinernes Fensterbrett setzen und beide eine Cola trinken. Die Schuhe, die Hannah mir geliehen hat, drücken inzwischen, aber da ich nicht jammern will, kommentiere ich das nicht.

»Also«, meint Erik, nachdem er seine Cola in einem Zug halb leer getrunken und sein Glas neben sich auf das Fensterbrett gestellt hat. »Wie schlimm ist es hier, auf einer Skala von eins bis zehn? Sei ruhig ehrlich.«

»Elf«, erwidere ich und lache.

»Du Ärmste«, erwidert Erik gespielt bestürzt. »Was machst du denn mit dem Kleid, wenn dein Martyrium überstanden ist? Verbrennst du es? Ich meine, ich könnte es dir ja abkaufen, wäre ziemlich schade drum, findest du nicht?«

Ich ziehe die Augenbrauen hoch. »Ach, du würdest es auch gern mal tragen? Kein Problem, wir können auf der Stelle die Klamotten tauschen.«

»Oh, super!«, erwidert Erik und springt vom Fensterbrett auf. »Los, wir gehen aufs Klo und ziehen uns um!«

Ich lache und er auch.

»Cassie hätte in dem Kleid gut ausgesehen«, bemerke ich.

»Vermutlich, ja. Aber es wäre ihr zu groß gewesen.«

»Das stimmt, vermutlich hätte es an ihr gehangen wie ein riesiger Stoffsack.«

»Ihr hättet aber im Partnerlook gehen können. Hätte gut ausgesehen.«

Ich muss an Melissa denken. Daran, dass sie nun mit mir im Partnerlook gehen will, und plötzlich kommt in mir ein schlechtes Gewissen hoch, ohne dass ich weiß, wieso. »Ja. Hätte es.« Als ich gerade merke, wie ich einen Kloß im Hals bekomme, wechselt Erik auch schon das Thema. »Hey, du hast mich noch gar nicht gefragt, woher ich so toll tanzen kann.«

»Oh, pardon«, entgegne ich sarkastisch. »Woher kannst du denn so umwerfend tanzen?«

»Crashkurs von meinem Cousin. Jetzt bin ich Meister im Tanzen.« Er lacht. »Und alle Mädchen liegen mir zu Füßen, weil meine Grazie und Körperbeherrschung sie so sehr verzaubern.«

»Ach, was du nicht sagst.«

»Oh ja, schau her!« Wieder springt er vom Fensterbrett auf und macht unbeholfen und ganz alleine irgendwelche ausladenden Schritte und Bewegungen vor und zurück und nach rechts und nach links und im Kreis, die nur mit viel Fantasie an elegante Tanzschritte erinnern. Es sieht so komisch aus, dass ich lospruste und dabei fast meine Cola ausspucke, was Erik aber nur dazu verleitet, noch ausladender und akrobatischer zu tanzen als ohnehin schon. Irgendwann schaut ein älteres Ehepaar von etwa siebzig Jahren so entsetzt zu uns hinüber, dass wir lachend das Foyer verlassen und vor die Tür in die Kälte treten, um nicht noch Hausverbot zu bekommen.

»Du bist so ein Blödmann«, sage ich lachend. »Das Ehepaar eben muss uns für die klassische ungezogene Jugend von heute halten. Hast du gesehen, wie sie geguckt haben? Als würden sie gleich in Ohnmacht fallen vor Fassungslosigkeit über unsere fehlende Etikette.«

»Also ich finde unsere Etikette tadellos«, widerspricht Erik und spreizt den kleinen Finger von seinem Colaglas ab, um gleich darauf mit gekünstelter Stimme fortzufahren: »Mir dünkt, es wird kalt hier draußen, Mademoiselle. Darf ich die Dame denn noch einmal zu einem Walzer im großen Saal der sieben silbernen Schwäne entführen, oder verzehrt sie sich eher nach einer weiteren Erfrischung?«

Da ich, wenn ich noch mehr Erfrischungen trinken würde, den ganzen Abend nur noch aufs Klo müsste, entscheide ich mich dann doch bereitwillig zum Tanzen. Wir haben sogar Glück – nur fünf Minuten nachdem wir den Tanzsaal betreten haben, spielt die Band *Dreams Are More Precious* von Enya, und Erik zieht mich einfach mitten auf die Tanzfläche, legt seine linke Hand an meinen Rücken, nimmt meine Rechte in seine und beginnt einen Walzer.

Und es funktioniert.

Ich mache tausend Schrittfehler, trete ihm zehnmal auf die Füße und ramme einmal eine Dame mit riesigen Ohrringen, aber irgendwie ist es auf einmal komplett egal. Erik hält mich fest, und ich schaue in seine Augen und nirgendwo anders hin.

Sie sind braun, rehbraun, vielleicht etwas dunkler.

Da ist ein Fleck in seiner rechten Iris, in der Form eines Halbmondes, ganz unscheinbar.

Ich sehe ihn zum ersten Mal.

»Klappt doch«, flüstert er, so leise, dass ich es nur von seinen Lippen ablesen kann. Und wir tanzen durch den Saal und wir schauen uns an und ich lasse mich von ihm führen und er lächelt und ich lächle, obwohl ich gar nicht lächeln will, aber ich kann irgendwie nicht anders, weil es in mir kribbelt und mein Herz ganz laut schlägt, und wir hören nicht damit auf, während die Musik der Band uns zu tragen scheint.

Come see, close your eyes,
Come see, give me your sorrow.
And I keep watch for you
Until the dawn is breaking through,
Until the morning wakens you.

Und dann kommt der Moment, in dem endlich die Zeit aufhört, in dem die Welt um mich herum einfach still steht und in dem nur noch wir beide da sind, nur er und ich und die Musik. Alles, was um uns herum passiert, alles, was mich festhält, scheint von mir abzufallen und hinterlässt eine Leichtigkeit, wie ich sie noch nie erfahren habe. Da sind Erik und ich, irgendwo in einem Ballsaal, klein und unbedeutend, und doch sind wir das, was der Welt geblieben ist, und das, was in dieser Nacht, in meinem ganz persönlichen Universum, heller leuchtet als alle Lichter der Erde zusammen.

Bis ich über seine Schultern sehe.

Und Cassie da steht.

Sie sieht mich an, ausdruckslos.

Und ich bleibe stehen, lasse Erik los.

Das Kribbeln ist weg.

Die Leichtigkeit.

Die Band höre ich nur noch ganz leise.

»Was ist los?«, will er wissen, aber ich starre nur Cassie an.

Weiß, dass ich sie verraten habe, und dann geht sie, sie eilt hinaus durch die Menschenmassen, und während Erik mich ansieht und tausendmal fragt, was los ist, und während die Band immer noch *Dreams Are More Precious* spielt, laufe ich ihr hinterher. Sehe ihr rotes Haar in der Menge leuchten, als sie um die Ecke ins Foyer abbiegt, erreiche die Tür kurz nach ihr, durchquere das Foyer, aber da ist sie nicht, laufe hinaus in die kalte Nacht, entdecke sie nicht, renne weiter mit schmerzenden Füßen in fremden Schuhen, keine Ahnung wohin, vielleicht zu Cassie, vielleicht ins nirgendwo, nur weg von Erik und weg aus diesem Saal, diesem Ort viel zu schöner Augenblicke.

Ich habe Blut gesehen.

Überall.

Vier Schüsse hatte er abgegeben, vier weitere Schüsse.

Aber keiner davon hatte Cassie getroffen.

Sie schaffte es von der Tischtennisplatte rüber zum Geländer, das den gepflasterten Hof von einem kleinen Beet abtrennte, und das Beet lag nun gemeinsam mit der Glaswand zwischen ihr und mir. Ein Meter Luftlinie wäre es gewesen. Ein Meter nur, und doch war sie unerreichbar.

Ich hab sie gehört.

Es war physikalisch unmöglich, weil uns diese verdammte Scheibe trennte und alle um mich herum ohrenbetäubend laut waren, sie heulten und schrien und kreischten. Aber ich hab sie dennoch gehört, sie hat geweint und meinen Namen gerufen, und ich hab ihn gehört und nichts sonst um mich herum und wir haben uns angeguckt, während das Blut inzwischen aus ihrem Mantel tropfte und auf dem Boden rote Spuren hinterließ.

Und ich stand da.

Ich hab ihr zugesehen.

Wie ihre Hände das Geländer so fest umklammerten, dass die Knöchel weiß hervortraten.

Um sie herum wurde der Pausenhof leerer, immer mehr brachten sich in Sicherheit.

Aber es fielen weitere Schüsse, trotzdem.

Immer mehr, einer nach dem anderen.

Cassie blieb stehen.

Bewegungslos.

Ihre Beine zitterten, ihre Arme, ihre Hände, alles zitterte.

Es war eine Frage von Sekunden, bis sie zusammenbrechen würde, während ihr Bauch nicht aufhören wollte zu bluten, und ich wusste das, ich wusste, dass sie es nicht alleine schaffen konnte, und trotzdem stand ich nur da und ließ einen Schüler nach dem anderen an mir vorbei in Sicherheit rennen und starrte sie nur an, und sie weinte und starrte mich auch an, nur mich, als wäre ich alles gewesen, was zählte.

Als wäre ich ihre Welt.

Ihr alles.

Ihre Rettung.

Aber ich war nicht ihre Rettung.

Denn ich löste meinen Blick von ihr und sah Peter Damm an, der im selben Moment seine Waffe hob und sie auf uns richtete, während die letzten Schüler durch die Glastür strömten und nur noch wir zurückblieben, er und Cassie und ich.

Und ich sah Peter Damm an.

Seine Waffe.

Ich sah Cassie an.

Sah, wie ihre Knie nachgaben.

Wie sie versuchte, sich am Geländer hochzuziehen.

Sah, wie ihre Lippen meinen Namen sagten.

Helene.

Ein letztes Mal.

Und dann wandte ich mich ab.

Ich rannte weg.

Ich ließ sie alleine und hörte nur wenige Sekunden später einen Schuss.

Einen Schuss, der mir durch Mark und Bein ging und der bis heute in meinem Kopf nachhallt, einen Schuss, der mir das Herz zerreißt und mir die Luft wegnimmt, einen Schuss, bei dem ich nicht anders kann, als Cassies Gesicht vor mir zu sehen und die Tränen, die sie weinte, in der Hoffnung, dass ich sie in den Arm nehmen würde, nur ein einziges, allerletztes Mal.

Erst, als ich eine Bank in einer einsamen Seitengasse erreiche und mich darauffallen lasse, weil ich keinen Schritt mehr laufen kann, fällt mir auf, dass ich weine, dass es kalt ist, dass ich kaum atmen kann. Dass ich alleine bin und Cassie nicht da ist.

Ich sacke in mich zusammen und ringe nach Atem, während

in meiner Brust irgendetwas nicht aufhört wehzutun und ich nicht aufhören kann zu schluchzen. Dann berührt mich plötzlich eine Hand an der Schulter und Erik ist da, er ist da und will mich an sich heranziehen, aber ich schiebe ihn weg und werde plötzlich wütend, unendlich wütend.

»Ich hab sie verraten«, sage ich und schaue ihn an.

»Wen? Cassie?«, erwidert Erik. Er spricht ganz ruhig.

»Ja.« Ich nicke und presse meine Lippen zusammen, um nicht wieder loszuheulen. »Ich bin schuld, dass sie tot ist, Erik. Ich allein und kein gottverdammter anderer Mensch auf dieser gottverdammten Welt.« Ich kann nicht anders, als aufzuschluchzen, mich zu krümmen, zu weinen, mein Gesicht in den Händen zu vergraben. Zu warten, bis er endlich aufhört, dieser Schmerz, und ich weiß, dass ich ihn verdient habe, weil ich hätte sterben müssen und nicht Cassie. »Sie hätte mich rausgeholt, wäre ich an ihrer Stelle gewesen. Sie wäre geblieben, bis zur allerletzten Sekunde, sie hätte mich in den Arm genommen«, schluchze ich, während es mir aus der Nase über das Kinn und auf die Jeans läuft. Ich spüre Eriks Hand am Rücken. »Aber ich bin gegangen, Erik. Es war klar, dass er auf sie schießen würde, und ich bin gegangen, ohne sie.«

»Es ist nicht deine Schuld.«

»Doch!« Ich schreie es, richte mich auf. »Doch, ist es.« Und dann schlage ich auf Erik ein, auf seine Hände, die er abwehrend hebt, auf seine Brust, auf seine Schultern, auf alles, doch er bleibt sitzen, neben mir, und er erduldet meine Schläge, während ich ihn anschreie und weine und aller Schmerz aus mir herausbricht, und alle Schuld, die ich trage und immer tragen werde.

Irgendwann finde ich mich in seinem Arm wieder.

Ich schreie nicht mehr, schlage nicht mehr.

Weine nicht mehr, weil alle Tränen rausgeweint und keine mehr übrig sind.

Und so ist es ganz still in der Gasse, so still, als wären wir längst nicht mehr da, während ich in Eriks Arm liege und mich halten lasse von seinen starken Armen, während mein Körper manchmal noch nachbebt, und wo ich seinen Atem im Nacken spüre und den Stoff seines Jacketts auf meiner Haut.

Dann lösen wir uns voneinander.

Schauen uns an, im fahlen Licht einer Laterne.

Sie flackert.

Ich erinnere mich an den Tag von Cassies Ballettaufführung.

Es ist die gleiche Gasse wie damals, in der wir nun sitzen.

Doch heute gehen wir nicht weg.

Heute unterbrechen wir ihn nicht, den Moment.

Denn heute habe ich nicht genug Disziplin dafür.

Bin zu leer, zu kraftlos, zu schuldig.

Stattdessen schaue ich in Eriks Augen.

Lasse zu, dass seine Hand über meine Wange streichelt.

Erlaube ihm, mich an ihn heranzuziehen.

Und lasse mich küssen.

Zweiundzwanzig

Was Erik Cassie schuldet

Wenn du zum ersten Mal jemanden küsst, dann ist das so neu, so tief, so intensiv, als würdest du von einer riesigen Klippe ins Meer springen, aber du hast dabei keine Angst, sondern fühlst nur den Wind in deinen Haaren und wie du fällst und fällst und fällst und wie dein Herz rast, während du darauf wartest, endlich das Wasser zu erreichen und unterzutauchen und dann wieder auf. Du fühlst tausend Gefühle und denkst tausend Gedanken, bist unbeholfen und verwirrt und doch so sicher und gut aufgehoben in diesem einen perfekten Moment, dass du dich ihm voll hingibst und ihn für immer festhalten willst, während du diesen einen, anderen Menschen riechst und spürst und schmeckst und ihm so nah bist, dass du nie wieder fort willst, weil es sich so wunderbar anfühlt.

Eriks Lippen sind rau und trocken, als sie meine berühren, und er hält mich so fest im Arm, dass ich vermutlich nicht mal weglaufen könnte, selbst wenn ich es wollte. Doch ich will gar nicht weg, denn dieser eine Kuss, der mich überwältigt wie eine riesige Welle, scheint alle Angst und alle Schuld und alle Verzweiflung für einen kleinen Augenblick wegzuspülen, sodass nur noch er und ich da sitzen auf einer kleinen, einsamen Bank in einer dunklen, stillen Seitengasse, in der uns keiner sieht oder hört und sich keiner an uns erinnern wird außer wir selbst.

Nach dem Kuss bringt er mich nach Hause, wo ich mich aufs Bett setze und mir all die Fotos und Zettel ansehe, die an meiner Wand hängen. Die Bilder von Lilly. Die von Cassie. Die ganzen Todesanzeigen. Ich krame auch den Zettel hervor, auf dem die Adresse von Ninas Eltern steht. Meine Aufgabe, ich darf sie nicht vergessen, damit ich den Grund finde, die Antwort auf die Frage, warum sie sterben mussten. Und nun, wo ich mein Versprechen an Cassie gebrochen habe, muss ich ihn umso mehr finden, den Grund, den einen großen und die vielen kleinen, die mich rechtfertigen können vor ihr und vor der ganzen Welt.

Mein Handy in meiner Hosentasche vibriert. Erik.

Ich gehe nicht ran.

Es war keine zwei Wochen vor ihrem Tod, da stand ich vor der halb verglasten, riesigen Haustür der Familie Niemann und hörte Stimmen. Diesmal waren es aber keine normalen Stimmen, sondern laute Stimmen, bebende Stimmen, Stimmen, die einander überbieten wollten. Von daheim kannte ich das, eigentlich von überall. Nur nicht von hier.

Ich drückte den Klingelknopf. Niemanns hatten ein edles Klingelschild aus Messing, und der Familienname war in aufwendig geschwungenen Buchstaben eingraviert. Eine Sonderanfertigung, wie Cassies Mutter mir einst erzählte.

Cassie machte mir auf, mit geröteten Augen.

»Ich bin zu früh«, meinte ich entschuldigend.

»Macht nichts«, entgegnete sie und wischte sich mit dem Handrücken über die Nase.

»Alles okay? Kann ich reinkommen?«

»Klar.«

Bevor wir die Treppe nach oben gingen, steckte ich noch kurz meinen Kopf zum Wohnzimmer rein. Cassies Vater saß im alten ledernen Ohrensessel; eine Antiquität aus Frankreich, wie er mir einst erzählte. Die Lesebrille auf seiner Nase saß ein wenig schief, in seiner Hand lag ein abgegriffenes Taschenbuch. Als er mich erblickte, huschte ein Schmunzeln über sein Gesicht.

»Gut, dass du da bist, Helene«, begrüßte er mich. Sein Dreitagebart hatte jeden Tag exakt dieselbe Länge, und ich fragte mich, wie er das anstellte. Vermutlich hatte er so einen Langhaarschneider, den er dreimal täglich verwendete. »Kann ich dir etwas zu trinken anbieten?« Seine Stimme war warm und rau und sanft und heimelig.

»Danke, nein«, sagte ich artig. »Cassie versorgt mich.«

»Das tut sie sicher.« Der letzte Satz kam aus der entgegengesetzten Richtung. Erst, als ich mich umdrehte, bemerkte ich Cassies Mutter, die im Türrahmen zum Esszimmer stand. Sie trug ein rosafarbenes, enges Kleid, das ihr bis zu den Knien ging, und ihre Mundwinkel kräuselten sich merkwürdig. »Cassandra hat heute nicht so viel Zeit«, fuhr sie fort. »Sie muss Mathe nachlernen, du weißt sicher von ihrer Glanzleistung letzte Woche.«

»Ich denke nicht, dass wir das mit Helene ausdiskutieren müssen«, warf ihr Vater ein.

»Ich diskutiere nichts aus, ich kläre nur das Offensichtliche.«

Etwas unbeholfen sah ich zwischen den beiden hin und her.

»Entschuldige«, wandte sich Cassies Vater wieder mir zu. Er stand auf, legte erst das Buch zur Seite und nahm dann die

Brille ab, um sie in ein schwarzes Etui zu packen. »Ich denke«, er sah seine Frau an, »wir beide gehen mal an die frische Luft, und ihr zwei«, er warf einen Blick zu Cassie und mir, »macht euch einen netten Nachmittag.« Als keiner etwas erwiderte, fügte er hinzu: »Es gibt keinerlei Grund, Trübsal zu blasen. Nur ein kleiner ... Aufruhr der Gefühle.«

Dann spürte ich Cassies Hand an meiner Schulter. Mit einem Kopfnicken bedeutete sie mir, mit nach oben zu kommen, wo wir uns auf ihr Bett fallen ließen. »Erlaubt deine Mutter das?« Ich deutete auf den Papierkorb, der in der Mitte des Zimmers stand und um den herum unzählige kleine Holzspäne den Teppich zierten. Auf dem Schreibtisch lag ein kleines Messer, daneben ein Holzklotz. »Ich meine, deine Mutter predigt doch alle paar Tage, dass du nur im Garten –«

»Ist mir doch egal.« Cassie schniefte.

Ich stand auf und nahm den Holzklotz in die Hand. »Was soll das werden?«

Sie runzelte die Stirn. »Ein Mensch, was denn sonst?«

Ich legte den Holzklotz zurück an seinen Platz und setzte mich wieder zu Cassie aufs Bett. Auf ihrer Bettwäsche tummelten sich zahllose kleine Wichtel, die ich sofort genauestens begutachtete; sie alle trugen rote und blaue Mützen und liefen mit Schubkarren zwischen Büschen und Sträuchern umher, alle mit breitem Lachen im Gesicht. »Also, erzähl«, forderte ich sie auf, ohne meinen Blick von den Wichteln abzuwenden. Es gab fünf verschiedene Wichtel, einer davon trug einen Bart und einer war eigentlich ein Wichtelmädchen mit geflochtenen Zöpfen rechts und links. Das Wichtelmädchen trug einen Korb mit Blumen; mit den Fingern fuhr ich ihre Konturen nach.

»Was soll ich erzählen?«, meinte Cassie und schnappt sich einen kleinen, ausgewaschenen weißen Teddybären, den sie schon im Kindergarten gehabt hatte. Sie setzte sich in den Schneidersitz und schaute dem Stofftier konzentriert in die Augen, während ihre Hände den Bären hin und her wiegten. »Du weißt ja, die Mathearbeit lief echt schlecht letzte Woche. Und dass ich heute die Fünf bekommen habe. Meine Mutter ist halb ausgetickt, ich hatte noch nie eine Fünf.«

»Aber du warst doch sonst immer gut«, warf ich schulterzuckend ein.

»Eben drum. Sie meint, mein Kopf kreise zu sehr um die falschen Themen.«

»Und was meint sie damit?«

Sie stand auf, ging zur Kommode, öffnete die oberste Schublade und zog ein kleines Döschen hervor, um es mir in die Hand zu drücken. Es war dunkelbrauner Lidschatten.

»Ach was«, sagte ich überrascht und drehte das Döschen in meinen Händen. »Ich wusste nicht, dass du so was benutzt.«

»Ich hab es mir neulich gekauft. In der Ballettschule schminken sich alle.«

»Und deine Mutter mag es nicht?«

»Nicht wirklich.« Sie schüttelte den Kopf.

»Aber du hast ihn noch nie getragen, wenn ich dich gesehen habe.«

»Nur zu besonderen Anlässen. Papa sagt, das ist okay.«

»Dann sollten deine Eltern sich einigen.«

»Meine Mutter hat ja nichts gegen den Lidschatten an sich, glaube ich«, gesteht sie. »Es ist eher das Gesamte, das sie nervt. Zumindest behauptet sie das immer.«

»Das Gesamte?« Ich ziehe die Augenbrauen hoch.

»Ja, meine Ballettlehrerin lässt mich jetzt immer zweimal die Woche trainieren. Sie sagt, ich habe Potenzial, und das soll ich nicht vergeuden. Ich hab mich so gefreut, als sie das vorgeschlagen hat.« Sie schniefte. »Vor Aufführungen trainiere ich sogar dreimal, aber das ist nur ganz selten. Und jetzt war ich in der Schule so schlecht und deswegen will meine Mutter das Ballett kürzen, oder dass ich ganz aufhöre damit, und sie hat mir die Wimperntusche weggenommen, die ich mir noch gekauft habe, dabei war die wahnsinnig teuer und sie hat meine Augen viel schöner gemacht und –« Damit brach sie plötzlich ab und schluchzte los.

»Cassie«, sagte ich bestürzt und rutschte an sie heran, um sie in den Arm zu nehmen. »Hey, nicht weinen. Das wird schon wieder. Du … bist auch ohne Schminke wunderhübsch, ehrlich. Ich finde dich sogar viel hübscher ohne dieses ganze Zeug.« Das Schluchzen in meinem Arm wurde lauter. Den Bären hielt sie an ihre Brust gepresst. »Und deine Mutter reagiert total über. Wie ist dein Notendurchschnitt? Eins Komma zwei? Ich bitte dich, du bist Klassenbeste, und die Klassenarbeit letzte Woche war unfair, ich hatte doch auch nur eine Zwei minus, und das, obwohl Frau Schneider mich für das Matheorakel schlechthin hält und alle anderen noch schlechter waren.«

»Meiner Mutter ist das aber egal«, schniefte Cassie und richtete sich wieder ein klein wenig auf. Ich reichte ihr ein Taschentuch, sie wischte sich die Tränen ab, schnäuzte sich geräuschvoll und ließ es anschließend in der Hosentasche ihrer Jeans verschwinden. »Sag ihr bloß nichts von dem Lidschatten, sonst nimmt sie mir den auch noch weg.«

»Na dann versteck ihn lieber gleich«, versuchte ich einen Scherz, aber Cassie lachte nicht.

»Ich glaube, ich muss mal zur Toilette«, sagte sie und setzte den Teddy vorsichtig auf die Bettdecke, wobei sie seinen Rücken so an die Wand lehnte, dass er aufrecht sitzen und in Richtung Fenster gucken konnte; dorthin wo die Spätsommersonne gerade ein traumhaft schönes Licht auf den Apfelbaum warf und seine Blätter gold leuchten ließ. Cassie stand auf und verschwand aus dem Zimmer, wo ich zwei Minuten später die Klospülung rauschen und danach den Wasserhahn hörte.

Dann vibrierte plötzlich ein Handy. Es kam vom Fensterbrett; war nicht meines, sondern Cassies. *Erik Handy,* stand auf dem Display.

Und im Hintergrund sah ich ein Bild, ein Bild von ihm und ihr zusammen, die Köpfe ganz nah zusammengesteckt, sie in einem weißen Oberteil mit bunten Blumen darauf und er in seiner neuen Lederjacke, die er zum Geburtstag bekommen hatte.

Doch es war ein anderes Detail, das mich anstarrte und nicht losließ, während das Handy weitervibrierte und weiter und weiter und Cassies blaue und Eriks braune Augen mir freudestrahlend und unbeschwert entgegenblickten.

Sie trug den braunen Lidschatten.

»Wie geht es Leni?«

»Oh, sehr gut. Sie ist überglücklich in München, hat schon erste Freundschaften geschlossen.«

»Das freut mich.« Ich nehme den Kakao entgegen, den Eriks Mutter mir hinhält. Ich hab noch nicht oft mit ihr geredet, unsere Begegnungen lassen sich vermutlich an einer Hand abzählen. Heute trägt sie eine zu große, karierte Bluse, die sie vorne an der Taille zugebunden hat; die fast vollständig ergrauten Haare sind am oberen Hinterkopf zu einem wilden, ungeordneten Knoten gebunden. Nur an vereinzelten Strähnchen kann man erkennen, dass sie früher dunkel gewesen sein müssen.

»Es ist schon eine Umstellung, wenn die Tochter aus dem Haus geht.« Sie setzt sich zu mir und schenkt sich eine Tasse streng riechenden Tee aus einer riesigen Blechkanne ein. »Nach dem Abitur wird Erik sich auch nicht lang halten lassen, da bin ich sicher.«

»Aber Leni kommt Sie doch besuchen?«

»Ja, klar.« Sie nickt. Als sie mich ansieht, fällt mir auf, dass sie dieselben rehbraunen Augen wie Erik hat. »Aber das ist eben nicht dasselbe.« Sie lehnt sich zurück und betrachtet ihre Fingernägel. Sie sind allesamt kurz geschnitten, an manchen Stellen so unregelmäßig und rissig wie meine eigenen, wenn ich mal wieder an den Nägeln gekaut habe. »Wir haben immer gehofft, dass eines der Kinder den Wald übernimmt. Aber für Leni kommt das ja nicht infrage, sie ist nicht der Typ dafür. Und bei Erik müssen wir sehen, wo er in ein paar Jahren steht.«

»Sie wollten einen Teil verkaufen, richtig? Damit es nicht mehr so viel Arbeit ist.«

»Ja, und vorgestern hat sich auch endlich jemand gefunden. Das Vertragliche muss noch geregelt werden, aber bisher sieht alles gut aus.« Sie wirft einen Blick zu mir und grinst. Sie grinst genau wie Erik und hat dieselben Grübchen, nur finde ich sie bei Erik hundertmal charmanter. »Er wird uns aber trotzdem nach wie vor zur Hand gehen müssen, nur dass du es weißt.« Sie lacht glucksend in sich hinein und nimmt einen Schluck Tee.

»Das hab ich nie infrage gestellt.«

»Helene.« Erik erscheint im Türrahmen. Eine dieser blauen Arbeiterlatzhosen trägt er, und sein Haar ist zerwühlt und seine Hände braun von Erde und Harz. »Tut mir leid, wir hatten mehr zu tun als gedacht. Musstest du lang warten?«

»Ach«, wirft seine Mutter ein und steht auf. »Seit wann so förmlich, mein Sohn?« Sie klopft ihm auf die Schulter. »Deine Freundin und ich haben uns hervorragend unterhalten, du musst sie nicht in Watte packen. Männer kommen eben, wenn sie mit der Arbeit fertig sind und nicht eher.« Damit verschwindet sie mitsamt Teetasse aus der Küche.

»Das macht sie mit Absicht«, sagt Erik und lässt sich mir gegenüber auf die Küchenbank fallen. Es ist eine kleine, gemütliche Wohnküche im Landhausstil, in der wir sitzen, mit weiß-braunen Fliesen und altmodisch bedruckten Tellern an der Wand.

»Was meinst du?«, erwidere ich.

»Das mit der Freundin. Sie zieht mich gern auf.«

Ich nicke und lege meine Hände um die Tasse.

»War sie erträglich? Manchmal ist sie etwas direkt, finde ich.«

»Ja, klar.« Ich nicke. »Ich mag sie, mach dir keinen Stress.«

»Okay.« Er wischt sich die Hände an den Hosenbeinen ab und beißt sich auf die Unterlippe. »Also, dann geh ich mich mal kurz umziehen, okay? Ich bin ziemlich … dreckig. Will nicht alles vollsauen und wenigstens kurz die Hände waschen.«

»Okay.« Wieder nicke ich.

Als Erik bereits halb durch den Türrahmen verschwunden ist, sage ich: »Hatte Cassie je eine Chance bei dir?« Ich starre in meinen Kakao, als ich die Frage stelle, höre aber, wie er sich in Zeitlupe umdreht und fragt: »Was?«

»Hatte sie je eine Chance?« Noch immer fixiere ich meinen Kakao. Er hat eine ähnliche Farbe wie die Fließen auf dem Boden. »Mochtest du sie? Als Mädchen, meine ich, so wie Jungs eben Mädchen mögen, wenn sie sich ineinander verlieben – mochtest du sie so?«

Erik zieht hörbar die Luft ein und atmet dann langsam wieder aus, während ich aus den Augenwinkeln sehen kann, dass er sich am Türrahmen abstützt und die Küchenlampe ansieht; eine dieser uralten Hängelampen, die aus den Zeiten meiner Urgroßmutter hätte stammen können. »Wie ... kommst du auf so was?«, fragt er schließlich und geht langsam auf mich zu, um sich dann wieder auf seinen Platz fallen lassen, die Ellenbogen auf dem Tisch abzustützen und das Gesicht für eine Sekunde in den Händen zu vergraben. »Ehrlich, wie kommst du drauf?«, fragt er erneut und nimmt die Hände vom Gesicht.

»Sag es mir doch einfach«, erwidere ich in Richtung Kakao.

Wieder atmet er langsam und viel zu laut ein und aus.

»Ich hab einen Nerv getroffen, richtig?«, hake ich nach.

»Helene, verdammt. Das Ganze spielt doch keine Rolle.«

»Es spielt eine riesige Rolle! Ich will, dass du ehrlich bist.« Jetzt schaue ich ihn an.

Und er mich.

Und ich muss an den Kuss denken. Diesen bescheuerten Kuss.

Erik wendet den Blick ab und betrachtet seine Fingernägel. Sie sind voll von flüchtig weggewischter Erde. »Wollte sie mehr?«, fragt er dann und fängt an, den Dreck unter den Nägeln hervorzukratzen, sodass die Krümel vor uns auf dem Küchentisch landen.

Ich schweige. Was soll man auch sagen, wenn man die Wahrheit kennt, sich ihr verpflichtet hat für immer und immer und immer, und wenn man diese Verpflichtung liebt, weil sie eine unscheinbare Brücke bildet zu dem, was vergangen ist, sie aber zugleich verdammt, weil sie einen der Freiheit der Gegenwart beraubt?

Ich weiß es nicht. Und deswegen sage ich nichts.

Bis Eriks Mutter in die Küche kommt. Die Spülmaschine ausräumt. Uns erzählt, dass bald neue Nachbarn im Haus nebenan einziehen, und dass sie froh darüber ist, dass die alten Bauernhäuser verkauft werden und die Natur Gott sei Dank nicht mit diesen hässlichen Neubaugebieten verschandelt werden muss, um dann zu fragen »Welche Laus ist euch denn über die Leber gelaufen?« und wieder zu verschwinden.

Erik bricht die Stille erst nach geschlagenen zwanzig Minuten, als die Kuckucksuhr über der Tür sechs Uhr abends verkündet. »Ich habe Gefühle für dich, Helene.«

»Das hast du nicht«, widerspreche ich und starre in meine leere Tasse.

»Doch. Habe ich. Tut mir leid, wenn du sie nicht erwiderst.«

Als ich nicht antworte, fügt er hinzu: »Du erwiderst sie. Ich kenne dich in und auswendig.«

»Auch das stimmt nicht«, murmle ich kaum hörbar.

Erik steht auf, holt sich eine Spezi aus dem Kühlschrank,

öffnet sie mit einem Flaschenöffner in Form eines Rentiers und setzt sich wieder hin. »Wieso bist du hier?«, fragt er und trinkt sogleich die halbe Flasche aus.

»Weil ich darüber reden wollte. Das mit dir und mir ist … ich will das nicht.«

»Wieso hast du mich dann geküsst?«

»Du hast mich geküsst, nicht umgekehrt.«

»Du machst mir etwas vor. Und dir selbst auch.«

Ich halte meine Nase in meine Tasse. Die Kakaoreste unten am Boden kann man riechen. »Sie hat dich geliebt«, sage ich irgendwann kaum hörbar. »Sie hat dich geliebt.«

»Vielleicht hat sie ein bisschen für mich geschwärmt«, entgegnet Erik.

»Nein. Du warst alles für sie. Der Einzige.« Ich schaue auf und blicke in ein Gesicht der Ausdruckslosigkeit. »Hast du das gewusst, Erik? Hast du es gewusst?« Doch Erik erwidert nichts, er nimmt nur einen Schluck von seiner Spezi, die fast schon wieder leer ist, und in mir drin spüre ich auf einmal Wut, so wahnsinnig viel Wut über Erik und die Welt und über Cassie und vor allem über mich selbst. »Sie hat nie einen anderen Jungen angeguckt als dich. Du warst immer da für sie, Tag und Nacht, du hast sie zum Lachen gebracht, sie getröstet wie eine kleine Schwester, du hast ihr die Welt gezeigt, hast sie mit in den Wald genommen, du warst … alles, was sie sich wünschen konnte.« Plötzlich kommen mir die Tränen. Ich umklammere meine leere Kakaotasse und versuche zu verhindern, dass meine Stimme bricht. »Sie wollte ihren ersten Kuss erleben, mit fünfzehn. Das hat sie mir gesagt. Und weißt du, mit wem sie das wollte?« Ich kann nicht anders, als aufzuschluchzen. »Mit dir, du Idiot!«, fahre ich ihn an. »Mit dir wollte sie das, und du hast sie immer nur als die Kleine gesehen, als die platonische Freundin, das kleine Mädchen, das zum Ballettunterricht geht, aber sie wollte hübsch sein. Sie wollte schön sein, Erik, für dich, an ihrer Feier, sie hat dieses bescheuerte cremefarbene und viel zu erwachsene Kleid getragen, für dich und für keinen anderen. Und du hast dich einen Dreck um sie geschert, hast sie nie gesehen als das wunderbare, perfekte Mädchen, das sie war.« Ich funkle ihn an. »Du hattest sie nicht verdient«, zische ich und wische mir mit dem Handgelenk über meine laufende Nase. »Du hättest es ihr geschuldet. Dass du sie erkennst, ihr nur ein einziges Mal sagst, dass sie schön ist, dass sie perfekt ist und richtig genau so, wie sie ist. Dass du sie in den Arm nimmst, nicht als kleine Schwester oder sonst was, sondern als Mädchen, als Mensch, den du begehrst. Als jemand, der es wert ist, ihn mehr als einmal anzusehen.« Ich schließe die Augen, um nicht noch mal loszuweinen, und mache sie erst auf, als ich mich wieder beherrschen kann. »Du schuldest ihr Liebe, Erik, denn sie hat dich geliebt, all die Jahre lang seit eurer allerersten Begegnung, und du hast ihr nichts zurückgegeben, an keinem Tag in ihrem viel zu kurzen Leben.«

Dreiundzwanzig

Melissas Geburtstag

Der 18. Februar ist der erste Tag im Jahr, der einen Hauch von Frühling mit sich bringt. Als ich gegen fünfzehn Uhr die Wohnung verlasse, ist das Grau des Himmels einem wolkenlosen Blau gewichen, und an den wenigen Stellen, an denen der Schnee bereits geschmolzen ist, wagen sich vereinzelt die Knospen der Frühjahrsblüher hervor.

Es ist nach wie vor eiskalt, sodass mein Atem kleine weiße Wölkchen in die Luft zeichnet, aber wenn man sich konzentriert, riecht es nicht mehr nur nach Schnee und verbranntem Holz der Öfen und Kamine, sondern auch nach feuchter Erde.

Meine Mutter fährt mich. »Ich bin ja sehr froh, dass du mal wieder etwas Nettes unternimmst.«

»Das Wetter ist eigentlich zu schön für Kino«, werfe ich ein, während sie sich anschnallt und ich auf dem Beifahrersitz Platz nehme. »Ach«, antwortet sie. »Ihr könnt doch davor etwas spazieren gehen und die Sonne genießen. Wann beginnt der Film? Um fünf? Da habt ihr ja dann noch Zeit.«

Ich nicke, während meine Mutter den ungesund keuchenden Motor anlässt und langsam unsere Straße hinauffährt, um an der nächsten Kreuzung auf die Hauptstraße abzubiegen. Es ist viel Verkehr heute; nach fünf Minuten Wartezeit biegen wir endlich nach links in Richtung Innenstadt ab. »Was schaut ihr euch an?«, will sie wissen.

»Steht noch nicht fest.«

»Na, ihr zwei habt ja einen ähnlichen Filmgeschmack. Ihr findet schon etwas.«

»Bestimmt, ja.« Ich streiche mir die Haare zurück und betrachte mich durch das Fenster im rechten Außenspiegel des Wagens. Ich trage meinen grauen Mantel und einen blauen Schal dazu; darunter eine Jeans und einen olivgrünen, unendlich bequemen Kapuzenpulli. Meine Turnschuhe sind schwarz. Eigentlich hätte ich auch blaue Stiefel und eine blaue Bluse gehabt, aber Melissas Partnerlookplan kam mir dann doch albern vor, sodass ich mich dagegen entschied.

Melissa wartet bereits vor dem Kino. Die blonden Haare hat sie zu einer gewagten Turmfrisur hochgesteckt.

»Ich sehe Erik noch gar nicht«, wundert sich meine Mutter, als sie am Straßenrand hält.

»Er ist wahrscheinlich spät dran«, erwidere ich, während ich aus dem Augenwinkel bereits Melissa auf mich zustürmen sehe. »Fahr doch schon mal los, schnell, die Ampel da vorn ist grün. Danke fürs Fahren. Bis heute Abend.«

»Ich hab dich lieb!«, ruft sie mir noch hinterher, als ich die Autotür schwungvoll zuwerfe. »Ich dich auch«, murmle ich in ihre Richtung. Melissa erreicht mich in derselben Sekunde, als meine Mutter die Ampel in dreißig Metern Entfernung passiert.

»Hallo, Schwester!«, kreischt sie mir freudestrahlend ins Ohr und fällt mir um den Hals. »Na, schon überlegt, was wir heute angucken? Da gibt's einen neuen Film mit Angelina Jolie, den fände ich ja interessant.« Sie zieht mich mit zur riesigen Glasscheibe, durch die wir ins Innere des Kinos blicken können und an welcher sämtliche Filmplakate ausgehängt sind. »Oder dieser hier, von dem hatte ich dir erzählt.« Sie deutet auf ein Filmposter, auf dem sich lauter junge Frauen mit Sektgläsern in der Hand auf den pinken Buchstaben des Wortes *Girlstalk* tummeln. »Mit Cameron Diaz, die magst du doch!«

Ich versuche ein Lächeln. »Such du den Film aus, ich seh mir alles an.«

»Dann lass uns den angucken!«, entscheidet sie und zerrt mich an eine der Kassen, wo wir zwei Karten für *Girlstalk* ergattern. Unsere Plätze liegen mittig in der vierten Reihe von hinten. »Viel Spaß euch zwei Hübschen«, wünscht uns die Verkäuferin, eine gefühlt Hundertjährige, die mit ihrem Dutt am Hinterkopf und der Brille mit den winzigen Gläsern aussieht wie die typische keksebackende Großmutter. »Danke«, murmle ich, während Melissa mich mit den Worten »Jetzt haben wir fast zwei Stunden Zeit, lass uns ins Einkaufszentrum gehen!« wieder aus dem Kino zieht und sich dann ungefragt bei mir unterhakt.

In mir unbegreiflicher Geschwindigkeit führt sie mich durch drei Klamottenläden und ein Schuhgeschäft, bis wir uns endlich in ein kleines Café setzen, von welchem aus wir den Brunnen in der Mitte des Einkaufszentrums sehen können. »Schau mal«, meint Melissa und deutet in Richtung einer der Bänke, die um den Brunnen herum aufgestellt sind. »Ist das nicht André aus der Parallelklasse?« Sie meint den großen, schlanken Kerl mit Justin-Bieber-Frisur, der sich gerade von einer der Bänke erhebt und mit schlurfendem Gang an uns vorbeigeht, ohne aufzublicken. Dabei macht er alle paar Sekunden diese typische Justin-Bieber-Frisur-Kopfbewegung, mit der die ins

Gesicht fallenden Haare gerade gerückt und aus den Augen geschüttelt werden.

»Oh Mann«, meint Melissa, nachdem wir uns beide ein Schokoladeneis bestellt haben. Eine Kugel weniger für sie, da sie auf ihre Linie achten müsse, und dafür extra viel Schokoladensoße für mich. »Der ist schon echt süß, findest du nicht?«

Ich lege den Kopf schief und schaue André hinterher, wie er in der Menschenmenge verschwindet. »Nein, eher nicht.«

»Gut, dann müssen wir wenigstens nicht konkurrieren«, sagt Melissa und nickt eifrig. »Kannst du uns verkuppeln, Helene? Du kannst doch gut mit den Jungs. Und ich würde gern mal mit ihm ins Kino gehen … kriegst du das hin?«

»Hättest ja ihn heute einladen können«, scherze ich.

Sie schlägt die Hände vor den Mund. »Oh nein, so war das nicht gemeint! Du bist kein Plan B, ehrlich nicht! Den Geburtstag verbringt man mit Freundinnen, nicht mit irgendwelchen Dates … Freundschaften sind stabiler als Beziehungen, das hat schon meine Mutter immer gesagt.«

Mein Handy in meiner Hosentasche vibriert. *Fahren wir morgen zu Ninas Eltern?*

»Wer schreibt denn?« Melissa beugt sich über den Tisch, um auf mein Handy zu gucken.

»Niemand, nichts Wichtiges.« Ich drücke die Nachricht weg, schiebe das Handy wieder in meine Tasche und wende mich ihr zu. »Also … ich bin nicht gut im Verkuppeln. Und der einzige Junge, der gut mit mir kann, ist Erik.«

»Ach«, erwidert sie und legt mir lächelnd die Hand auf die Schulter. »Du bist so bescheiden.«

Nachdem unsere Eisbecher leer gekratzt sind und Melissa

dabei erfolglos versucht hat, nicht dauernd hungrig die letzten Löffel meiner Schokosoße anzustarren, ziehe ich ein Päckchen aus meiner Jackentasche und schiebe es ihr über den Tisch zu. »Alles Gute zum Geburtstag.«

Sie strahlt. »Du hättest mir nichts schenken müssen«, sagt sie in ihrer begeisterten Quietschestimme, während ihre Finger sich sogleich daranmachen, die Unmengen Klebeband abzukratzen, mit der ich das Geschenkpapier fixiert habe.

»Doch, hätte ich«, antworte ich und sehe zu, wie sie den weißen Umschlag hervorzieht, den ich nochmals mit Klebeband zugekleistert habe. Als sie daraus zwei hellgrüne Eintrittskarten hervorzieht, kann ich ihren Gesichtsausdruck nicht ganz deuten, da ihr Mund zwar immer noch strahlt, ihre Stirn aber von einer tiefen Falte durchzogen ist. »Was ist das?«, will sie wissen. Und als sie sich durchgelesen hat, was auf den kleinen Pappkärtchen geschrieben steht, sagt sie: »Tickets zum Kartfahren?« Mit hochgezogenen Augenbrauen sieht sie mich an.

»Ja«, meine ich etwas verlegen. »Du weißt schon, da fährt man Autorennen in einer Halle.«

Kurz schaut sie zwischen den Tickets und mir hin und her, dann hellt sich ihr Gesicht wieder auf. »Das ist ja total spannend, ich hab so was noch nie gemacht! Und weißt du, was das Beste ist?« Sie zwinkert mir zu. »Wir können da gemeinsam hingehen!« Damit fällt sie mir um den Hals, und ich entscheide, meine Idee »Oder du gehst mit André hin, das wäre ein tolles Date« auf später zu verschieben.

Der Film ist absolut nicht mein Fall.

Aber dafür, dass ich solche Mädchenfilme hasse, ist er wiederum ganz gut.

Es wird erstaunlich wenig hysterisch geschrien und auch die Klischees (laut denen alle Frauen auf Pink stehen und emotional unberechenbar und instabil und zickig sind, während die Männer nie über Gefühle reden und Bier trinken) werden nur bedingt bedient. Deswegen schaffe ich es auch, den Film als »Überraschend gut« einzustufen, als Melissa mich danach fragt, was mir wieder eine Kreisch-Umarmung ihrerseits einbringt.

Als ich draußen darauf warte, dass meine Mutter mich abholt, lässt sie sich nicht abwimmeln. »Wie unhöflich wäre denn das, dich allein in der Kälte stehen zu lassen!«, entrüstet sie sich, sodass wir eine Weile schweigend nebeneinanderstehen und die vorbeiziehenden Autos beobachten, deren Scheinwerfer helle Lichtkegel auf die abendlichen Straßen werfen.

»Warum hast du mich eingeladen?«, will ich wissen und schaue sie forschend an.

Melissa betrachtet ihre Fingernägel. Sie sind passend zum Outfit blau lackiert. »Warum nicht?«

Mein Handy vibriert. *Frau Mey, hallo?* Wieder drücke ich die Nachricht weg.

»Ich war nur überrascht«, sage ich. »Du hast mich noch nie irgendwo eingeladen.«

»Du mich auch nicht. Einer muss ja mal den Anfang machen.«

Ich nicke. »Ja, klar.« Nach einer Pause fahre ich fort: »Aber wieso ich? Nicht, dass ich kein toller Gast wäre, darauf will ich nicht hinaus, aber es gibt doch tausend Mädchen in der Schule, mit denen du dich besser verstehst als mit mir? Und die Jungs … fahren auch alle auf dich ab.«

»André nicht.« Immer noch begutachtet sie ihre Nägel.

»Na, aber alle anderen. Und André vielleicht ja auch.«

»Ich finde dich einfach netter als die anderen.«

»Netter? Dein Ernst?« Ich ziehe die Augenbrauen hoch.

»Auf den ersten Blick vielleicht nicht, nein, aber du hast … mehr Tiefgang?«

»Tiefgang«, wiederhole ich.

»Ja, Tiefgang. Irgendwie bist du authentisch.«

Ich schaue sie nur an und warte, bis sie weiterspricht.

»Du und Cassie, ihr wart … unzertrennlich, weißt du? Das war … echt.«

»Ja, das waren ich und Cassie. Was hat das mit dir zu tun?«

»Du bist ein loyaler Mensch, Helene, das hat man an Cassie gesehen. Ich bewundere das. Manchmal hab ich euch beide beneidet, wenn ich ehrlich bin. Weil eure Freundschaft wirklich Tiefgang hatte, ihr wart total verschieden und trotzdem wart ihr einfach … einfach ihr zwei.«

»Und das hättest du auch gern?«, frage ich möglichst sachlich.

»Nein.« Sie schüttelt den Kopf. »Okay, doch, ein bisschen.« Sie sieht endlich von ihren Nägeln auf. »Ich weiß, dass ich nie wie Cassie für dich sein werde. Das will ich auch nicht, keine Angst. Ich weiß, dass kein Mensch auf der Erde diese Lücke in deinem Leben schließen kann.« Sie räuspert sich. »Aber ich wäre gerne deine Freundin. Und zwar so richtig in echt.«

Erst weiß ich nicht, was ich sagen soll. Irgendwann bringe ich ein »Okay« hervor.

Und dann kommt meine Mutter an, und ich steige ins Auto und fahre davon.

Vierundzwanzig

Nina

Wir fahren zu den Eltern von Nina Heuß.

Eine Woche nach Melissas Geburtstag, als der Schnee sich verzogen hat und Erik endlich nicht mehr unsichere Straßenverhältnisse als Ausrede vorschieben kann. Es ist früh, als wir aufbrechen, gerade mal zehn, und nachdem meine Mutter mich mit den Worten »Viel Spaß euch beiden im Tierpark!« verabschiedet hat, ich das Treppenhaus hinabgelaufen und durch die Haustür getreten bin, schlägt mir der wunderbare Duft feuchter Erde und eines nahenden Frühlings entgegen, sodass ich kurz stehen bleibe und einmal tief einatmen muss, bevor ich hinter Erik aufs Motorrad klettere. Es ist die erste gemeinsame Unternehmung seit unserem Gespräch in der Küche seiner Eltern.

Zwei Stunden dauert die Fahrt. Weil Erik unendlich langsam fährt, aber mir ist das recht. Wir folgen endlos geraden Landstraßen und durchqueren winzige Dorfgassen. Ich sehe Störche am strahlend blauen Himmel, die aus dem Süden zurückkehren.

Und dann halten wir an.

In der Einöde.

An einer kleinen Kreuzung.

Erik steigt vom Motorrad und nimmt den Helm ab; ich folge seinem Beispiel.

»Was ist?«, will ich wissen, da ich weit und breit kein Haus entdecken kann.

»Bin mir nicht sicher. Vielleicht haben wir uns verfahren.«

Ich verdrehe die Augen. »Na super.«

»Mecker nicht.« Er zieht sein Handy hervor und tippt die Adresse ein. »Doch, wir stehen schon richtig. Wir müssen diesen Waldweg entlang. Dann kommen irgendwann Häuser.« Er deutet auf den schlammigen Pfad, der von der geteerten Landstraße in einen Wald führt. »Aber mit dem Motorrad mach ich das nicht, nicht durch den Schlamm. Da rutschen wir nur weg.«

Wir schieben das Motorrad von der Landstraße und parken es zwischen ein paar Eichen. Dann stapfen wir schweigend nebeneinander in den Wald hinein; der Schlamm gurgelt bei jedem Schritt unter unseren Füßen und bleibt an meinen Turnschuhen kleben, sodass mir das Laufen schon nach wenigen Minuten schwerfällt.

»Gehst du noch zur Therapeutin?«, versucht Erik ein Gespräch.

»Manchmal«, sage ich. »Ist bald die letzte Sitzung.«

»Hm.« Er nickt. »Wirst du sie vermissen?«

»Nein.«

»Und hast du es deinen Eltern erzählt? Wo wir heute hinfahren, meine ich.«

»Nein.« Ich schüttle den Kopf und zucke die Schultern. »Das hätte meine Mutter nur aufgeregt. Alles, was mit dem Amoklauf zu tun hat, regt sie auf. Deswegen denkt sie, dass du und ich in den Tiergarten gehen. Ist besser für alle Beteiligten.«

»Ist doch normal, dass es sie aufregt, oder?«

»Vielleicht, ja. Aber eigentlich sollte es mich mehr aufregen als sie.«

Eine Weile höre ich nur unsere Schritte im Schlamm.

Dann sagt Erik: »Es regt dich ja auch immer noch auf.«

»Blödsinn.«

»Doch. Es lässt dir keine Ruhe, das Thema.«

»Weil Cassie tot ist, das lässt mir keine Ruhe. Der Rest ist … es ist eben passiert.«

Erik nickt und wischt sich die Haare aus dem Gesicht. »Ja, so kann man das wohl sagen.« Dann runzelt er die Stirn, bleibt stehen und kneift die Augen zusammen. »Ich glaube, wir sind da. Siehst du die Häuser hinter den Bäumen?«

Tatsächlich befinden wir uns kurz darauf auf einer Lichtung, auf der ein riesiges, altes Bauernhaus aus Fachwerk Richtung Himmel ragt. Es hat vier Stockwerke, die Fassade bröckelt an manchen Stellen herunter; daneben stehen eine Scheune und ein kleiner Schuppen. Bei beiden sind an mehreren Stellen Bretter aus der Wand herausgebrochen, sodass ich Erik kommentarlos am Arm mit mir ziehe und ein besonders großes Bretterloch anstoße. Groß genug, um ins Innere zu klettern.

»Was machst du denn?«, zischt Erik und sieht sich nervös um.

»Ich will wissen, wo wir sind«, erwidere ich.

Wir erreichen die Scheune, und ich schlüpfe, ohne zu zögern, durch das Loch in der Wand. Ein paar Sekunden lang müssen sich meine Augen an die dunkle Umgebung gewöhnen, aber die Sonne drängt sich an so vielen Stellen durch Löcher in Wand und Decke, dass sie Hunderte scheinwerferartige Lichtkegel formt, in denen ich den Staub erkennen kann, der in der Luft tanzt, und die den Blick auf kahle, halb verrottete Strohreste freigeben, die sich auf dem Boden häufen. In der hinteren Ecke stehen alte, windschiefe Holzkisten.

»Können wir wieder gehen?« Erik steht hinter mir.

»Hast du Angst?«, frage ich grinsend und boxe ihn in die Seite.

»Nein, aber Anstand. Herr und Frau Heuß haben sowieso schon keinen Grund, uns willkommen zu heißen. Das wird nicht besser, wenn wir auf ihrem Grundstück herumschnüffeln.« Als ich ansetze, ein paar Schritte in Richtung der Holzkisten zu machen, spüre ich seine Hand auf meiner Schulter, sodass mein Herz ganz kurz aussetzt. »Lass uns zum Hauseingang gehen.«

»Stell dich doch nicht so an.« Ich schüttle seine Hand ab. »Du bist echt langweilig.«

»Bist du hier, um Abenteuer zu suchen, oder wegen Cassie?«

Dieser Satz genügt. Ohne ein weiteres Wort klettern wir heraus und laufen durch das Gras zurück zum Bauernhaus, wo wir ein paar Holzstufen hinaufsteigen, um eine Art Veranda zu erreichen. Eine normale Klingel gibt es nicht; nur eine Glocke, an der man ziehen kann.

»Und du bist sicher, dass es die richtige Adresse ist?«, raune ich Erik zu.

»Ja.« Er nickt.

Als keiner reagiert, ziehe ich noch mal an der Glocke.

»Wie war es eigentlich mit Melissa?«, will er wissen.

»Ganz gut. Überraschend gut. Sie hat sich über mein Geschenk gefreut.«

»Und mit wem geht sie hin? Also, zum Kartfahren?«

»Mit … André vielleicht. Ist noch nicht sicher.« Im Inneren des Hauses höre ich auf einmal Schritte, sodass ich mich instinktiv kurz an seinem Unterarm festkralle, doch dann löse ich den Griff schnell wieder und streiche mir peinlich berührt die Haare zurück.

»Glaubst du, dass wir ihn finden werden? Hier? Den Grund, warum Nina gestorben ist? Warum sie alle gestorben sind? Wenn es für Nina einen Grund gab, dann war es keine Illusion. Dann war kein Opfer zufällig. Ist dir das bewusst?« Ich schaue Erik an in der Hoffnung auf eine Antwort, aber er sagt nichts darauf. Stattdessen öffnet sich die Tür bereits in Zeitlupe und mit einem Knarren.

Vor uns steht ein alter Mann mit unendlich vielen Falten im Gesicht.

Er läuft gebückt; seine knöcherne Hand umklammert einen Gehstock.

»Ja, bitte?«, fragt er. Seine Stimme ist kratzig und er keucht beim Reden.

»Entschuldigen Sie. Wir suchen Herrn und Frau Heuß«, sagt Erik artig.

»Ich bin Herr Heuß.« Er lacht auf, muss dann aber heftig husten, so heftig, dass ich fast glaube, einen Notarzt rufen zu müssen. »Was kann ich für die jungen Herrschaften tun?«, will er wissen, nachdem er sich beruhigt hat. »Habt ihr euch vielleicht verlaufen?« Als er dieses Mal lächelt, erkenne ich, dass er kaum noch Zähne im Mund hat.

»Nein, wir sind richtig«, sage ich. »Wohnt hier noch ein anderer Herr Heuß?«

Wieder lacht und hustet er gleichzeitig. »Sicher. Ich wollte euch Kinder nur auf den Arm nehmen. Ihr wollt zu meinem Sohn und seiner Frau, habe ich recht? Sie sind nur leider gerade nicht hier, wollten … ich weiß nicht, was sie wollten, in die Stadt … Schuhe kaufen … nein, das war letzte Woche.« Er kratzt sich am Kopf. »Ich werde alt. So ist das im Alter, man vergisst vieles und behält nur das Wichtigste. Und selbst das entrinnt dem Geist an manchen Tagen.«

»Sie sind der Opa von Nina Heuß«, stelle ich fest, und er nickt, ohne mit der Wimper zu zucken.

»Ja, der bin ich.« Erneut ein Lachen, dieses Mal etwas verhalten und zum ersten Mal ohne husten. »Die Nina, die sollte auch bald von der Schule kommen.« Erik und ich tauschen kurz einen vielsagenden Blick, während er weiterspricht. »Das Kind fühlt sich nicht so wohl hier in der neuen Schule, braucht neue Freunde. Aber ich sage immer: Nina, du bist ein gutes Mädchen, und wenn es an der rechten Zeit ist, finden dich die rechten Menschen. Du brauchst du nur Geduld und Kraft, bis es so weit ist.«

»Nina ist doch –«, setze ich an.

» … sicher ein liebes Mädchen«, unterbricht mich Erik mit einem scharfen Seitenblick.

»Oh, das ist sie.« Die Augen von Ninas Großvater beginnen zu glänzen. »Sie wird bald acht Jahre alt, wisst ihr das? Acht Jahre, das ist ein tolles Alter. Was ich da alles erlebt habe, mit acht. Und so gescheit ist sie, meine Nina. Aus der wird mal was.« Er räuspert sich. »Aber bitte, ich will die jungen Herrschaften nicht hier draußen stehen lassen.« Kurz hält er inne, dann hellt sich sein Gesicht auf. »Zum Amt wollten die beiden, das war es. Zum Standesamt. Das haben sie mir gestern erst gesagt, pünktlich müssen sie sein, die beiden. Und schön hat sie ausgesehen, die Johanna. Hat den Ring meiner Frau bekommen, als Erbstück. Echter Rubin, nicht so ein Firlefanz wie heutzutage.« Er humpelt einen Schritt zur Seite und macht eine Handbewegung in Richtung Diele. »Bitte eintreten. Wir haben Holundersaft aus eigener Herstellung, den müsst ihr kosten!«

Erik geht voran.

Ich folge ihm in eine riesige Diele, deren Wände mit dunklem Holz verkleidet sind. Als ich meine Schuhe ausziehe und sie ordentlich neben die von Erik stelle, wandert mein Blick über unzählige Schwarz-Weiß-Fotos. Die meisten zeigen Familien- oder Einzelporträts. Nur in einer Ecke hängt ein neues Bild; eines in Farbe, weit weg von allen anderen, als hätte man es bewusst von den anderen Fotografien getrennt. Es zeigt ein kleines Mädchen mit Brille auf der Nase und gelber Schultüte in der Hand.

Wir werden in ein Esszimmer geführt. Auch dieses Zimmer scheint mir durch die Holzwände ungewohnt dunkel; auch, als Herr Heuß das Licht anknipst und wir an einem rundem, altmodischen Tisch Platz nehmen und Holundersaft serviert bekommen, kann ich mich kaum an das fehlende Licht gewöhnen.

Zweimal schlägt die große Standuhr neben dem Esstisch zur jeweils vollen Stunde; so lange erzählt der alte Mann uns aus seiner Jugend. Von der Nachkriegszeit. Davon, dass er dankbar ist dafür, dass seine Nina in einer besseren Welt groß werden darf. Mir schnürt sich die Kehle zu, als er das sagt, und unter dem Tisch greift Erik nach meiner Hand, um sie fest zu drücken, bevor er sie wieder loslässt.

Ninas Eltern erlösen uns.

Sie kommen herein, in schlichten, eleganten Wintermänteln und mit überraschtem Blick. Ninas Mutter mit jungen, hübschen Gesichtszügen und rotbraun schimmerndem Haar; ihr Vater mit Brille und Hut und dunkelbraunem Bartansatz, als hätte er vergessen, sich morgens zu rasieren. Er erinnert mich ein bisschen an Sherlock Holmes; die Verfilmungen habe ich zwar nie gesehen, aber zumindest habe ich mir Holmes immer so vorgestellt wie Ninas Vater.

»Wir haben Gäste!«, ruft der alte Mann, und dann erzählt er Ninas Mutter davon, dass wir uns verirrt hätten und nach dem Weg fragen wollten und er uns auf ein Glas Holundersaft hereingebeten hätte, da der Holundersaft dieses Jahr besonders gut sei und es eine Schande für die Familie und die Welt wäre, hungernde und durstige Wanderer abzuweisen.

»Wir … wollten gar nicht so lange bleiben«, beginne ich, als Ninas Vater sich zu mir und Erik setzt und mich fragend ansieht. »Helene«, sage ich dann und strecke ihm die Hand hin, die er zögernd entgegennimmt. »Helene Mey. Ich war an … der Schule Ihrer Tochter. Deswegen sind wir hier. Und das ist Erik.« Wieder werden Hände geschüttelt.

»Ihr seid wegen Nina hier?«

»Mir ist das unangenehm«, sagt Erik. »Wir wollten wissen, ob Nina ihn kannte. Den Täter.«

Herr Heuß kratzt sich kurz am Kopf, schaut aus dem Fenster. Dann nickt er. »Sie kannten sich gut, ja. Bitte … kommt doch mit hoch in mein Arbeitszimmer. Dort sind wir ungestört.«

»Deine Mutter erzählte mir am Telefon, dass du in Deutsch eine vier bekommen hättest. Das tut mir sehr leid, Helene, du bist doch so ein kluges Mädchen. Vielleicht kann Cassie dir ja nächstes Mal ein bisschen bei der Vorbereitung helfen?« Cassies Mutter schob sich eine Gabel mit Champignons in den Mund, kaute, griff nach einer der Stoffservietten, um sich damit den Mund abzutupfen und legte sie dann ordentlich gefaltet wieder zurück an ihren Platz. Sie hatte ihre Haare zu einem strengen Dutt gebunden, und ihr dunkelblaues Kleid mit Dreiviertelärmeln war schlicht und eng anliegend an diesem Tag.

»Danke«, erwiderte ich und ließ mir von Cassie die Glaskaraffe mit der Apfelsaftschorle reichen. »Aber ich war vorbereitet. Ich habe nur andere Erwartungen an einen guten Text als unsere Lehrerin, das führt zwangsläufig zu schlechter Bewertung.«

Cassies Vater musste lachen; er hatte ein beruhigendes, freundliches Lachen, das ich sehr mochte, und er hielt sich die Hand vor den Mund, um nicht sein ganzes Essen über den Tisch zu spucken. Als er runtergeschluckt hatte, meinte er zu mir: »Du hast deine Prinzipien, ich sehe das schon. Deine Lehrer finden das vermutlich schrecklich, aber weißt du was? Ich mag es an dir.«

»Johann, es ist nicht förderlich, eine Themaverfehlung zu loben«, warf seine Frau ein.

»Nein, nicht im schulischen Sinne«, gestand er. »Aber viele große Denker waren Querdenker. Viele Philosophen haben die Welt neu entdeckt, neu definiert, und wurden deswegen ... ja, sie wurden verachtet! Auch Naturwissenschaftlern ging es so – Nikolaus Kopernikus zum Beispiel, kennt ihr den?«

»Er ernannte die Sonne zum Mittelpunkt der Planeten«, erwiderte ich.

»Richtig. Die Sonne sei der Mittelpunkt unseres Systems, nicht die Erde. Das sagte er.«

»Ist das wahr, was er gesagt hat?«, fragte Sarah. Sie trug ein rotes Kleid und offenes Haar.

»Ja, es hat gestimmt«, antwortete Cassie mit einem Lächeln in meine Richtung.

»Helene revolutioniert aber nicht unsere Sicht auf das Universum, sondern sie weigert sich, thematisch korrekte Aufsätze zu verfassen.« Cassies Mutter zog die Augenbrauen zusammen; sodass sich nur eine einzige Falte auf ihrer Stirn abbildete, während der Rest des Gesichts weiterhin glatt und unberührt erschien. »Aber wie dem auch sei, in Mathematik bist du ja gut. Und Physik, wie ich gehört habe.«

»Sind wir wirklich die richtigen, um Helenes Schulleistungen zu analysieren?« Cassies Vater stand auf, ging zur Glasvitrine aus dunklem Holz, und holte zwei Weingläser hervor. Dann verschwand er kurz und kam mit einer grünen Flasche zurück, auf der mit geschwungener Schrift *Chardonnay* geschrieben stand. Er schenkte erst seiner Frau, dann sich selbst ein und setzte sich wieder. »Kinder, wollt ihr noch Saft? Oder einen Tee? Sarah, was ist mit dir?« Wir alle schüttelten dankend den Kopf. »Na schön.« Er verschloss den Wein und stellte ihn in die Mitte des Tisches. »Aber lasst uns zu netteren Themen kommen. Ich meine, mit Schulkram musst du dich daheim sicher genug rumschlagen, hab ich recht?« Er zwinkerte mir zu.

»Es geht schon.« Ich zwinkerte zurück. »Mein Vater sieht schlechte Noten nicht so gern.«

»Na, und deine Mutter war ja schon immer ein Freigeist«, warf Cassies Mutter erneut ein.

»Sie befürwortet die Meinungsfreiheit«, erwiderte ich mit scharfem Blick in ihre Richtung.

Cassies Mutter räusperte sich und legte ihr Besteck zur Seite. »Das war auch nicht kritisch gemeint. Du weißt, ich mag deine Mutter sehr gern. Wir stehen uns nah. Nur sind wir in manchen Punkten äußerst verschieden.«

»Das sind Cassie und ich auch.«

»Ich weiß. Und ich möchte nicht, dass meine Tochter neben dir untergeht.«

»Sibylle, bitte, das genügt jetzt!«, ermahnte Cassies Vater.

»Keine Sorge«, sagte ich ruhig und setzte mich betont aufrecht hin, um mein Besteck dann genauso ordentlich zur Seite zu legen, wie sie es eben getan hatte. »Ihre Tochter geht nirgends unter. Ihre Erziehung ist viel zu konsequent, als dass ich sie negativ beeinflussen könnte.«

Cassies Mutter sog die Luft ein, sagte aber nichts. Sie griff nach ihrem Chardonnay, nahm einen Schluck und stellte das Glas wieder ab.

Die Uhr schlug sieben Uhr abends. Sie tickte, ganz leise konnte man sie hören.

Sarah hustete, so sehr, dass Cassies Mutter ihr auf den Rücken klopfen musste, bis es endlich überstanden war. »Du hast dir eine Erkältung zugezogen, Liebes«, meinte ihre Mutter. »Ich koch dir jetzt wirklich einen Tee. Kamille, trinkst du den?«

Sarah nickte und Cassies Mutter verschwand in die Küche.

Ich linste rüber zu Cassie, die mit der Gabel in ihren gratinierten Champignons und den Ofenkartoffeln herumbohrte, und dann zu ihrem Vater, der seine Finger betrachtete. Sein Ehering war gold mit einem kupferfarbenen Streifen in der Mitte; ein Umstand, der mir erst in dieser Sekunde auffiel. Seine Frau trug den gleichen, das sah ich, als sie den Tee brachte und sich wieder zu uns setzte, nur war der ihre schmaler und mit einem winzigen, weißen Edelstein verziert.

Cassies Vater war derjenige, der die Stille dann mit den Geschichten seiner letzten Indienreise durchbrach; er erzählte und erzählte und erzählte und ich war dankbar, nichts mehr sagen zu müssen, und unter dem Tisch tasteten meine Füße nach Cassies, und als sie sie fanden, sah sie auf, und dann lächelte ich sie an und sie lächelte zurück und aß endlich ihre Champignons und die Ofenkartoffeln auf.

Es war der letzte Abend vor dem Amoklauf.

»Johanna, meine Frau. Sie … war die Patin von Peter.« Herr Heuß lehnt sich in seinem Schreibtischstuhl zurück, sodass dieser verdächtig knarrt und die Lehne sich so weit nach hinten biegt, dass ich fast fürchte, er könnte umkippen. »Meine Frau und seine Mutter, sie waren damals Nachbarinnen. Haben sich fast täglich zum Kaffee getroffen, als der Peter klein war; meine Frau ist Hebamme und hat bei der Entbindung und Nachsorge geholfen.« Er seufzt. »Da wurden sie dann Freundinnen.«

»Das muss sehr schwer gewesen sein«, meint Erik. »Dass ausgerechnet Peter dann … Sie wissen schon.« Er räuspert sich und knetet seine Hände, während er auf dem altmodischen Stoffsofa hin und her rutscht. Es macht mich wahnsinnig, sodass ich ihm meine Hand aufs Knie lege, bis er aufhört. Dann nehme ich sie wieder weg.

»Nina und Peter kannten sich also?«, will ich wissen.

»Sie kannten sich sehr gut. Ich meine, der Altersunterschied war natürlich groß, aber er war freundlich zu ihr. Etwas zurückgezogen und verschlossen, ja, aber nie grob. Hat ihr stets die Bücher gezeigt, die er bei seinen Besuchen dabeihatte. Fantasy oder so was.« Er nimmt seinen Hut ab, betrachtet ihn stirnrunzelnd und legt ihn dann auf den Schreibtisch, sodass ich sein dunkles, dichtes Haar sehen kann, das nur am Scheitelpunkt des Kopfes etwas lichter scheint. »Wir haben es nicht mehr ertragen, sie anzusehen, nachdem es passiert war. Seine Eltern, meine ich. Einmal haben wir uns getroffen, aber es war zu hart, zu schmerzvoll. Vielleicht für beide Seiten.«

»Sind sie deswegen weggezogen?«, fragt Erik.

»Unter anderem deswegen, ja. Es war alles ... zu viel, zu viele Erinnerungen. Aber das war nicht der einzige Grund, mein Vater ist schon länger dement. Ihr habt das sicher gemerkt – ich entschuldige mich, er ist etwas anstrengend, aber ein freundlicher und gütiger Mann, also nehmt es ihm bitte nicht übel. Nun ja, jedenfalls wollten wir schon länger in seine Nähe ziehen. Das haben wir nun getan.«

Ich zögere kurz, bevor ich sage: »Er weiß nicht, dass seine Enkelin tot ist, oder?«

»Nun, wir haben es ihm gesagt. Zweimal sogar. Aber es ist schon schwer genug, diesen Schmerz ein einziges Mal zu erleben, da muss man es ihm nicht immer und immer wieder antun. Wir haben es ihm gesagt, sein Kopf will es aber nicht behalten.« Er zuckt die Schultern. »Vielleicht ist es gut so. So ist er wenigstens glücklich.«

»Aber ist das nicht hart für Sie? Und Ihre Frau?«

»Johanna kommt damit klar. Sie hat eine … recht furchtlose Beziehung zum Tod. Natürlich ist Ninas Verlust das Schlimmste, was ihr je hätte passieren können, aber sie glaubt sehr fest daran, dass geliebte Menschen bei uns sind, auch wenn sie tot sind. Deswegen ist es auch einfacher für sie, wenn mein Vater so frei von Nina spricht.«

»Und für Sie?«

»Für mich ist es schwieriger. Das Foto im Flur, das kann ich kaum ansehen.«

»Warum nehmen Sie es nicht ab?«

»Haben wir. Mein Vater hat es wieder aufgehängt und gesagt, ich solle gefälligst aufhören, sein Haus umzudekorieren.« Er schmunzelt kaum merklich, greift nach einem Kugelschreiber, balanciert ihn zwischen den Fingern und legt ihn dann wieder weg. »Es ist okay so. Johanna will die Fotos ja auch behalten.« Er blickt auf und zwischen Erik und mir hin und her. »Aber nun zu euch, warum seid ihr hier?«

»Wir glauben nicht, dass Peter Damm zufällig auf irgendwelche Schüler geschossen hat«, antworte ich. »Wir vermuten, dass er sie vorher systematisch ausgesucht hat. Dass es also Gründe gab für die einzelnen Opfer. Es waren nämlich nur acht Kinder, die er getroffen hat, obwohl er vermutlich viel mehr hätte erschießen können. Trotzdem eben nur acht. Und zu vielen hatte er eine zumindest indirekte Beziehung. Es muss also einen Sinn geben, hinter all dem.«

»Die Polizei hat den Fall untersucht und keine Hinweise auf etwas Derartiges gefunden.«

Ich nicke. »Ich weiß. Trotzdem glauben wir –«

»Habt ihr auch jemanden verloren?«

Ich schweige.

»Eine Freundin«, sagt Erik schließlich.

»Das tut mir leid. Ehrlich.«

»Hätte Peter Damm irgendeinen Grund gehabt, Ihre Tochter zu töten?«, frage ich.

Herr Heuß greift erneut zum Kugelschreiber. Dieses Mal schraubt er ihn auf, nimmt die Miene heraus, wendet sie in den Händen, um sie von allen Seiten zu betrachten, und baut den Stift dann wieder zusammen. »Er war eifersüchtig«, sagt er nach Minuten der Stille. »Seine Eltern wollten immer noch ein kleines Mädchen. Haben unsere Nina wie eine Prinzessin behandelt. Man hat gemerkt, wie groß dieser Wunsch ist, und Peter war … eifersüchtig. Ich konnte es ihm damals nicht verübeln.« Er kratzt sich am Kopf. »Aber sie bekamen kein Mädchen mehr, seine Mutter war am Ende ja auch schon viel zu alt für eine Schwangerschaft, auch mit Fruchtbarkeitstherapie und den tausend Besuchen im Kinderwunschzentrum und allem. Es war aussichtslos, wenn ihr mich fragt, aber sie wollten das nicht wahrhaben. Peter blieb das einzige Kind.«

Fünfundzwanzig

Über Verantwortung

»Es ergibt Sinn. Alles. Nina wurde aus Eifersucht erschossen. Jeremy aus Rache. Mesut und Felicitas, weil sie andere gehänselt haben.« Ich umschließe mein halbvolles Wasserglas fest mit beiden Händen und lächle. »Wissen Sie, es hat keiner geglaubt. Wenn Sie ehrlich sind, haben Sie mir auch nicht geglaubt. Nicht, dass ich Ihnen das verüble, immerhin bin ich Ihre Klientin und die meisten Ihrer Klienten reden wohl den ganzen Tag ziemlich verrücktes Zeug, aber es stimmt. Peter Damm hat niemanden grundlos erschossen.« Erwartungsvoll schaue ich sie an und flüstere: »Es passt nun alles zusammen.«

Magdalena Albrecht trägt zum ersten Mal keine fliederfarbenen Stiefel. Stattdessen trägt sie heute etwas, was schuhinteressierte Frauen vielleicht als *Ankle Boots* bezeichnen würden; sie sehen aus wie aus schwarzem, dünnem Wildleder und der Schaft endet kurz über den Knöcheln. »Du scheinst erleichtert zu sein.«

»Das bin ich. Ist das nicht verständlich?«

»Doch, natürlich. Das Thema hat dich lang beschäftigt.«

»Und wie finden Sie das?«

»Ich freue mich, dass es dir besser geht.«

Genervt verdrehe ich die Augen. »Ich meine, wie finden Sie die Erkenntnis?«

Sie legt den Kopf schief und betrachtet kurz ihre Fingernägel, bevor sie wieder mich anschaut. »Ich finde sie interessant. Meine Frage an dich ist allerdings nun, was sich durch deine Erkenntnis in Bezug auf Cassie verändert hat. Wenn ich es richtig sehe, hast du nun einen allgemeinen Sinn hinter dem Amoklauf gefunden, aber keinen konkreten Grund für den Tod deiner Freundin. Dennoch scheint sich etwas für dich verändert zu haben – in eine gute, positive Richtung. Was denkst du, woran das liegt?«

»Vielleicht finde ich den Grund noch raus. Irgendwann.«

Sie sagt nichts und schaut mich so lange an, bis ich auf den Kern ihrer Frage zurückkomme. »Ich hatte Angst, schuld zu sein, wissen Sie. Daran, dass sie gestorben ist.« Ich betrachte das Wasserglas in meinem Schoß und beschließe, es auf den Beistelltisch zu stellen. Dann atme ich einmal tief durch. »Sie stand da, und ich wusste, dass er auf sie schießen würde. Ich wusste es, weil es offensichtlich war und jeder es wusste. Auch Cassie wusste es.« Ich schlucke, greife wieder nach dem Glas und drehe es in den Händen, wobei ich beobachte, wie das Licht der Zimmerdecke von der Wasseroberfläche reflektiert wird. »Und ich habe sie sterben lassen. Ich habe es zugelassen. Wenn Peter Damm zufällig geschossen hätte, so hätte das bedeutet, dass sie meinetwegen gestorben ist.« Ich beende das Gläserdrehen in meinen Händen und schaue sie an. »Aber jetzt, wo ich weiß, dass seine Opfer schon vorher festgelegt waren … da ist es anders. Da lag es nicht an mir, sondern an seiner Entscheidung, er hätte sie so oder so erschossen. Egal, was ich wann gemacht hätte. Natürlich verändert es nicht, dass ich weggerannt bin, das war … einfach feige und ich fühle mich schuldig, jeden Tag, immer noch. Aber nun war es nicht mehr meine Verantwortung, sie zu retten, es stand gar nicht in meiner Macht.«

Magdalena Albrecht nickt. »Ich verstehe.« Sie schlägt die Beine übereinander und lehnt sich zurück. »Lass uns ein Gedankenspiel machen. Ein ganz theoretisches. Mal angenommen, der Täter hätte niemals einen konkreten Plan gehabt, dass Cassie sterben sollte. Hätte es dann wirklich in deiner Verantwortung gelegen, sie zu retten?«

»Ja. Das hätte es.«

»Wieso?«

»Weil ich die Möglichkeit dazu gehabt hätte.«

»Und wann gab es diese Möglichkeit?«

»Als sie hingefallen ist. Ab dieser Sekunde hätte ich zurückrennen und ihr aufhelfen können.«

Sie legt den Kopf schief. »Warum hast du es nicht getan, Helene?«

»Ich weiß es nicht. Ich wollte ja. Aber ich … konnte einfach nicht.«

Mein Handy vibriert. Und hört nicht auf. »Entschuldigung«, murmle ich und ziehe es aus meiner Hosentasche. Melissa. Ich drücke sie weg, schalte das Handy aus und stecke es wieder ein.

»Etwas Wichtiges?«, fragt Magdalena Albrecht. »Du darfst rangehen, wenn es wichtig ist.«

»Nein, gar nicht.« Ich schüttle den Kopf.

Bevor sie weiterspricht, atmet sie einmal kurz tief ein und dann wieder aus. Ihr Brustkorb hebt und senkt sich dabei, und da fällt mir auf, dass ihre Brüste die perfekte Größe haben. Also, groß genug, um sexy gefunden zu werden, aber nicht so groß, dass sie unpraktisch wären. »Weißt du, Helene, du warst einer extremen Situation ausgesetzt.« Ich zwinge mich, von ihren Brüsten wieder in ihre Augen zu sehen. »Du hattest schreckliche Angst, um dich, um deine Freundin. Dein Körper war unvorstellbarem Stress ausgesetzt. Da kann es gut sein, dass wir nicht immer schaffen, was wir wollen, da kann es sein, dass wir wie versteinert an Ort und Stelle stehen und der Körper nicht mehr tut, was wir verlangen. Da –«

»Ich weiß, worauf sie hinauswollen.«

»Und was denkst du darüber?«

»Dass Sie recht haben, theoretisch. Aber dass es nicht die ganze Wahrheit ist. Denn in Wahrheit war vielleicht einfach mein Wille zu schwach. Verstehen Sie das? Ein Teil von mir wollte sie gar nicht rausholen. Ein Teil von mir wollte weg, ob mit oder ohne sie.«

»Ist auch das nicht normal? Will nicht jeder weg von einem Amoklauf?«

»Vielleicht.« Ich schlucke. »Aber Cassie und ich waren nun mal nicht jeder.«

Magdalena Albrecht wirft einen Blick auf die Uhr. »Wir haben noch fünf Minuten Zeit. Wenn es dir recht ist und du sonst nichts mehr auf dem Herzen hast, würde ich gern darüber sprechen, was du nun tun wirst. Nachdem du deine Antwort gefunden hast, meine ich, wie gestaltest du dein Leben nun?«

»Ich werde in die Schule gehen? Irgendwann das Abi haben? Studieren?«

»Okay, aber was machst du heute? Morgen? Übermorgen? Ganz konkret.«

Ich zucke die Schultern. »Alltägliches. Schule. Familie. Mit Jens über Hochzeitspläne reden. Ich gehe weiter zum Reiten.«

»Und wie geht es dir dabei?«

»Gut.«

Sie nickt. »Okay. Das war mir wichtig zu wissen.« Sie hält inne. »Eine letzte Frage, bevor wir heute Schluss machen. Hast du denn auch eine Idee, was du dir nun wünschst vom Leben? Wonach du streben willst, was dich glücklich macht?«

Sechsundzwanzig

Ein Abend mit Alkohol

»Gehst du mit mir Alkohol trinken?«

Es ist Magdalena Albrecht mit ihrem Gerede über die Ziele und Vorstellungen, die mich letztlich zu dieser Frage treibt. Wir stehen vor der Schule und es regnet; es ist Anfang März, meine Haare sind klitschnass und auf meinen Armen hat sich Gänsehaut gebildet. Unser Kontakt war sporadisch seit dem Besuch bei Ninas Familie.

»Zu zweit?«, fragt Erik.

»Ja.«

»Sicher?«

»Sicher.«

»Wäre das gut?«

»Total gut.«

Und dann verabreden wir uns für das kommende Wochenende, Samstag.

Als ich nach Hause komme, ruft Melissa mich an. Zweimal.

Ich gehe nicht ran, weil wir gerade beim Abendessen sind, meine Mutter, mein Vater und ich, und irgendwann schneien auch Jens und Hannah herein und greifen die letzten beiden Portionen Kartoffelgratin ab. Und ich gehe nicht ran, weil ich nie rangehe, vielleicht weil ich nicht wüsste, was ich sagen sollte angesichts der Tatsache, dass Melissa mich seit ihrer Feier elfmal angerufen hat und ich kein einziges Mal reagiert habe.

Aber dann, nach dem Abendessen kribbelt es in mir drin, und ich warte darauf, dass Erik anruft, doch er ruft nicht an, sodass ich um halb zehn nicht seine, sondern ihre Nummer wähle.

»Helene, endlich!«, quietscht es am anderen Ende.

»Ja, ich dachte, ich melde mich mal.«

»Ist alles okay?« Dann füg sie mit leicht vorwurfsvollem Unterton hinzu: »Du warst am Telefon nie erreichbar und in der Schule haben wir auch nicht wirklich geredet … ich hatte das Gefühl, du gehst mir aus dem Weg?«

»Ich? Blödsinn!«

»Na, da bin ich beruhigt!« In ihrem typischen Singsang fährt sie fort: »Wie geht es dir?«

»Ganz gut soweit. Ich treffe mich mit Erik, am Samstag.«

»Okay.« Ich höre förmlich, wie sie intensiv nickt. »Und?«

Kurz ist es still in der Leitung.

»Oh mein Gott, ihr habt ein Date!«

Ich sage nichts.

»Waaaah!« Melissa kreischt so laut und schrill, dass ich mir das Handy vom Ohr weghalten muss, um keinen Hörschaden zu erleiden. »Es ist ein Date, es ist ein Date, es ist ein Date!«, jubelt sie. »Erzähl, alles, jedes Detail. Und dann klären wir noch die wichtigste Frage, nämlich: Was wirst du anziehen? In der Zeitschrift meiner Mutter stand neulich, dass Pastelltöne nun ziemlich angesagt seien, aber zu dir passen dann doch eher die dunkleren, intensiven Töne. Wobei man natürlich auch experimentieren könnte, wie wäre es –«

»Ich weiß nicht genau, ob es ein Date ist«, unterbreche ich sie. »Eigentlich eher nicht.«

»Ach, red keinen Quatsch, du hast nur kalte Füße!«

»Nein, ich weiß es echt nicht.«

»Soll ich ihn fragen? Erik? Ich könnte ihm schreiben, unauffällig natürlich, und nachhaken.«

»Ja klar, wäre ja super unauffällig«, erwidere ich.

»Oooder aber wir gehen einfach von einem Date aus.«

»Oder das«, erwidere ich, etwas erschlagen von so viel Enthusiasmus.

»Supiiiiii«, trällert sie. Dann fügt sie todernst hinzu: »Wir müssen dich vorbereiten, Süße. Es soll perfekt sein, und ich werde dafür sorgen. Also: morgen, nach der Schule, du und ich, Shoppingtour!«

Ich habe ein Kribbeln im Bauch, als er angefahren kommt, und kurz frage ich mich, was ich hier überhaupt mache, aber dann setze ich mich hinter ihn, lege meine Arme um ihn und er fährt los und der Fahrtwind bläst mir ins Gesicht und ich rieche das Leder seiner Motorradjacke und fühle mich frei, so frei, ganz plötzlich, und auf einmal weiß ich auch, dass es richtig ist, was ich da tue, ganz egal was es auch ist.

Die Bar, für die wir uns entscheiden, ist klein und fast voll.

Sie wirkt modern mit den blau gestrichenen Wänden und den unzähligen kleinen Lämpchen, die knapp über dem Boden an der Wand angebracht sind und senkrecht gegen die Decke strahlen, sodass der ganze Raum in ein gemütliches, schummriges Licht getaucht wird. An den Wänden hängen gerahmte Poster aus den Sechzigern und Achtzigern; da ist Audrey Hepburn auf dem überdimensionalen Kinoplakat, Werbung für österreichische Teebutter (was immer das sein mag), Poster von Queen und Bon Jovi. Letzteres ist signiert, und ich frage mich, ob dort wirklich Bon Jovi unterschrieben hat oder nur irgendjemand, der seine Unterschrift einigermaßen gut imitieren kann.

Wir quetschen uns zwischen viel zu parfümierten Mädchen von siebzehn oder achtzehn Jahren durch, deren Brüste fast aus dem Dekolleté springen und deren Kleider sie immer wieder runterziehen müssen, weil der eng anliegende Stoff bei jeder Bewegung ein Stückchen hochrutscht und zwar jeder ihre Beine, aber keiner ihre Unterwäsche sehen soll.

An der Bar finden wir noch zwei freie Hocker.

Meiner kippelt, als ich mich hinsetze, scheinbar ist das eine Bein des Hockers aus irgendeinem Grund zu kurz oder zu lang geraten; Eriks Angebot, deswegen Plätze zu tauschen, lehne ich aber in bestimmtem Tonfall ab.

Der Barkeeper ist vielleicht Mitte zwanzig und sieht mit seinen dunklen Haaren und den fast schwarzen Augen südländisch aus. »Was darf ich euch zaubern?«, fragt er mit leichtem Akzent und affektierter Geste in Richtung Schnapsregal. »Wir haben alles da, was euer Herz begehrt.« Als er lächelt, erkenne ich strahlend weiße Zähne in seinem Mund; und beim Entgegennehmen der Getränkekarte sticht mir ein goldener Ohrring ins Auge.

»Kontrollieren die hier keine Ausweise?«, raune ich Erik zu, als der Barkeeper sich wieder dem Mixen irgendwelcher Getränke zuwendet und wir uns in die Karten vertiefen.

»Normalerweise schon. Aber der Kerl hier ist neu, glaube ich.«

»Du warst schon mal hier?«

»Ja, mit Leni. Unter anderem.«

»Unter anderem?« Ich ziehe die Augenbrauen hoch.

»Ja, unter anderem. Sie wissen nun mal nicht über jede Sekunde meines Lebens Bescheid, Frau Mey, ich bitte vielmals um Verzeihung dafür.« Er zwinkert mir zu. Mir fällt auf, dass ich niemals genau verstanden habe, was das Wort »charmant« bedeuten soll, aber in diesem Moment ist charmant genau passend für die Art, wie er spricht. Und für sein Lächeln, und sein Zwinkern, und für die Art, wie er danach wieder die Karte studiert. Irgendwie kommt mir diese Erkenntnis aber ziemlich kitschig vor, sodass ich mich ebenfalls wieder der Getränkeliste zuwende und sachlich frage: »Was empfiehlst du denn?«

»Nimm nichts Heftiges. Ein Pils vielleicht?«

»Schmeckt mir nicht.«

»Ich dachte, du hast noch nie wirklich was getrunken?«

»Mein Vater trinkt Pils. Ich hab mal dran genippt.«

»Hm.« Er legt den Kopf schief und spielt mit der Ringbindung der Karte. »Ein Helles?«

»Also auch Bier.«

»Ja, aber das ist weniger herb.«

»Okay.« Ich nicke und klappe meine Karte zu.

»Gut.« Er lächelt. »Dann nehme ich das Gleiche.«

Als der Barkeeper uns die Bestellung bringt, stoßen wir an.

»Auf einen tollen Abend«, meint Erik und unsere Gläser klirren so laut aneinander, dass sich die zwei Mädchen, die neben mir sitzen, kurz zu uns umdrehen. »Wie findest du es?«, fragt er, nachdem ich den ersten Schluck genommen habe.

»Schaumig«, stelle ich fest. »Und ungewohnt.« Ich nehme noch einen Schluck. »Gut.«

Erik lächelt und klopft mir auf die Schulter. »Die Kleine trinkt ihr erstes Bier.« Er grinst.

»Hör auf.« Etwas verärgert schüttle ich ihn ab. »Und nenn mich nicht so.«

»Du siehst überaus ... reizend aus, wenn du sauer bist.« Er lächelt etwas süffisant und meine Knie werden weich, sodass ich dankbar bin, auf einem Barhocker zu sitzen und gerade nicht stehen zu müssen, aber zugleich schaltet sich mein Gehirn ein und stellt die berechtigte Frage, ob diese Bemerkung sarkastisch gemeint war oder nicht. Da ich die Antwort nicht finde, übergehe ich die Frage, setze mich aufrecht hin und lege meine Hände um das Bier.

»So wird es warm«, kommentiert Erik.

»Was?«

»Das Bier. Es ist kein Tee, sondern Bier, das soll kalt bleiben.«

»Vielleicht ist mir ja zu warm und ich kühle mich daran?«

»Na, das wäre ja raffiniert«, erwidert er trocken.

»Äußerst.« Ich nehme einen Schluck und lege meine Hände demonstrativ wieder um das Glas.

»Du siehst gut aus. Wart ihr shoppen, du und Melissa?«

»Woher weißt du das?«, erwidere ich.

»Ich kenne deinen Kleiderschrank in und auswendig. Was, zugegeben, bei deinen drei T-Shirts, den zwei Pullis und der grünen Bluse keine Kunst ist, wenn man dich länger als ein paar Wochen kennt.« Er räuspert sich, fährt sich mit der Hand durch die Haare und beißt sich kurz, fast schon unmerklich, auf die Unterlippe. »Nicht, dass du das als Kritik verstehst. Ich mag das an dir.«

»Du meinst die drei T-Shirts und die zwei Pullis und die Bluse?«

»Ja.« Er räuspert sich wieder. »Also, das Gesamtkonzept.«

»Das Gesamtkonzept«, wiederhole ich betont langsam.

»Eigentlich … wollte ich nur sagen, dass du gut aussiehst. Und die Bluse steht dir.«

»Jetzt sind es zwei Blusen«, übergehe ich sein Kompliment, weil es mich verlegen macht und ich das Gefühl der Verlegenheit hasse und weil ich außerdem nicht schwach sein will vor Erik. Und Verlegenheit macht schwach. In jeder Hinsicht. Erik nimmt einen Schluck Bier und ich streiche über den blauen Leinenstoff, aus dem mein neues Kleidungsstück gewebt ist. Das sei nun absolut im Trend, hat Melissa gemeint, und ich mochte das raue Gefühl des Leinenstoffs auf der Haut, sodass ich die Bluse anprobierte und mich tatsächlich ziemlich gut aussehend darin fand. Nicht Tussi-gutaussehend, sondern Helene-gut-aussehend, und ich erinnerte mich daran, dass Erik entweder waldgrün oder ozeanblau in meinem Lebensbild war, und die Bluse war exakt das Ozeanblau meiner Vorstellung.

»Ihr versteht euch gut, oder?«, will Erik wissen.

Die zwei Mädchen neben mir haben eben bezahlt; nun ziehen sie ihre Jacken an (die viel zu dünn aussehen für diese kalte Jahreszeit) und stöckeln auf hochhackigen Schuhen davon. Ich kann nicht anders, als auf meine Turnschuhe zu linsen, die abgetragen sind und Risse an den Seiten haben. Ob Erik mich lieber in hochhackigen Schuhen hätte? Oder zumindest in Schuhen, die keine Löcher haben? »Sie ist netter, als ich dachte«, murmle ich, noch immer meine Schuhe begutachtend.

»Alles okay?«, will Erik wissen.

»Ja, klar.« Ich schaue wieder zu ihm und trinke einen Schluck. »Alles gut.«

»Und hat sie dich gut beraten?« Wieder dieses ätzende Zwinkern, das mich aus dem Konzept bringt. »Ich meine, kennt sie meinen Geschmack überhaupt gut genug, um sagen zu können, was du heute am besten anziehst?«

»Bild dir nichts ein.« Ich merke, wie ich rot werde, und beuge mich schnell nach unten, um so zu tun, als müsste ich mich an der Wade kratzen. »Wir waren nicht für dich einkaufen. Meine Mutter meinte, ich brauche mehr schicke Sachen.«

»Na dann.« Er zuckt die Schultern.

Als wir beide ausgetrunken haben und mein Ausweis immer noch nicht kontrolliert wurde, bestelle ich einen kleinen Caipirinha, weil mich das Wort an Piranha erinnert und ich Piranhas total spannend finde. Erik nimmt einen Cuba Libre.

Als ich ihn trinke, schmecke ich die Bitterkeit von Alkohol stärker als bei dem Bier.

»Es ist nicht nur die Bluse.« Erik legt den Kopf schief. »Du bist geschminkt.«

»Sieht es so schlimm aus?«, versuche ich einen Scherz.

Er schüttelt den Kopf. »Nein. Ist gut geworden.«

»Ich dachte, ich sehe dann älter aus«, sage ich etwas leiser.

»Klar.« Erik nickt und schmunzelt leicht.

Ich habe zwei Stunden dafür gebraucht. Zwei Stunden mit dem Schminkkoffer meiner Mutter im Bad, mit abgesperrter Tür und ihrem Vergrößerungsspiegel vor der Nase. Noch vor wenigen Monaten hätte ich diese zwei Stunden als vergeudete Lebenszeit abgetan und jeden verurteilt, der sich so einem Unsinn hingibt, aber jetzt kann ich nur daran denken, dass ich Erik gefalle und dass mein Herz deswegen ganz durcheinandergerät in seinem sonst so gleichmäßigen Rhythmus.

»Finden deine Eltern das okay?«, will Erik wissen.

»Meine Mutter weiß nicht, dass ich Ihre Schminke genommen habe. Sie war nicht da.«

»Ich meine, dass wir in einer Bar sind und du Cocktails ab achtzehn trinkst.«

»Wie gesagt … meine Mutter war unterwegs. Mein Vater denkt, ich sei bei dir.«

»Bist du ja auch. Also, sozusagen.« Er wirft einen Blick auf unsere Cocktails, meinen kleinen und seinen riesengroßen, die beide halb leer sind. »Also, was sind denn deine Pläne für heute? Hier sitzen und trinken, bis dein Kopf dröhnt, ist ja wohl nicht das einzig Wahre.«

»Was ist denn das einzig Wahre?«

»Keine Ahnung. Wir könnten nachher in einen Club.«

»Die kontrollieren doch die Ausweise.«

»Nicht alle.«

Wir trinken die Cocktails aus und verlassen die Bar, um aus der Innenstadt rauszulaufen und in eine leere Gegend zu gelangen, die mich ein wenig an das Industrieviertel erinnert, in dem ich mit Jens demonstrieren war. In den letzten Tagen konnte der März sich nicht wirklich entscheiden, ob er lieber sommerliches Wetter oder Schneeregen hätte, sodass ich mal wieder viel zu wenig anhabe, obwohl es eiskalt ist. Aber das macht nichts, denn der Cocktail liegt wie eine kleine Wärmflasche in meinem Magen, und obwohl meine Finger am Erfrieren sind, fühle ich mich warm und wohlig in mir drin. Und schwankend, ein klein wenig zumindest, denn wenn du einen ganzen Cocktail in weniger als einer Stunde trinkst und davor noch ein Bier, dann bildet sich vor dir eine Glaswand, durch die du alles ein bisschen gedämpft und verzögert und verdreht wahrnimmst.

Es ist dunkel und bereits halb elf, als wir das Twentyone erreichen. Laut Erik hat man hier mit auch mit fünfzehn ganz gute Chancen, reinzukommen, wenn man sich nur erwachsen genug kleidet, und deswegen stelle ich mich möglichst cool und wortkarg und erwachsen in die Warteschlange, die sich vor der über und über plakatierten Tür versammelt hat. Aus Gründen des Erwachsenwirkens nehme ich beinahe eine Zigarette an, die mir ein nuschelnder Typ mit fettigen Haaren hinhält, aber Erik kommt mir zuvor und schlägt das Angebot überdeutlich aus.

Und es klappt tatsächlich.

Der Türsteher, ein dicker Mann in Anzug und mit rötlich schimmerndem Vollbart, lässt mich mit strengem Blick durch und wir gehen zweiunddreißig Stufen eine enge, steinerne Wendeltreppe in ein Kellergewölbe hinab, wo der Schweiß der Menschen von den Wänden zu tropfen scheint und die Luft benebelt wirkt. Es ist stickig und laut, doch während mich das im ersten Moment erschlägt, braucht es danach nur wenige Sekunden, bis die Vibration des Basses meinen ganzen Körper beherrscht und mich mit einem Gefühl übermannt, das ich noch nicht kenne. Es ist eine Mischung aus Neugierde, Fremdheit und Leichtigkeit, und dann ist da natürlich noch die Gänsehaut, die ich bekomme, als Erik mich am Handgelenk packt und auf die Tanzfläche zieht.

Tanzen, schon wieder.

Aber dieses Mal anders als auf dem Ball.

Dieses Mal kann ich es. Keine Ahnung woher. Aber wenn du die Augen zumachst und der viel zu lauten Musik einfach nur zuhörst und dich nicht mehr als Individuum, sondern viel mehr als Teil einer riesigen Einheit aus Menschen wahrnimmst, dann löst du dich von allem, was dich festhält, und du bewegst dich und lässt zu, dass der Rhythmus dich durchströmt und dass du beinahe fortgespült wirst von der Musik, wie ein kleines Boot auf den Wellen, das einfach dahintreibt ohne Anker.

Erik legt seine Hände an meine Hüfte.

Ich schiebe sie weg.

Sie fühlen sich rau an.

Fast so wie seine Lippen bei dem Kuss.

Ob ich seine Erste war?

Ich erinnere mich an das Gespräch mit Cassie an ihrer Geburtstagsfeier.

Nein, ich war nicht die Erste.

Ich sehe Erik an; unsere Blicke treffen sich beim Tanzen, dann wendet er seinen ab.

Suche in der Menschenmenge nach Cassie, die mich wieder vorwurfsvoll und streng anschaut, aber heute finde ich sie nicht. Cassie ist nicht da, nicht heute, und obwohl mich das auch ein wenig schmerzt, bin ich froh darüber.

Keine zwei Meter neben uns sind zwei Mädchen, die älter aussehen als ich, aber da auch ich älter aussehe als ich selbst, kann es natürlich sein, dass sie auch erst fünfzehn sind. Die eine ist blond und trägt ein blaues, enges Kleid, die andere ist brünett in eng anliegendem Top und schwarzem Minirock. Sie hat ein hübsches Lächeln, die Blonde. Ihre Freundin auch, aber ich bin mir nicht sicher, ob mir ihr Lippenpiercing gefällt.

Und dann tanzt Erik sie an.

Die Blonde, nicht die Brünette.

Wer noch nie in einem Club war, weiß auch nicht so genau,

woran man erkennt, dass ein Mädchen von einem Jungen angetanzt wird, aber bei Erik sieht man es. Er ist nicht der beste Tänzer, wie mir erst jetzt auffällt, aber sein Lächeln ist offensichtlich nicht nur meines Empfindens nach charmant, denn sie erwidert es. Sie ist süß, Erik findet sie süß, ich müsste blind sein, um das zu übersehen. Er kommt auf sie zu, rhythmisch, die beiden lächeln sich an, tanzen zusammen, dann geht er hinter sie und legt seine Hände an ihre Hüften. Nicht übermäßig, nicht wie einer dieser Machotypen, die den Mädchen eh nur an den Hintern wollen, sondern irgendwie gentlemanlike.

Unwiderstehlich.

So zumindest scheint es die Blonde zu finden, denn sie entfernt seine Hände nicht. Sie lässt sich ein auf Erik, und das macht mich wütend, weil ich diejenige sein könnte, die mit ihm tanzt, während seine Hände sie langsam und behutsam ein Stück näher an sich heranziehen, ihre Hüfte umschließen, sodass sie nicht mehr wegkann. Und sie lässt es geschehen, legt den Kopf in den Nacken, lacht mit offenem Mund, wirkt ausgelassen, losgelöst, perfekt. Wirft Erik neckische Blicke über ihre Schulter zu. So sieht es also aus, wenn Mädchen sexy sind.

Ich packe ihn am Arm. »Ich will was trinken, kommst du mit?«

Es ist schwer, gegen die Bässe anzubrüllen, aber offenbar kommen meine Worte an.

»Ist gerade schlecht!«, schreit er zurück, immer noch die Hände an seiner Blonden.

Und dann lege ich meine Hand in seinen Nacken, ziehe ihn trotz allen Widerstandes zu mir und küsse ihn, ich halte ihn so fest, dass er gar nicht anders kann, als mich zurückzuküssen, und irgendwann dämmert es mir, dass er die Blonde losgelassen hat und dass es nur noch mich gibt für ihn, nur mich und ihn und unsere Lippen, die sich berühren, so lange, bis ich seine Arme spüre, die mich umschließen und halten, während meine Beine nachgeben, weil sie entweder dem Alkohol oder der Überwältigung nicht länger standhalten können, und Erik hält mich fest und ich lasse mich fallen und küsse ihn weiter und weiter und weiter und weiter, so lange, bis die Zeit verschwimmt.

Siebenundzwanzig

Im Park

»Ich will alles wissen, einfach alles, alles, alles!«, ruft Melissa, als sie mir um den Hals fällt. Sie trägt heute einen cremefarbenen Übergangsmantel und dünne, farblich abgestimmte Wollhandschuhe, die auf dem Handrücken leicht glitzern. Kurz sehe ich Cassie vor mir, in ihrem Geburtstagskleid, und vergleiche die Farbnuancen miteinander, nur um ernüchtert festzustellen, dass ich trotz allem Nachdenken nicht mehr genau weiß, ob ihr Kleid heller oder dunkler oder genauso aussah wie Melissas Mantel.

»Alles okay? Worüber denkst du nach?«, holt Melissa mich aus meinen Gedanken, während sie sich bei mir unterhakt und mich zu einer der Bänke zieht, die um den Entenweiher herum aufgestellt sind. Wir sind im Stadtpark und es ist der erste warme Tag im Jahr; die Sonne steht am strahlend blauen Himmel und hat Frühjahrsblüher hervorgelockt, sodass sich nun Maiglöckchen und Krokusse unter den Büschen und Bäumen hervorwagen. Melissa und ich sind nicht die Einzigen, die es heute hergezogen hat – überall rennen Kinder über die Wiesen, während alte Ehepaare den Enten im Wasser Brotkrumen zuwerfen und Studenten auf ihren klapprigen Rädern vorbeifahren.

»Über nichts«, erwidere ich und schüttle den Kopf.

Die Bank ist kalt, sodass Melissa ihren Schal aus der Handtasche holt und ihn uns unterlegt.

»Also?«, will sie wissen und starrt mich an, wobei sie sich so nah zu mir rüberbeugt, dass ich ihren Kaugummiatem riechen kann. »Erzähl schon, wie war's? Hast du ihm gefallen? Ist was gelaufen?« Sie kichert kurz in sich hinein wie eine Elfjährige. »Hat er was zu deiner neuen Bluse gesagt? Ich meine, die steht dir einfach Hammer gut und Erik ist schon ein Typ, dem so was –«

»Er mag mich, glaube ich. Wir haben uns geküsst.«

»Waaaaaaaaaaaaaaaaaaaaaaaaas?«, kreischt sie in einer Lautstärke, die eine paar Spatzen aufschreckt und hastig davonflattern lässt, und rudert dabei so wild mit den Armen, dass sie mich fast ins Gesicht schlägt. »Oh mein Gott, oh mein Gott, oh mein Gott!«

Ich lege den Finger an die Lippen. »Ganz ruhig. Muss nicht die ganze Welt wissen.«

»Okay, okay, okay«, flüstert sie und wedelt jetzt nur noch mit den Händen, als müsste sie ihre restliche Energie auf diese Weise loswerden. »Okay, warte, ganz ruhig, erzähl einfach. Du erzählst, ich höre zu.« Dabei stößt sie mich leicht in die Seite und jubelt nochmals im Flüsterton: »Aber das ist großartig, oder nicht? Du und Erik, Mensch, ich hab es immer gewusst!«

Ich verdrehe die Augen und warte, bis sie sich beruhigt hat und mucksmäuschenstill dasitzt. »Also«, sage ich dann leise und sachlich, während ein junges Pärchen einen Kinderwagen an uns vorbeischiebt. »Wir waren was trinken, zusammen, in einer Bar. Und danach in einem Club. Er fand, dass ich gut aussehe, hat er zumindest behauptet.«

»Dann haben sich unsere Mühen also gelohnt! Wunderbar!« Sie strahlt.

»Offensichtlich. Wir haben getanzt und ich hab ihn … auf Abstand gehalten.«

»Wieso?«

»Keine Ahnung.« Ich betrachte meine Turnschuhe, denen sich eine Taube nähert. Sie scheint ein Stückchen Brot entdeckt zu haben, das zehn Zentimeter von meinen Zehenspitzen entfernt liegt. Vorsichtig stupse ich das Brotstück von mir weg in ihre Richtung, sodass sie erst kurz zusammenzuckt, es dann aber gierig verschlingt und davonflattert. »Ich … hab nicht viel Erfahrung mit so was. Ich war unsicher und das war mir unangenehm.« Ich schaue der Taube hinterher und denke an Cassie. Daran, dass ich nicht unsicher war, sondern dass ich wusste, dass sie an meiner Stelle hätte sein sollen. »Jedenfalls war dann auf einmal eine andere da. Eine Blonde.« Ich schaue wieder Melissa an, die an meinen Lippen zu kleben scheint, so gebannt starrt sie mich an. »Er fand sie gut, und hat dann mit ihr getanzt.«

»Dieser Mistkerl!«, flüstert Melissa leise und schlägt sich dann die Hand vor den Mund. »Entschuldige, ich bin still, du redest. Bin schon leise.«

Ich muss ein Grinsen unterdrücken. »Mich hat es auch gestört. Ziemlich, vielleicht wusste er das auch, vielleicht wollte er mich provozieren und aus der Reserve locken. Ach … keine Ahnung.« Ich streiche mir die Haare zurück. »Jedenfalls. Ich hab ihn dann geküsst. Einfach so, während er mit dieser anderen getanzt hat. Und er hat zurückgeküsst.« Ich schaue vorsichtig Melissa an. »Das ist … gut, oder?«

»Ob das gut ist?« Ihr Flüsterton hat sich verabschiedet, sodass mein Ohr kurz wehtut bei der unerwarteten Umstellung der Lautstärke. »Klar ist das gut, der Kerl fährt voll auf dich ab!« Sie zieht mich an sich heran und drückt mich so fest an sich, dass ich kaum Luft bekomme. »Ernsthaft, den hast du absolut sicher, Schwester!«, quietscht sie in mein Ohr. »Ich freue mich sooo für dich!«

»Wir sind ja nicht zusammen oder so«, werfe ich ein und schiebe sie weg.

»Nicht?« Bestürzt sieht sie mich an. »Aber warum nicht?«

»Na, über so was muss man doch erst mal reden und –«

»Ach, papperlapapp!«, schnaubt sie. »Das sind reine Formalitäten.«

»Wenn du es sagst.«

»Also, wie geht es weiter? Ich hab ja mal eine Serie gesehen, da waren er und sie total verknallt ineinander, aber sie haben so lange aneinander vorbeigeredet, bis sie einen anderen kennengelernt hat – und dann war es aus!« Dramatisch wirft sie die Hände in die Luft, um mir dann zuzuraunen: »Kannst du dir das vorstellen? Und nur, weil keiner sich traut, über seine Gefühle zu sprechen. So etwas darf uns bei dir und Erik nicht passieren – und keine Sorge, das wird es auch nicht! Du hast ja mich, ich werde darauf achten, dass alles glattgeht. Also, wie wäre es damit –«

Doch ich höre ihr nicht mehr zu.

Ich stehe auf, während Melissa redet und redet und redet ohne Luft zu holen.

Starre hinüber zu der Brücke, über die man den Entenweiher überqueren kann; sie ist aus Holz und wird von einem aufwendig geschwungenen Metallgeländer geziert. Die Menschen drängen sich fast schon darauf, laufen hintereinanderher, überholen den Vordermann oder bleiben kurz stehen, um die Aussicht zu genießen. Nur kurz sieht man einzelne Gesichter, bevor sie wieder in der Menge untergehen. Doch ich erkenne sie trotzdem.

»Entschuldige mich!«, murmle ich in Melissas Richtung und renne dann los, hin zur Brücke, überquere sie halb, schiebe ein Mädchen in meinem Alter zur Seite, renne fast gegen einen mürrisch dreinblickenden Mann in Anzug und fasse dann endlich die Frau an der Schulter, die einen altmodischen Hut tief ins Gesicht gezogen hat und die eiligen Schrittes von einer Seite zur anderen marschiert.

Wir bleiben beide stehen.

Sie dreht sich um. Schaut mich entgeistert an.

Eine Mutter mit drei Kindern quetscht sich an uns vorbei.

»Was willst du von mir?«

Die Ringe um Frau Damms Augen sind immer noch da.

Aber sie trägt Lippenstift.

Und Rouge, ganz dezent, was sie lebendiger aussehen lässt als je zuvor.

»Entschuldigen Sie bitte«, sage ich, ohne ihre Schulter loszulassen. Ich keuche, merke erst jetzt, wie schnell mein Herz schlägt von der kurzen Strecke, die ich gerannt bin. Mache einen Schritt zur Seite, damit die anderen Passanten leichter an uns vorbeikommen. »Warum haben Sie es mir verschwiegen, das mit Nina? Dass Sie die Familie Heuß gut kannten? Das mit der Patenschaft, ich meine, dass Ninas Mutter die Patin von Ihrem Sohn war?«

Sie schüttelt meine Hand ab und rückt ihren Hut zurecht. »Ich wollte sie da raushalten.«

»Raushalten? Indem Sie es mir verschweigen?«

»Ja. Es ... ging niemanden etwas an, auch dich nicht. Ninas Mutter ist eine gute Frau.«

»Das weiß ich.« Ich mustere sie eingehend. »Und dass Ihr Sohn eifersüchtig war?«

»Ich habe keine Zeit für so etwas.«

Sie wendet sich zum Gehen, aber ich halte sie erneut fest. »Sagen Sie mir, warum Sie es verschwiegen haben.« Ich fixiere sie mit den Augen. »Andauernd haben Sie so getan, als wollten Sie mir helfen. Aber Sie konnten nicht sagen, dass Sie sich eine Tochter gewünscht haben? Dass Sie Nina vergöttert haben, dass Ihr Sohn eifersüchtig war, weil Sie noch ein weiteres Kind wollten, ein Mädchen?« Ich hole tief Luft. »Warum haben Sie es nicht gesagt? Dass Peter eben doch einen Grund hatte, Nina zu töten?«

Die Unterlippe von Frau Damm bebt. Mit unerwartet fester Stimme sagt sie dann: »Weil es nicht stimmt. Ich weiß nicht, wer dir so einen Blödsinn erzählt hat, aber unser Peter hat Nina geliebt wie eine kleine Schwester.«

»Trotzdem war er eifersüchtig. Weil Sie auch eine kleine Nina wollten.«

Sie lacht bitter auf. »Ich bin über fünfzig, Mädchen. So ein Unsinn – noch ein Kind bekommen, dafür bin ich viel zu alt.« Sie zieht die Augenbrauen hoch. »Ich weiß nicht, ob du zu viel Fantasie hast oder ob dir jemand eine Lügengeschichte aufgetischt hat, aber so oder so will ich davon nichts wissen.«

Ich starre sie an. »Aber die Fruchtbarkeitstherapie. Die Hormone?«

»So etwas habe ich nie gemacht.«

»Aber Sie wollten noch ein Kind, ein Mädchen«, beharre ich.

»Nein. Der Peter war geplantes Einzelkind. Und das war richtig so.«

»Sie lügen«, zische ich und grabe meine Finger unbeabsichtigt tief in ihre Schulter.

»Nein, ich lüge nicht!« Energisch schüttelt sie mich ab. »Und nun muss ich weiter.«

Achtundzwanzig

Lügen

Sie hat gelogen. Hätte nicht gedacht, dass sie so feige ist.

»Helene, am Tisch bitte kein Handy.« Mein Vater wartet mit hochgezogenen Augenbrauen darauf, dass ich es in meiner Hosentasche verschwinden lasse, bevor er sich wieder seinen Spaghetti widmet. Seine Lesebrille hat er heute im Arbeitszimmer gelassen. Und er schlingt das Essen auch nicht in sich hinein, um möglichst schnell wieder aufstehen und abhauen zu können – heute kaut er nahezu andächtig und scheint ernsthaft zuzuhören, als meine Mutter das Wort ergreift.

»Ich will mich gerne bei Hannah bedanken, die mir so großartig in der Küche geholfen hat.«

Mein Handy vibriert und ich linse unauffällig darauf. *Ist doch verständlich, dass sie es nicht zugeben will. Vielleicht bereut sie es. Immerhin hat sie jetzt gar kein Kind mehr, und macht sich vermutlich Vorwürfe, weil ihr Sohn ihr nicht gereicht hat.*

Ich schaue kurz in Richtung meiner Mutter, die sich mit Hannah angeregt über Nudelrezepte unterhält, während Jens immer irgendwelche halbwitzigen Kommentare einwirft und mein Vater sich die vierte Portion nimmt. *Aber sie war sonst auch immer ehrlich zu mir.*

Erik antwortet sofort. *Sicher? Sie hat damals immerhin mit keinem Wort erwähnt, dass ihr Mann arbeitslos ist.*

Meine Mutter holt ein Kochbuch aus einem der Küchenschränke, schlägt es auf und deutet auf irgendeine Abbildung, während Hannah einen Notizblock hervorzieht und etwas aus dem Buch abschreibt. *Aber ist das nicht etwas anderes?*, schreibe ich zurück. *Keiner gibt gern zu, dass der Mann ein Säufer und Schläger ist. Ein zweiter Kinderwunsch ist doch kein Verbrechen.*

»Willst du noch etwas trinken?«, fragt mein Vater, der sich eben ein Glas Wasser eingeschenkt hat. Er hält mir die Wasserflasche hin. »Gerne«, sage ich. »Danke.« Und er füllt mein Glas randvoll, während mein Handy erneut vibriert. *Du meinst, sie lügt vielleicht gar nicht?*

Ich nehme einen Schluck Wasser und schreibe dann zurück. *Sag du es mir? Sie war sehr … überzeugend. Ist einfach ein Bauchgefühl.*

»Helene, das Handy!« Die Stimme meines Vaters ist so scharf, dass ich zusammenzucke. Er hält die Hand ausgestreckt, und ich habe keine andere Wahl, als mein Handy auszuschalten und es ihm zu übergeben. »Danke«, sagt er dann und legt es hinter sich auf das Fensterbrett. Ein zufriedenes Lächeln huscht über sein Gesicht.

Meine Mutter ignoriert das Handythema. »Also, Jens, nun schieß schon los!«, meint sie stattdessen und greift gleich danach nach Hannahs Teller, um ihr einen weiteren Berg Spaghetti aufzuhäufen, so lange, bis sie abwehrend und noch immer kauend die Hände hebt. In meine Richtung fügt sie hinzu: »Dein Bruder ist heute mal wieder nicht grundlos gekommen!«

»Ganz genau.« Jens nickt. »Wir würden euch gern etwas geben.« Er zieht einen Stapel Umschläge aus einem löchrigen Jutebeutel, sieht jeden einzelnen durch und überreicht dann erst meinem Vater einen, dann mir und dann meiner Mutter.

Helene steht in geschwungener Schrift auf meinem geschrieben, und als ich ihn öffne, kommt mir eine hübsche, handgemachte Karte entgegen, aus orangefarbenem Tonpapier und mit der ebenfalls geschwungenen Aufschrift *Zur Hochzeit von Hannah und Jens.*

»Das ist hübsch.« Ich schaue in Hannahs Richtung. »Hast du die selbst gemacht?«

Sie nickt. »Hat ewig gedauert, bei so vielen Karten.« Ihre Hand hält die meines Bruders ganz fest umschlossen.

»Um Gottes willen!«, schreit meine Mutter, starrt ihre Hochzeitseinladung an und schlägt sich die Hand vor den Mund. »Ist das … ehrlich wahr?« Sie lässt die Karte los, sodass sie in ihren Schoß fällt, und schlägt sich die andere Hand auch noch vor den Mund. In ihren Augen sehe ich Tränen.

»Hab ich was verpasst?«, frage ich Jens leise, während die Unterlippe meines Vaters bebt und er kurz die Augen schließt, dann an die Decke guckt und dann die Augen wieder zumacht. Auch er sieht aus, als würde er gleich losheulen.

»Mach die Karte auf«, meint Jens zu mir.

Das tue ich. Ein kleiner Zettel fällt heraus. Es ist ein Ultraschallbild.

»Es wird ein Mädchen«, sagt Hannah.

»Du bist schwanger?«, frage ich.

»Offensichtlich, ja.« Sie lacht, wobei ich ihre Zahnlücke sehe, und Jens legt einen Arm um sie.

»Um Gottes willen … komm her«, sagt meine Mutter tonlos, steht auf und drückt meinen Bruder an sich. Sie bebt am ganzen Körper, so doll weint sie. Selbst mein Vater verdrückt eine Träne, als er Hannah umarmt. »Seit wann wisst ihr es?«, fragt er, und seine Stimmt klingt wie damals, als er zwei Wochen mit der Grippe im Bett gelegen hat.

»Na ja«, meint Hannah, während sie und mein Vater sich wieder setzen und meine Mutter sich immer noch schluchzend an meinen Bruder klammert. »Erfahren haben wir von der Schwangerschaft erst vor etwa zwei Monaten. Ist ein Weilchen an uns vorbeigegangen.« Sie lacht. »Mir war morgens immer schlecht, aber schwanger sein … das hatten wir nicht auf dem Schirm. Ich bin jetzt in der fünfzehnten Woche.«

»Wollt ihr deswegen heiraten?«, frage ich, merke aber in derselben Sekunde, wie unpassend und merkwürdig diese Frage klingt. »Entschuldige bitte, das war blöd formuliert. Ich meine nur, vielleicht war das ja ein Grund, wieso ihr –«

»Nein«, unterbricht sie mich. »Ich meine, die tatsächliche Verlobung war erst nach dem Schwangerschaftstest, das stimmt schon. Aber wir hatten schon seit einem Jahr geplant, bald zu heiraten. Deswegen … hätten wir uns sowieso verlobt, denke ich.« Meine Mutter kommt und drückt sie ebenfalls an sich, und dann steht mein Vater auf und umarmt Jens, und irgendwann fragt meine Mutter, ob ich mich denn gar nicht freue, und dann stehe ich auf und sage, wie sehr ich mich doch freue, und ich umarme Jens und ich umarme Hannah und wir diskutieren über die scheußlichsten Mädchennamen, die das Baby niemals bekommen soll.

An diesem Abend sitze ich lang allein in meinem Zimmer. In eine Decke gewickelt, mit einer Tasse Tee und bei geöffnetem Fenster. Es riecht nach Regen draußen; hin und wieder sehe ich Passanten über den Gehsteig laufen oder ein Auto zockelt in gemäßigtem Tempo vorbei. Einmal glaube ich, eine Eule zu hören, was mir aber etwas unwahrscheinlich vorkommt, da wir in einer sehr städtischen Gegend leben und Eulen meines Wissens nach Wälder bevorzugen. Übermorgen ist der 1. April.

Ich stehe auf, knipse die Nachttischlampe an und hole eine leere Blechkiste unter meinem Bett hervor, die früher als gigantische Keksdose fungierte. Vorsichtig öffne ich sie und lege sie neben mich auf die Matratze, um anschließend alles von der Wand zu nehmen und hineinzulegen, was an den Amoklauf erinnert. Die Todesanzeigen, Fotos, Zeitungsausschnitte; alles löse ich behutsam und langsam von der Tapete.

Als ich fertig bin, gehe ich zum Schrank, ziehe mir meinen Schreibtischstuhl heran, steige darauf und krame in der hintersten Ecke des obersten Fachs, ziehe meine Kleidung hervor, die ich an jenem Tag getragen habe, nehme sie in die Hand und rieche daran. Erst am Shirt, dann an der Jeans. Bestimmt ist es Einbildung, aber ein kleines bisschen riechen die Sachen nach Cassie.

Alles lege ich in die Kiste wie einen Schatz.

Ich will den Deckel nehmen und die Box verschließen, aber meine Hände weigern sich. In mir drin ist ein Knoten, der mich abhält, und je mehr ich versuche, ihn zu lösen, desto fester zieht er sich plötzlich zu.

Ich atme durch.

Ziehe das Interview mit Ninas Mutter hervor. *Wir wollen nicht hassen.*

Für einen Moment frage ich mich, ob Ninas Vater hasst. Ich finde keine Antwort.

Und dann setze ich mich an den Laptop und gebe in der Online-Version des Telefonbuchs Johanna Heuß ein, und tatsächlich finde ich eine Nummer, die zu der Adresse passt, die wir erst zwei Wochen zuvor besucht haben.

Es klingelt.

Ich sitze auf meinem ungemachten Bett und lausche.

»Heuß«, höre ich eine etwas kratzige, leise Stimme am anderen Ende.

»Frau Heuß, hallo.« Ich räuspere mich. »Entschuldigen Sie die Störung.«

»Wer ist da? Ist etwas passiert?«, will sie wissen.

»Hier ist Helene. Ich war neulich mit einem Freund bei Ihnen. Erinnern Sie sich?«

»Mädchen, es ist fast Mitternacht.« Sie gähnt in den Hörer.

»Ich weiß. Tut mir leid.«

Ich höre ein Rascheln, dann ein Klacken, dann Schritte. Dann das Geräusch, als würde am anderen Ende eine Tür zugemacht werden. »Also«, sagt sie dann. »Was gibt es denn, dass du mich aus dem Schlaf reißt?«

Im Hintergrund höre ich eine zweite Stimme. »Ist das Ihr Mann?«

»Ja, Moment bitte.« Ich höre, wie die beiden leise reden. Dann sagt sie: »Hör zu, ich muss morgen früh raus. Kannst du mit ihm sprechen? Er kann dir vermutlich sowieso besser helfen, ihr habt doch neulich auch zusammen geredet.«

»Das geht auch, ja.«

Ich höre, wie der Hörer weitergereicht wird. »Hallo?«

»Hallo, Herr Heuß«, sage ich.

»Du darfst Michael sagen.«

»Danke. Michael.« Durch das offene Fenster weht plötzlich ein heftiger Windstoß ins Zimmer, sodass ein paar Zettel auf dem Schreibtisch durcheinandergefegt werden und auf den Boden fliegen. Fast wäre auch der Inhalt der Blechkiste durcheinandergewirbelt worden, aber ich lege meine Hand schützend darüber, während ich die Decke enger um meinen Körper wickle.

»Normalerweise werde ich fuchsteufelswild, wenn man mich nachts grundlos anruft.«

»Entschuldigung bitte. Es ist … mir sehr wichtig.«

Er seufzt. »Na dann. Schieß los.«

»Sie haben uns einiges erzählt. Über Ihre Frau, und dass sie die Patin von Peter Damm war.«

»Habe ich, ja.«

»Und darüber, dass Peter sehr eifersüchtig war. Wegen Nina.«

»Auch das, ja. Was gibt es?« Es knackt leise in der Leitung.

»Frau Damm«, ich räuspere mich, »sie sagt, dass es nicht stimmt.«

»Dass was nicht stimmt?« Ich höre einen Wasserhahn, und dann, wie er einen Schluck trinkt.

»Alles. Dass sie kein zweites Kind wollten, und dass Peter darum auch nicht eifersüchtig war.«

Kurz ist es still. »Du denkst, dass ich lüge?«, fragt er dann ganz ruhig und sachlich. »Und rufst mich deswegen um diese unchristliche Uhrzeit an, sehe ich das richtig?«

»Hören Sie, ich muss einfach wissen, was stimmt.«

Wieder ist es still.

Dieses Mal so lange, dass ich fast glaube, die Verbindung wäre abgestürzt.

»Du sagtest, dass du einen Sinn suchst«, meint er dann.

»Ja.«

»Und dass du jemanden verloren hast.«

»Meine beste Freundin.«

»Richtig. Das tat mir sehr leid.«

»Und weiter?«

»Ich hatte das Gefühl, es würde dir helfen. Ich … wollte dir das geben, was du suchst. Den Grund für alles, den Sinn, die Erklärung, warum sie tot ist.« Kurz ist es wieder still. »Ich weiß, wie es ist, nachts dazuliegen und sich zu fragen, warum das alles passieren musste. Ich wollte es dir ersparen. Kannst du das verstehen?«

»Mit einer Lüge?«, frage ich.

»Indem ich dir bestätigte, dass niemand ohne Grund erschossen wurde. Auch Nina nicht. Und auch deine Freundin nicht. Ich dachte, es hilft dir, damit abzuschließen.«

»Sie haben also gelogen.« Erst jetzt registriere ich, dass meine Hand, mit der ich das Telefon festhalte, zittert. Ich stehe auf, werfe einen Blick nach draußen auf die Straße, drehe mich um und setze mich zurück aufs Bett.

»Ja. Das habe ich. Und es tut mir leid, wenn das falsch war.«

»Das war es.«

»Aber hat es dir nicht geholfen?«

»Eine Lüge kann mir nicht helfen.«

Kurz ist es still.

Mein Puls ist alles, was ich wahrnehme.

Und das Zittern in meiner Hand.

Und den Wind, der immer noch vom Fenster hereinkommt, stoßweise und unvorhersehbar, sodass mir eine Gänsehaut über den Rücken jagt.

Dann räuspert er sich. »Es tut mir ehrlich leid«, sagt er noch mal.

Und ich lege auf.

Und dann rufe ich Erik an.

Und er kommt.

Und er setzt sich neben mich.

Nimmt mich in den Arm, zieht die Decke fester um mich, und ich weine, ich weine und weine und weine und lege meinen Kopf an seine Brust und er streichelt mir über die Haare und küsst mich auf die Stirn und streichelt weiter und hält mich ganz, ganz fest. Erst, als ich glaube, fast alle Tränen ausgeweint zu haben, kann ich fühlen, wie sich endlich der Schmerz ausbreitet, ausgehend von meinem Herzen durch den ganzen Körper in die Fußspitzen und Finger, und der Schmerz füllt meinen Körper wie Wasser, das Tropfen für Tropfen in einen Eimer fällt, so lange, bis mein Körper voll ist und keinen Schmerz mehr fassen kann und überläuft, und deswegen ertrinke ich in dieser Nacht und kriege keine Luft und warte auf den Moment, in dem der Schmerz endet und ich endlich bei Cassie bin, doch Cassie steht nur in der Zimmerecke und schaut mich an, stumm und schweigend und ohne mich zu umarmen.

Neunundzwanzig

Ein Buchfink am See

Ein russischer Schriftsteller namens Dostojewski sagte einst, dass jeder an allem schuld sei, und wenn jeder das wüsste, dann hätten wir das Paradies auf Erden. Doch für mich ist das Unsinn, denn Schuld bedeutet Reue und Reue bedeutet, mit dir selbst ins Gericht zu gehen, hart wie kein anderer, und das endet manchmal in einem ergebnislosen, schmerzhaften Prozess, in dem dich weder Strafe noch Absolution erlösen.

»Du bist nicht schuld«, hat Erik gesagt, während ich weinte und er mich festhielt. Er hat es oft gesagt, immer wieder, mal laut und fest und mal leise in mein Ohr, vielleicht, weil er nicht sicher war, welche Variante mich am meisten überzeugt. Letztlich tat es keine.

»Wie kannst du mit dieser Schuld leben?«

Es ist Magdalena Albrecht, die die bessere Frage stellt.

»Gar nicht«, lautet meine Antwort, als ich Ende April in ihrer Praxis sitze.

»Aber du lebst damit, hier und jetzt.« Sie trägt heute eine Bluse mit auffallendem Blumenmuster; eine Umstellung angesichts der Tatsache, dass sie bisher intensive, aber einheitliche Farbtöne präferiert hatte. Letzte Woche war sie beim Friseur; den meisten wäre das vermutlich nicht aufgefallen, aber zuvor reichte ihr Haar stets bis zur Mitte ihrer Brüste und heute enden sie schon knapp davor. »Helene«, sagt sie und überkreuzt die Beine so, wie sie es immer tut, um dann einen Schluck aus ihrem Wasserglas zu nehmen. »Du siehst sehr viel Schuld bei dir selbst, und keiner kann sie dir ausreden. Ehrlich gesagt will ich sie dir auch gar nicht ausreden. Du selbst hast deine Vorstellung von richtigem Handeln, und in deiner Vorstellung hast du damals falsch gehandelt.« Sie betrachtet kurz ihre Fingernägel und schaut dann wieder mich an. »Es gibt keinen Grund, warum Cassie erschossen wurde. Der einzige Grund war, dass sie damals zur falschen Zeit am falschen Ort war. Es war … Pech. Schicksal.« Sie zuckt die Schultern und schüttelt den Kopf. »Ein schrecklicher Amoklauf, dem sie zum Opfer fiel. Aber es ging dabei nie um sie als Person. Es war ein schlimmer Zufall, aber keine bewusste Entscheidung, die irgendwer über ihr individuelles Leben gefällt hatte. Und das gibt dir das Gefühl, du hättest sie retten können, wenn du dich anders verhalten hättest, und das führt zu dem Gefühl, für ihren Tod verantwortlich zu sein.«

»Warum erzählen Sie mir, was ich schon weiß?«

»Weil ich es dir bewusst machen will.«

»Was?«

»Du suchst den einen Grund für ihren Tod. Und wenn du ihn nicht im Täter oder seinen Motiven findest, dann suchst du ihn bei dir selbst. Indem du dir die Schuld gibst. Dabei … gibt es für manche Dinge keinen Grund. Sie passieren einfach.«

»Ich dachte, Sie wollen mir die Schuldgefühle nicht ausreden«, erwidere ich sarkastisch.

»Das sagte ich, stimmt.« Sie nickt. »Und deswegen zurück zu meiner Frage: Wie kannst du mit der Schuld leben – in Zukunft? Wie kannst du akzeptieren, dass du getan hast, was du getan hast? Wie kannst du es falsch finden und dennoch deinen Frieden damit schließen?«

Ich verdrehe die Augen. »Sie meinen, ich soll mir vergeben oder so ein Mist.«

»Vielleicht wäre das gut, ja. Aber … das musst du nicht, wenn du es nicht willst oder kannst. Was du musst, ist damit fertigwerden. Um weitermachen zu können, verstehst du? Niemandem ist geholfen, wenn du jeden Tag mit Selbstvorwürfen verbringst und dein eigenes Leben wegwirfst. Du musst akzeptieren, was passiert ist.«

Eine Weile weiß ich nichts zu sagen. Dann rede ich, was mir in den Kopf kommt. »Wissen Sie, ich habe das Gefühl, dass ein Teil von mir dort geblieben ist. In der Schule. Beim Amoklauf. Ich bin weggelaufen, aber irgendwie war ich danach nicht mehr ich. Nicht mehr komplett.« Ich schüttle den Kopf. »Das klingt esoterisch, ich weiß. Ich glaube nicht an Esoterik. Aber ein Teil von mir ist bei Cassie geblieben. Weil er bleiben wollte. Während der Rest so egoistisch war und das Weite gesucht hat.«

»Warst du jemals wieder da? Dort, wo sie gestorben ist?«

Ich nicke. »Unsere Schule ist nicht so groß.«

Sie schaut kurz zur Decke und scheint zu überlegen. »Und an ihrem Grab?«

»Nein. Da will ich auch nicht hin. Menschen findet man nicht in Gräbern.«

»Okay. Wo findet man sie dann?«

Ich zucke die Schultern. »Keine Ahnung. Vielleicht, wenn man sich an sie erinnert.«

»Vielleicht könnte es dir helfen, sie um Verzeihung zu bitten. Hast du das je getan?«

»Nein. Sie ist tot.«

»Würdest du sie gern darum bitten?«

»Ja. Aber wie gesagt – sie ist tot.«

Sie nickt. »Glaubst du an einen Himmel, Helene?«, fragt sie irgendwann.

»Nein. Aber er ist wissenschaftlich betrachtet nicht auszuschließen.«

Wieder nickt sie. Sagt dieses Mal aber nichts mehr.

Noch in derselben Woche packe ich meinen Rucksack und schwinge mich aufs Fahrrad. Meine Mutter glaubt, ich sei bei Erik, Erik glaubt, ich sei bei Jens und Jens glaubt vermutlich, ich sei daheim oder in der Schule oder aber es ist ihm reichlich egal, wo ich mich aufhalte. Doch ich radle nicht zu Jens oder Erik, sondern ich fahre den halben Stadtrand entlang, auf einem geteerten Radweg mit Bänken und Frühjahrsblühern am Wegrand und Hundekotbeutelspendern in regelmäßigen Abständen, um dann die Straße zu erreichen, in der Cassie gewohnt hat.

Ich kann es sehen, in der Ferne; die Sonne scheint an diesem Frühlingsmorgen so kräftig aufs Dach, dass mich die Spiegelung des Lichts fast blendet. Mein Rad sperre ich ab und lehne es an eine dicke, alte Eiche, die genau an der Kreuzung steht, an der die Hoppenheimerstraße und die Landstraße mit dem Radweg ineinandermünden.

Ich gehe nicht zum Haus der Niemanns.

Nicht einmal die Straße laufe ich hinab.

Stattdessen gehe ich etwa hundert Meter des Radwegs zu Fuß weiter und biege dann nach rechts ab, wo mich ein unscheinbarer Trampelpfad erst über eine kniehohe Wiese, zwischen zwei Feldern hindurch und letztlich in den Wald führt.

Es riecht nach frischem Gras. Aus den Baumwipfeln höre ich eine Amsel und einen Eichelhäher; nach wenigen Minuten stimmt ein Buchfink mit ein. Cassies Vater war es, der uns die Vogelstimmen beibrachte. Eine halbe Stunde laufe ich. Der Trampelpfad führt mich auf einen Schotterweg, und der Schotterweg bringt mich zu einem kleinen Tümpel. Er ist braun und voller Algen. Ein Bach führt ihm das Wasser zu, plätschernd und leise und glasklar bis zu der Sekunde, in der das Wasser sich mit der trüben Brühe des Tümpels vereinigt.

Ich lege meinen Rucksack ab und ziehe meine Jacke aus; es ist eine Kunstlederjacke, die ich vor einigen Monaten auf einem Flohmarkt erstanden habe. Die karierte Bluse darunter lege ich auch ab. Dann das Top und den BH; seit einem Jahr habe ich Körbchengröße 75A. Ich ziehe Schuhe und Socken aus, schäle mich aus Jeans und Unterhose und lege den ganzen Berg an den Fuß eines Baumes an eine Stelle, an der die Wurzeln besonders ausladend aus dem Boden hervortreten.

So stehe ich da.

Splitternackt.

Im Wald.

Wo immer wieder ein leichter Wind aufkommt, der die Blätter rauschen und mich frösteln lässt. Ich spüre erst Moos und kurz darauf die kühle, feuchte Erde unter meinen Fußsohlen, als ich mich langsam zum Weiher vortaste, und dann, als ich bis zu den Knöcheln im Wasser stehe, bemerke ich, wie ich einige Zentimeter im Schlamm einsinke und dieser zwischen meine Zehen dringt.

Es ist eiskalt.

Und ich beginne zu rennen.

Ich renne in den Weiher, so lange, bis ich fast hüfttief im Wasser bin, stoße mich vom Boden ab und werfe mich hinein, tauche unter, tiefer, immer tiefer hinein, dahin, wo es dunkel ist und unbekannt, spüre Algen an meinen Schultern, meinen Beinen, im Gesicht, fühle, wie mich die Kälte umhüllt und von mir Besitz ergreift, und dann tauche ich auf. Ich tauche auf und ringe nach Luft, und da ist kein Boden mehr unter meinen Füßen, sodass meine Beine gegen das Wasser treten, um mich oben zu halten, damit ich raufgucken kann, rauf zu einem kleinen Loch in den Baumwipfeln, wo der Himmel blau leuchtet und die Sonnenstrahlen das Blätterdach durchbrechen. Ich spüre, wie die Luft ihren Weg in meine Lungen findet, Waldluft, die nach Erde riecht und nach Blättern und Frühling, und wie sie mich erfüllt und schließlich durch meinen Mund wieder ausströmt, und dann wende ich meinen Blick ab vom Blau und schaue an den Rand.

Dahin, wo meine Kleidung liegt.

Da steht Cassie.

Sie steht dort, in derselben Unterwäsche, die sie damals trug. Rosa mit weißen Punkten.

Aber ihr Haar ist trocken.

Die Wäsche auch.

»Komm ins Wasser«, fordere ich sie auf.

Aber sie steht dort und bewegt sich nicht.

Irgendwo singt noch immer der Buchfink.

»Na los!«, rufe ich und schlage aufs Wasser, sodass es fast bis zum Ufer spritzt und Wellen über die Oberfläche wandern, die mit steigender Entfernung langsam verebben. »Komm her.« Aber Cassie kommt nicht, also schwimme ich so lange, bis meine Zehenspitzen den Schlamm berühren und noch ein Stück weiter, so lang, bis ich stehen kann und der Wasserspiegel an meinem Bauchnabel endet.

Weiter gehe ich nicht.

»Es war scheiße. Das mit dem Amoklauf«, sage ich stattdessen und streiche mir das nasse Haar zurück. Ich warte. Aber sie sagt nichts. Natürlich nicht. Ich schlinge mir die Arme um die Brust, um den Wind abzuwehren. »Und ich werd's mir nicht verzeihen, was passiert ist.«

Sie schaut mich an.

Ich sehe ihre Rippen unter der weißen Haut.

Und Tausende Sommersprossen.

Ich werde lauter. »Ich hätte dich gern in den Arm genommen, weißt du das?« Meine Worte verfliegen zwischen den Bäumen und hallen nur weniger Augenblicke später zu mir zurück, als würde ich nicht im Weiher stehen, sondern als wäre ich weit entfernt und nirgendwo zugleich.

Auf einmal lächelt Cassie. Sie lächelt mich an.

Und sie lacht wie ein Kind und ihre Augen leuchten und der Wind zerzaust auf einmal ihr Haar, und ich lache auch und ich fühle mich leicht, wie ich sie da stehen sehe, leicht und befreit, und vielleicht bilde ich es mir ein, aber die glockenhelle Melodie ihres Lachen scheint vom Wind getragen zu werden bis zu mir hinüber und zwischen allen Bäumen des Waldes hindurch. Und dann hebt sie den Arm und deutet auf die andere Seite des Tümpels; und ich folge ihrem Blick und bleibe an dem kleinen, zierlichen Buchfink hängen, der auf einem Baumstumpf sitzt und singt, mit rotbraunem Gefieder und blauer Kappe auf dem Kopf. Er schaut uns an, unablässig, und sein Gezwitscher gibt mir das Gefühl, als wolle er uns etwas sagen, etwas Schönes, etwas, was ich nicht verstehe und was mein Herz trotzdem berührt.

Ich schaue zurück zu Cassie.

Die Stelle, an der sie stand, ist leer.

Mein Herz setzt kurz aus, und meine Augen suchen das ganze Ufer ab, ohne dass ich sie finde, und dann schwingt sich ganz plötzlich der Buchfink in die Lüfte. Er ruft mir seine Melodie zu, seinen wunderschönen Gesang des Frühlings, und seine Flügel tragen ihn höher und höher und höher, und ich lasse mich mit dem Rücken aufs Wasser fallen und fühle mich schwerelos, während ich den Vogel mit meinen Augen verfolge und er dorthin entschwindet, wo die Bäume sich lichten und der Himmel strahlend blau ist. Und als ich erkenne, dass es das Blau von Cassies Augen ist, da huscht ein Lächeln über mein Gesicht, das nicht mehr fortgeht.

Dreißig

Theaterabend

»Ihre Praxis hat immer noch geschlossen, oder?«

»Ja, ich weiß nicht, wann ich sie wieder aufmache.«

»Okay.«

Cassies Mutter trägt heute eine hellblaue Bluse, die sie in einen dunkelblauen, knielangen Rock gesteckt hat; sie ist immer noch dünn, zu dünn, aber dafür sind die Ringe um die Augen entweder weniger geworden oder sie hat inzwischen gelernt, sie mit Schminke zu überdecken. Gemeinsam sitzen wir auf der Terrasse hinter ihrem Haus; es ist warm heute, so warm, dass ich im T-Shirt dasitze und sie sich nur eine Decke umgewickelt hat.

»Warum fragst du? Brauchst du einen Termin?« Während sie spricht, erkenne ich um ihren Mund herum Fältchen, die ich noch nie zuvor gesehen habe.

Ich schüttle den Kopf. »Nein, nein. Ist nicht der Rede wert.«

»Na los, komm. Wir gehen rüber. Vorsorge? Oder hast du Schmerzen?«

»Nur Vorsorge. Meine Mutter besteht darauf. Ihre größte Angst sind Kinder mit Karies, schätze ich.« Als wir aufstehen und sie mich ins Haus führt, werfe ich noch kurz einen Blick zurück in Richtung des Apfelbaumes. Dort schwingt eine Schaukel, doch es ist nicht mehr unsere Schaukel an unserem Baum, die aus zwei Hanfseilen und einem Holzbrett gebaut wurde, sondern eine bunte, neue Kunststoffschaukel aus dem Baumarkt.

»Was ist mit der Schaukel passiert?«, will ich wissen, nachdem wir das Haus durch die Vordertür verlassen haben und nach schräg gegenüber gehen, zu einem kleineren, schneeweißen und schlichten Gebäude, mit Parkplätzen davor und zwei goldenen, großen Schildern neben der Eingangstür.

Niemann & Heinitz
Fachanwälte für Arbeitsrecht,
Handelsrecht u. Gesellschaftsrecht
1. Stock

Dr. med. dent. Sibylle Niemann
Zahnärztin
Erdgeschoss

»Wir haben eine neue gekauft. Für Sarah. Die alte liegt in der Garage.« Frau Niemann zieht einen Schlüssel aus ihrer Handtasche hervor, sperrt auf und knipst das Licht an, woraufhin sich mir das altvertraute Bild eines hellblau gestrichenen Empfangsbereiches offenbart. Wir gehen am Schreibtisch vorbei, an dem normalerweise die junge, stets freundliche Sprechstundenhilfe mit den schneeweißen Zähnen und den wilden, schwarzen Locken sitzt, dann an der Tür zum Wartezimmer, in dem ich schon unzählige Stunden verbracht habe, teils mit meiner Mutter, teils mit Cassie, selten mit meinem Vater und manchmal auch allein, und betreten letztlich das erste Untersuchungszimmer, wo ich mich auf den Patientenstuhl setze.

»Was wollen Sie mit der alten Schaukel machen?«, frage ich, während Cassies Mutter sich die Hände desinfiziert und sich danach einen Mundschutz überzieht. Handschuhe trägt sie keine, das hat sie noch nie gemacht, wenn ich kam.

»Nichts.« Kurz hält sie inne, bevor sie weiterspricht. »Wegwerfen wollen wir sie nicht. Es hängen zu viele Erinnerungen daran. Zu viel Schönes, weißt du?« Sie schnappt sich einen Hocker mit Rollen unten dran und setzt sich neben mich, um die riesige Zahnarztlampe auf mein Gesicht zu richten; es ist eine dieser Lampen, die sich bei Zahnärzten immer an den Patientenstühlen befinden und die einen so stark blenden, dass man fast nichts mehr sehen kann und die Augen schließen muss.

»Warum haben Sie sie dann abgenommen?«, hake ich mit geschlossenen Augen nach, während Cassies Mutter den Patientenstuhl per Knopfdruck nach oben fährt.

»Sie war ein bisschen morsch.« Ich höre, wie sie nach den Instrumenten greift. »Jetzt mach bitte den Mund auf und nicht mehr reden.«

Nach zehn Minuten sind wir fertig. Meine Zähne sind einwandfrei.

Vor Verlassen der Praxis greift Cassies Mutter noch kurz hinter den Schreibtisch der Sprechstundenhilfe, um einen Bonbon herauszuziehen. »Bist du zu alt dafür?«, fragt sie, und ich schüttle den Kopf und schiebe ihn mir in den Mund. Es ist Zitronengeschmack, seit zehn Jahren derselbe, wunderbare Zitronengeschmack.

»Ist so etwas eigentlich okay für Sie?«, frage ich, als sich unsere Wege vor dem Haus der Niemanns trennen, wir uns bereits verabschiedet und sie sich gerade schon auf dem Weg ins Haus gemacht hat.

Sie dreht sich zu mir um. »Was meinst du? Zahnarzttermine?«

»Ja.« Ich nicke. »Alles. Dass wir uns noch sehen, ganz allgemein.«

Sie schweigt eine Weile, und als Wind aufkommt und ihr durch die Haare fährt und sie zerzaust, sieht sie fast aus wie Cassie, als sie am See stand. »Das ist okay.« Sie streicht sich das Haar zurück und zieht den Haustürschlüssel aus der Handtasche hervor. »Ich finde es schön, dass du ab und an noch da bist.« Sie betrachtet den Schlüssel in ihrer Hand und wendet ihn zwischen den Fingern hin und her. »Es tut gut, dass manche Dinge gleich bleiben.« Damit geht sie ins Haus.

Als ich auf dem Nachhauseweg mein Handy hervorziehe, habe ich drei ungeöffnete Nachrichten. Die erste ist von Erik.

Hast du heute Abend Zeit?

Die zweite wieder von Erik, dreißig Minuten später wurde sie geschickt.

Da ist ein Theaterstück in der Stadthalle, meine Eltern haben Freikarten und können spontan nun doch nicht hin. Ist irgendwas Richtung Komödie, weiß nicht, ob du darauf stehst? Neunzehn Uhr geht es los.

In meinem Bauch kribbelt es, als ich möglichst knapp antworte: *Klar. Hol mich ab.*

Dann lese ich die dritte Nachricht. Sie ist von Melissa.

Heute Abend, Theater, du und ich. Denk an ein schickes Outfit!

Als Erik vor der Stadthalle seine Lederjacke auszieht, stelle ich fest, dass er ein ordentlich gebügeltes Hemd in Minzgrün trägt. »Scheiße, ich bin underdressed, oder?«, stöhne ich und mustere ihn von oben bis unten. Erik lacht, es ist ein tiefes und männliches und erwachsenes Lachen voller Wärme. Ich frage mich, ob sein Lachen schon immer so anziehend war, und entscheide dann, dass meine Wahrnehmung vermutlich hormonell verzerrt ist und seine Attraktivität deshalb mehr meiner subjektiven Interpretation als einer objektiven Gegebenheit geschuldet ist. »Du bist liberal gekleidet, keine Sorge«, fährt er fort. »Meine Eltern fanden das Hemd auch unnötig.«

»Na ja. Deine Eltern legen auf so was ja nicht so viel Wert.«

»Du doch auch nicht, oder?« Er zwinkert mir zu.

»Kommt auf die Situation an.«

»Ach, und heute legst du Wert darauf?«

»Bei einem Date würde ich Wert darauf legen.«

Er zieht die Augenbrauen hoch. »Ach, ist das ein Date?«

»Hab ich nicht gesagt.«

Mit diesen Worten trete ich durch die Flügeltür, die er mir aufhält. Ich muss an den Ball denken, daran, wie Erik mir das Tanzen gezeigt hat. An den Kuss danach. Ob es ihm auch so geht? Wir laufen durch das Foyer und hin zur Garderobe, um unsere Jacken abzugeben, und gerade spüre ich mit hochrotem Kopf Eriks Hand, wie sie nach meiner greift, als mich ein quietschendes »Heleeeeene!« aus dem Moment reißt.

»Scheiße«, flüstere ich, bleibe stehen, schließe die Augen, linse dann zu Erik rüber, der mich fragend ansieht, und füge kaum hörbar hinzu: »Das war so nicht geplant.« Ich bleibe wie angewurzelt stehen in der absurden Hoffnung, dadurch unter den drei anderen Theaterbesuchern, die gerade ihre Jacke abgeben wollen, unterzugehen und nicht mehr gesehen zu werden, doch zwei Sekunden später bringt mich Melissas stürmische Umarmung so sehr aus dem Gleichgewicht, dass ich fast hinfalle, würde Erik mich nicht am Arm packen.

»Wie schön, du bist pünktlich!«, kreischt sie mir ins Ohr.

»Bei aller Freude – lasst uns die Ohren der anderen Besucher schonen«, meint Erik ernst und legt den Finger an die Lippen.

Als Melissa mich erneut und diesmal leiser umarmt, vermutlich, um die Theatralik des Moments noch mal zu durchleben, grinst Erik mich so amüsiert an, dass ich erst fast sauer werde, dann bin ich aber doch erleichtert, dass er mir Melissas Anwesenheit nicht übel nimmt.

»Ich bin eigentlich mit Erik hier«, stelle ich klar und kämpfe mich aus ihren Armen.

»Oh, kein Problem, der stört uns nicht. Ich mag Erik.« Überflüssigerweise fügt sie in seine Richtung mit freudigem Strahlen hinzu: »Hallo, Erik, schön, dass du auch Zeit hattest.« Sie trägt heute ein rotes, eng anliegendes Kleid, das leicht glänzt und jede ihrer Kurven ziemlich deutlich betont, dazu drei lange goldene Ketten, die auf Höhe Ihrer Brüste herumbaumeln und leise klimpern, wann immer sie sich bewegt.

»Nein«, korrigiere ich in bestimmtem Tonfall. »Erik und ich wollten zu zweit hier sein.«

»Aber … ich hatte dich doch gefragt.« Ihr Strahlen verschwindet und sie guckt mich ein wenig an wie ein Kälbchen, das zum ersten Mal ein Gewitter erlebt.

Fast habe ich Mitleid mit ihr, erinnere mich aber schnell daran, dass ich ihre Theatereinladung niemals beantwortet habe und sie deswegen keinen Grund hat, enttäuscht zu sein. Und dann muss ich daran denken, wie ihr Geburtstag im Kino gar nicht so bescheuert war wie befürchtet, und daran, was sie gesagt hat, bevor ich zu meiner Mutter ins Auto stieg und davonfuhr. »Erik hatte mich zuerst gefragt. Darum bin ich mit ihm hier.« Kurz schaue ich prüfend zu Erik, dem ich anhand der zusammengepressten Lippen deutlich ansehe, wie er kurz vor dem Losprusten ist. »Aber weißt du was, du kannst mitkommen«, biete ich Melissa an und versuche ein Lächeln.

»Oh, tolle Idee!« Das Quietschen kehrt in ihre Stimme zurück. »Ein Abend zu dritt, das hatten wir ja noch nie, das wird sicher klasse! Habt ihr schon eure Mäntel abgegeben? Nein? Ach ja, Erik, ist es denn okay, dass ich mitgehe? Oh Mann, das war ja ein richtiger Fauxpas von mir!« Mit affektierter Geste wirft sie ihre Haare zurück und schaut übertrieben bekümmert in die Ferne.

»Sicher ist das okay, mach dir mal keinen Kopf«, meint Erik freundlich, und als Melissa endlich unsere Jacken zur Garderobe bringt und wir für ein paar Momente allein sind, streicht er mir die Haare zurück und lässt seine Hand dann einen winzigen Augenblick länger an meiner Wange liegen, als es nötig wäre. »Was ich sagen wollte: Du siehst toll aus. Kapuzenpullis stehen dir.«

Der Saal, den ich noch mit offener Tanzfläche, Männern in Anzügen und Frauen mit zu viel Schmuck in bodenlangen Kleidern in Erinnerung habe, ist komplett bestuhlt. Vorn, wo eigentlich die Bühne sein müsste und wo einst eine Band aufspielte, wird mein Blick von einem riesigen, dunkelgrünen Samtvorhang aufgehalten, und gut zwei Drittel der Stühle sind bereits belegt. Als wir uns in die sechste Reihe begeben, in der noch drei Randplätze frei sind, läuft Melissa mit schnellem Schritt und geschwungener Hüfte voraus und ich wie ein herrenloser Hund hinter ihr her.

»Ein Glück, dass es keine festen Platzkarten gibt, sonst müsste ich allein sitzen und wir könnten das Stück gar nicht gemeinsam genießen!«, erklärt sie mir dabei über die Schulter hinweg und in so lautem Ton, dass man sie durch den ganzen Saal hören kann, der ansonsten nur von einem sanften Murmeln erfüllt ist, welches sich aus dem Geflüster und Raunen der Anwesenden ergibt.

Sie setzt sich auf den mittleren der drei freien Stühle, wirft ihr Haar nach hinten und rückt ihr Kleid zurecht, um die Falten zu korrigieren, die beim Laufen auf Hüfthöhe entstanden sind. Dann schaut sie erst mich an, dann Erik, der uns eingeholt hat und inzwischen hinter mir steht. Noch mal mich. »Oh, was für ein Fauxpas!«, ruft sie und schlägt sich die Hand vor den Mund; wieder in einer Lautstärke, die mich entschuldigend in die umliegenden Reihen blicken lässt. »Ihr habt doch ein Date, ihr beiden!« Sie springt auf und lässt sich auf den äußersten Stuhl fallen, um uns dann anzustrahlen und eine auffordernde Geste in Richtung der anderen beiden Plätze zu machen.

»Na, jetzt ist es zumindest offiziell – wir haben ein Date«, höre ich Eriks Stimme in meinem Ohr, und ich verdrehe die Augen.

»Ich glaube, sie hat einen neuen Lieblingsslogan: Was für ein Fauxpaaaaaas«, flüstere ich zurück, als wir uns setzen. »Vermutlich hat sie es in irgendeiner Zeitschrift aufgeschnappt.«

»Du kannst so fies sein«, erwidert Erik, während Melissa

murmelnd den Flyer studiert, der auf ihrem Platz gelegen hat und der einen kurzen Überblick über das heutige Programm geben soll.

Ich zucke die Schultern. »Ich versuche nur, es mit Humor zu sehen.«

Der Vorhang öffnet sich, und ich habe keine andere Wahl, als mir das Theaterstück zwischen Melissa und Erik anzusehen, wobei sie abwechselnd weint und lacht und quietscht und dabei ihre Fingernägel in meinem Unterarm vergräbt, je nachdem, ob in dem Stück gerade jemand traurig ist oder einen Witz macht oder etwas Unerwartetes passiert, während Erik einen erneuten Versuch startet, mein Handgelenk zu ergreifen, um dann nach vorne zu meinen Fingern zu wandern und seine mit meinen zu verhaken. Er lässt sie nicht los, und ich spüre die Risse in seiner trockenen Haut und die Stärke in seiner Hand und die Wärme, die durch sie fließt und in mich übergeht, und so halten wir einander, bis das Stück vorbei ist, ganz heimlich und zwischen unseren Stühlen, sodass es keiner sonst sehen kann.

»Es war wundervoll!«, resümiert Melissa, als wir uns vor der Stadthalle verabschieden. Es ist kurz nach zehn, der Himmel ist bedeckt und man sieht keinen einzigen Stern, es ist warm und windstill, als hätte der Sommer bereits Einzug erhalten. Trotzdem hat Erik mir seine Jacke um die Schultern gelegt, was ich eigentlich albern und kitschig finde und was ich an jedem anderen Abend als Infragestellen meiner Emanzipation gewertet hätte, aber die Jacke riecht nach ihm und deswegen lasse ich es zu.

»Wie kommst du heim?«, fragt er sie. »Ich würde dich ja

gern fahren, aber das Motorrad ist schon voll. Wirst du abgeholt?«

»Nein nein, nicht nötig«, meint sie und wirft erst einen Blick in meine Richtung und dann einen gen Himmel. »Ich werde abgeholt.« Wieder ein verheißungsvoller Blick in meine Richtung. Sie holt Luft und macht eine bedeutungsschwangere Pause. »Von André«, fügt sie dann hinzu, im Flüsterton, und dann hüpft sie plötzlich auf und ab und kreischt: »Ist das nicht wunderbar, Helene? Er holt mich ab, wie ein echter Gentleman, und wir gehen noch kurz was trinken und dann fährt er mich heim!«

»Das … freut mich für dich«, erwidere ich und kratze mich am Kopf, etwas unsicher, wie man in so einer Situation adäquat reagiert.

»Melissa?«, tönt es vom Straßenrand, an dem die Autos der Theaterbesucher halten und parken und ankommen und wegfahren. »Können wir fahren?« André steht an einem alten, schwarzen Golf und winkt mit den Autoschlüsseln.

»Er fährt Auto?«, frage ich Melissa.

»Ja, er ist schon neunzehn. Cool, oder?« Der Stolz in ihrer Stimme ist nicht zu überhören.

Ich nicke. »Ja … echt cool.«

Sie nickt und seufzt. »Schwester, es war ein traumhafter Abend, aber ich muss nun los.« Sie umarmt mich, so wie immer, und dieses Mal erwidere ich ihre Umarmung sogar und halte sie kurz fest, während ich in ihr Ohr flüstere: »Schnapp ihn dir.« Erik wird auch umarmt; dann lässt sie sich von André die Tür aufhalten und das Auto rollt über das Kopfsteinpflaster davon.

»Eigentlich ist sie ganz nett«, meine ich, als sie um die nächste Ecke verschwunden sind.

»Hab ich doch schon immer gesagt«, erwidert Erik.

»Hast du nicht. Zumindest nicht so direkt. Du hast nur gesagt, ich soll nicht fies sein.«

»Ja, daran könntest du nach wie vor arbeiten.«

»Sie scheint es charmant zu finden.« Dann schaue ich ihn an. »Und du auch.«

Erik hustet übertrieben künstlich. »Charmant, ähm ... ja, genau.«

Ich boxe ihn in die Seite, bis er aufhört. »Sei still.«

Einen Moment lang weiß keiner von uns, was er sagen soll.

»Und wir beide?«, fragt Erik dann mit hochgezogenen Augenbrauen.

»Was soll mit uns sein?«

»Na, der Abend ist jung. Was schwebt der jungen Dame vor. Oder musst du nach Hause?«

»Nein, ist schon okay. Ich soll um Mitternacht daheim sein, hat meine Mutter gesagt.«

»Klingt fast so, als würde sie mich begünstigen.« Er grinst und bietet mir seinen Arm an, damit ich mich unterhaken kann, und nachdem ich die Stimme in meinem Kopf besänftigt habe, die mir vorhält, dass die klassische Mädchenrolle nun wirklich nichts ist, was mein Leben bereichern könnte, tue ich das auch.

»Begünstigen?«

»Nun ... mein Werben begünstigen.«

Ich runzle die Stirn. »Werben?«

»Um deine Gunst«, sagt er mit todernster Miene, und erst,

als ich dastehe und entgeistert gucke und mir nicht mehr einfällt, was ich darauf entgegnen kann, prustet er los. »Du solltest dein Gesicht sehen! Keine Angst, ich weiß, du stehst nicht auf so was. Ist eine innere Notiz in meinem Kopf: Kein Kitsch mit Helene! In Neongrün, damit ich sie niemals vergesse.«

Wir schlendern von der Stadthalle in Richtung der Motorradparkplätze, doch als wir dort ankommen, läuft Erik weiter.

»Wo willst du hin?«, frage ich ihn.

»Wirst du schon sehen«, entgegnet er und hält meinen Arm fest, als hätte er Angst, ich könnte ihm weglaufen.

Er führt mich durch drei oder vier weitere Gassen, so lange, bis der Gehsteig von der Straße auf der einen und einer hohen Steinmauer auf der anderen Seite begrenzt wird. »Hier«, meint er, als wir ein Loch in der Mauer erreichen, das so groß ist, dass man bequem hindurchsteigen könnte, aber mit Maschendraht blockiert wurde. »Geh da rein.« Er löst sich von mir, greift nach dem Gitter und zieht es mit einer kräftigen Bewegung zur Seite, sodass der Weg tatsächlich frei ist. Dann legt Erik seine Hand an meine Hüfte und schiebt mich auffordernd in Richtung des Durchganges.

»Wo willst du hin? Brechen wir irgendwo ein?«, frage ich leise und bleibe stehen, nicht zuletzt, um seine Hand noch eine Sekunde länger an meiner Taille zu spüren; ein Motiv, für das ich mich selbst im gleichen Moment ein klein wenig rüge.

»Vertrau mir einfach«, sagt Erik, und damit bringt er mein Herz zum Hüpfen, und es rast auch dann noch wie wild, als er seine Hand von mir nimmt und wir uns auf der anderen Seite der Mauer wiederfinden, wo ich im Dunkeln eine riesige Wiese mit ein paar Bäumen zu erkennen glaube.

»Wo sind wir?«, frage ich, während Erik den Maschendraht wieder zurückbiegt, aber dann laufen wir schon querfeldein und er legt beim Laufen seinen Arm um mich und zieht mich an sich, sodass ich beschließe, die Klappe zu halten und mich aufs Laufen zu konzentrieren, um nicht wegen weicher Knie hinzufallen und mir etwas zu brechen.

Die Umgebung erkenne ich nur schemenhaft. Riesige, majestätische Bäume, Eichen oder Kastanien oder etwas Vergleichbares. Umgeben von Büschen. Der Rasen ist kurz geschnitten, ordentlich. Ein Blumenbeet erschließt sich mir unter einem der Bäume, sauber von der Wiese getrennt durch liegende Holzbalken, mit Rosenbüschen darin und anderen Blumen, die ich in der Dunkelheit nicht näher benennen kann. Dann kommt jedoch der Mond heraus, und ich erkenne Tulpen in den verschiedensten Farben. In der Ferne höre ich einen Uhu. Dann Plätschern, das näher kommt.

»Ist dir kalt?«, flüstert Erik in mein Ohr, sodass ich die Wärme seines Atems spüren kann.

»Nein. Und überhaupt, du hast mir doch eh schon deine Jacke gegeben, was würdest du tun?«

»Ein Feuer machen«, witzelt er.

Wir erreichen einen Schotterweg. Jetzt hört man jeden unserer Schritte durch das Knirschen der Steine.

»Behandel mich nicht wie ein rohes Ei«, weise ich Erik in möglichst sachlichem Tonfall an.

»Ach, nicht?«, erwidert er übertrieben verwundert. »Ich dachte, das wärst du.«

Eine kleine Weile laufen wir noch schweigend nebeneinanderher, bis der Schotterweg in einen kreisrunden Platz von etwa acht oder zehn Metern Durchmesser mündet und auf dem sich mir die Quelle des Plätscherns erschließt. Es ist ein Brunnen, der in der Mitte steht; fünf steinerne Stufen führen ringsherum zu einem großen Wasserbecken hinauf, in dessen Mitte eine Meerjungfrau steht, aus deren Brüsten und Händen und Mund Wasserfontänen schießen. Umgeben ist sie von zahlreichen Figuren; im Herantreten erkenne ich Fische und Wale und kleine Schiffe, die aus dem steinernen Brunnenrand herausragen.

Wir steigen die Stufen hoch; ich löse mich von Erik und berühre das Wasser, in dem sich der Mond spiegelt. Es ist kalt und klar und man sieht Münzen am Boden, die vermutlich von Touristen hineingeworfen wurden. Manche sind bereits halb verrostet.

Ich löse mich von ihm und lasse meine Hand vorsichtig durch das Wasser gleiten.

»Gefällt es dir?«, fragt Erik.

»Ja.« Ich nicke, ziehe die Hand wieder heraus und streife sie an meiner Jeans trocken.

»Das Marienschloss«, raunt er mir zu, während ich die kleinen Wellen beobachte, die die Fontänen beim Eintreten in die Oberfläche des Brunnenwassers verursachen. »Es hat einen kleinen Garten, der ist aber nur einmal im Jahr für Besucher geöffnet, seitdem es sich in Privatbesitz befindet. Du kennst es doch, oder?«

»Ja. Klar.« Ich nicke. Das Marienschloss ist mehr eine Villa als ein echtes Schloss; wir hatten einen Teil der unteren Räume in der Grundschule besichtigt. »Ich wusste nur nichts … hiervon.«

»Das dachte ich mir schon.«

Ich schaue ihn an. »Aber ist es nicht illegal, dass wir hier sind?«

Er lacht leise. »Klar ist es illegal.« Kurz mustert er mich, dann fügt er hinzu: »Stört es dich?«

Ich überlege kurz, dann schüttle ich den Kopf. »Nein.«

Von hinten legt er die Arme um mich, und so beobachten wir das Wasserspiel, und irgendwann drehe ich meinen Kopf zu ihm und er beugt sich zu mir runter, und unsere Lippen berühren sich, ganz sanft und weich und kaum spürbar, dann fester, dann spüre ich seine Zunge.

Die Zeit verschwimmt.

Bis wir uns voneinander lösen.

Nur wenige Millimeter sind unsere Lippen voneinander entfernt.

Als Erik sagt: »Ich liebe dich.«

Einunddreißig

Über den Himmel

Der Mai ist es, der uns den Sommer bringt.

Melissa trägt ein Kleid, als sie mich abholt.

Es ist ein bisschen zu kurz, und jedes Mal, wenn sie sich zu sehr bewegt, muss sie das Kleid unten halten, damit man ihren Hintern nicht sehen kann. Ihre Fingernägel sind in einem zarten Rosé lackiert, es ist fast dasselbe Rosé wie das des Stoffes ihres Kleides.

»Wo gehst du hin?«, fragt mein Vater mich, als ich die Wohnungstür hinter mir schließen will.

»Wir wollen in den Park. Und danach zum Stadtfest.«

Er nimmt seine Lesebrille ab, legt sie auf das kleine Tischchen im Flur, auf dem auch das Telefon steht. »Kommt Erik auch?«, will mein Vater wissen. Er lässt sich seit ein paar Tagen ein bisschen mehr Bart wachsen, was ihm ziemlich gut steht. Meine Mutter hat ihn darauf gebracht, sie meinte, Männer mit etwas Bart wirkten kultiviert, wenn er gut geschnitten ist.

»Ja, tut er.«

Mein Vater hebt den Zeigefinger, was ich so interpretiere, dass ich mich nicht von der Stelle bewegen soll, geht in die Küche und kommt mit einem Stoffbeutel wieder heraus. »Hier, für euch. Genießt es, zum Sechzehnten muss das schon sein.« Es klimpert, als ich den Beutel entgegennehme. Drei Bier finde ich, als ich reingucke.

»Danke«, meine ich und lächle.

»Gerne«, sagt er und lächelt zurück, und dann umarmt er mich, ein bisschen holprig, weil wir nicht ganz wissen, wohin mit unseren Schultern und Armen, dann wünscht er uns viel Spaß und geht zurück ins Arbeitszimmer, während Melissa und ich uns auf die Räder schwingen und in die Stadt radeln, bis in den Park, und da erwartet uns Erik, der soeben eine Hängematte zwischen zwei Birken gespannt hat. »Alles Gute zum Geburtstag«, begrüßt er mich, und er küsst mich auf den Mund, vor Melissa und der ganzen Welt, und ich küsse zurück, mit ein bisschen Herzklopfen. »Mögen alle deine Wünsche in Erfüllung gehen.«

»Oh ja, alle!«, ruft Melissa, und plötzlich knallt es so laut hinter mir, dass ich zusammenzucke, und als ich mich umdrehe, steht sie da mit einer schäumenden Flasche Sekt, die übersprudelt und in die Wiese tropft, sodass wir alle reihum einmal abtrinken müssen, damit nicht alles verloren geht.

»Moment, Moment!«, hält sie uns zurück, um drei Gläser aus ihrer überdimensionalen Handtasche zu ziehen. Sie schenkt uns ein, erst mir, dann Erik, dann sich selbst, und dann stoßen wir an und die Gläser klirren und der Sekt sprudelt in meinem Mund, ganz kribbelig und frisch, und dann lege ich mich in die Hängematte und bekomme ein Geburtstagslied gesungen.

»Wie geht's deinem Bruder?«, fragt Erik mich, während Melissa ein paar Decken auf dem Boden ausbreitet und sie mit akribischer Genauigkeit von Schmutz und Falten befreit. »Merkt man ihm die Vatergefühle schon an?«

»Nicht wirklich. Er ist wie immer. Nur etwas … ausgeglichener vielleicht?«

»Okay.« Er setzt sich zu Melissa und hilft ihr mit den Decken. »Wann ist es so weit?«

»Das Baby kommt am 10. September. Wahrscheinlich.«

»Und wann ist die Hochzeit?«, schaltet sich Melissa ein.

»Im Juli«, erwidere ich.

»Eine schwangere Braut, wie toll!«, schwärmt sie. »Heutzutage gibt es ja auch sooo tolle Brautkleider für Schwangere, sie wird sicher strahlen an ihrem großen Tag! Und was für ein Symbol ist das denn, ein Ungeborenes als Zeuge der Vermählung!« Sie legt sich die Hände aufs Herz, als könne sie die Romantik dieses Gedankens gar nicht verkraften.

»Und sie wollen kein schreiendes Baby in den Flitterwochen«, scherzt Erik, was ihm einen rügenden Blick von Melissa einbringt. Doch er entgeht einem kritischen Monolog über Hochzeiten und Kinderkriegen und die ernsthafte Romantik dieser beiden Themen, indem er Spielkarten auspackt und sie mit hoch konzentriertem Gesichtsausdruck an uns austeilt.

Einen flachen Stein nutzen wir als Tisch, und drum rum setzen wir uns auf die Decken, und dann spielen wir *Uno*, wobei Erik schon nach wenigen Runden weit vorn liegt.

»Was ist nun eigentlich mit André?«, frage ich, während ich triumphierend eine Vier-Karten-ziehen-Karte ausspiele. »Das geht an dich, Erik. Und ich wünsche mir Rot, weil ich weiß, dass du das nicht hast.«

»Gut, dass du fragst«, erwidert Melissa, während Erik mit siegessicherem Lächeln eine weitere Vier-plus-Karte auf den Stapel legt. »Ernsthaft, Leute?«, stöhnt Melissa und zieht mit Schmollmund acht Karten. Ihre Hand ist so voll, dass sie die Hälfte der Karten fast verliert.

»Du wolltest von André erzählen«, erinnert Erik sie, und schon ist der Schmollmund wieder verflogen. »Stimmt! Und zwar waren wir neulich wieder aus und da …«, sie macht eine Kunstpause und mustert dabei erst mich, dann Erik, vermutlich um die Spannung in unseren Gesichtern zu überprüfen, »… hat er mich geküsst!«

»Igitt, wie kitschig«, witzle ich, aber als Melissa mich schon wieder mit heruntergezogenen Mundwinkeln ansieht, korrigiere ich: »Hey, war nur ein Scherz! Ich find's super mit euch beiden, ehrlich.« Ich gucke in meine Karten und lege meine vorletzte. »Uno. Erik, du bist am Zug.« Dann schaue ich wieder zu Melissa. »Und, erzähl doch mal, findest du, ihr passt gut zusammen?«, hake ich nach, wissend, dass diese Frage sie auf Hochtouren bringen wird.

»Oh, wo soll ich anfangen!«, erwidert sie tatsächlich, legt ihre Spielkarten ab und wartet so lange, bis wir das auch tun. »Also, André ist natürlich wesentlich reifer und erfahrener als die ganzen Kindsköpfe aus unserem Jahrgang – dich ausgenommen, Erik, also nichts für ungut – und daher einfach perfekt für mich. Er ist mein Fels in der Brandung, ruft jeden Abend an, hält mir die Tür auf … und natürlich kennt er die coolsten Clubs der Stadt und weiß, wie man reinkommt.« Sie atmet tief ein und fährt dann mit funkelnden Augen fort: »Er bringt mich zum Leuchten, meine Lieben, er ist die Stärke in meinem Leben, das Licht, die Romantik … hach, aber wem erzähle ich das denn!« Sie greift nach ihrem Sektglas, schenkt sich nach und trinkt einen kräftigen Schluck. »Kommende Woche feiert sein Bruder Geburtstag, da nimmt er mich mit. Und ich meine, das ist sein Bruder, nicht irgendeine wahllose

Bekanntschaft. Wenn er mich da mitnimmt, sind wir so gut wie ein Paar!« Sie kichert, und dann erzählt sie noch eine halbe Stunde davon, dass er ja so intelligent sei und die angesagtesten Trends kenne und davon, wie sein Shampoo riecht. Erst, als sie auf die Marke seiner Turnschuhe zu sprechen kommt, schalte ich auf Durchzug, und irgendwann wechselt Erik geschickt das Thema und wir spielen weiter Uno, so lange, bis sie einen Anruf bekommt und sich verabschiedet.

»Wollen wir noch aufs Stadtfest?«, fragt Erik, als wir zu zweit in der Hängematte liegen und es dämmert. Es ist ein bisschen eng und ziemlich unpraktisch, aber irgendwie schaffen wir es trotzdem, dass keiner von uns rausfällt und dass die Seile, die uns tragen, nicht reißen.

»Mal sehen«, entgegne ich. »Jetzt noch nicht.«

Die Familien mit kleinen Kindern um uns herum packen ihre Sachen ein, um sich auf den Heimweg zu machen, während die Studenten und jungen Leute bleiben, um Grills anzuzünden und Bierflaschen zu öffnen. »Apropos«, sage ich und ziehe den Beutel hervor, den mein Vater mir mitgegeben hat. »Eins war für Melissa, aber so haben wir etwas mehr.« Ich drücke ihm eine Flasche in die Hand und nehme mir selbst eine, und dann stoßen wir an. »Auf dein neues Lebensjahr«, sagt Erik und lächelt.

»Danke«, erwidere ich und nehme einen Schluck, was im Liegen ziemlich schwierig ist.

Es schmeckt ein bisschen warm, aber sonst fantastisch.

»Wie findest du sie eigentlich?«, will ich wissen und betrachte die Flasche in meiner Hand. Irgendwie fühle ich mich ziemlich erwachsen.

»Nett«, meint Erik. »Eigen natürlich, aber ich denke, sie ist ein guter Mensch.«

»Ein guter Mensch?«

»Zumindest keiner, der anderen etwas Böses will.«

»Hm.« Ich nicke.

Eine Amsel landet einen Meter von mir entfernt. Es ist ein Männchen, das nur Sekunden später lauthals beginnt, zu singen.

»Wie findest du sie denn?«, fragt Erik.

»Schwierige Frage.« Ich lehne mich zurück und schaue in den immer dunkler werdenden Himmel, auf dem erste Sterne erscheinen. Die Amsel flattert davon und verschwindet in den Wipfeln der umliegenden Bäume. »Sie ist nicht Cassie, weißt du?«

»Ja. Ich weiß.«

»Und sie wird auch nie Cassie sein.«

Erik legt einen Arm um mich.

»Das mit Melissa wird nie … eine vergleichbare Tiefe erreichen«, fahre ich fort.

»Und doch tut sie dir gut«, wirft Erik ein.

»Meinst du?« Ich setze mich auf, schwinge die Beine aus der Hängematte, setze meine nackten Füße auf die trockene Erde und schaue ihn an.

»Klar«, erwidert er und tut es mir gleich, was die Hängematte ziemlich ins Wanken bringt. Beinahe verschütte ich dabei mein Bier, aber nur beinahe. »Ich meine, jedes Mädchen braucht eine Freundin. Du bist da keine Ausnahme, schätze ich. Und nein, das ist jetzt nicht sexistisch gemeint, bevor du wieder anfängst, mir Vorträge zu halten.« Er hält inne und schaut mich auf eine ganz komische Art an, die ich nicht deuten kann. »Du lachst mehr, seitdem du sie nicht mehr total scheiße findest. Klar, du bist auch öfter genervt, aber ich denke, dass sie dir hilft, ins Leben zurückzufinden.«

»Ich bin im Leben«, erwidere ich.

Er schmunzelt. »Das freut mich zu hören.«

Ich senke den Kopf und strecke meinen Fuß aus, um mit den Zehenspitzen Muster in die staubige Erde zu zeichnen. Wind kommt auf, starker Wind, der alles aufwirbelt und verschwimmen lässt, aber ich male weiter und weiter und weiter und konzentriere mich nur auf das Gefühl der Erde unter nackten Füßen. »Weißt du, Erik«, sage ich nach einer Weile. »Ich sehe sie nicht mehr.«

»Du meinst Cassie?«

»Ja. Sie war immer da, immer mal wieder hab ich sie gesehen. Aber jetzt ist sie fort. Und ich weiß, dass sie nicht wiederkommt, dass ich sie nicht mehr sehen werde, nicht auf diese Art zumindest.« Ich räuspere mich und unterbreche meine Malereien auf dem Boden. »Keine Ahnung, ob das gut ist oder schlecht. Aber irgendwie ist es komisch.«

»Nur, weil du sie nicht mehr siehst, ist sie nicht weniger bei dir als davor.«

»Denkst du, sie ist noch da?«

Er zuckt die Schultern. »Vielleicht. Auf irgendeine verdrehte Art.«

»Okay.« Ich lege meinen Kopf auf Eriks Schulter und er nimmt meine Hand.

»Sie wollte Krippenfiguren schnitzen, weißt du das? Deswegen die Holzklötze am Tag des Amoklaufs.« Seine Finger streicheln über meine, als er das sagt. »Und die Krippe dazu wollte sie auch noch bauen. Für ihre Eltern, als Weihnachtsgeschenk. Sie hat mich gefragt, ob ich ihr helfe.«

»Und wolltest du?«

»Na klar wollte ich.«

Eine Weile schweigen wir.

»Vielleicht baue ich trotzdem eine Krippe«, sagt er schließlich. »Alleine.«

Und dann schauen wir gemeinsam zu, wie das Licht verschwindet und der Mond aufgeht, und wie der Wind die Blätter und Gräser rauschen lässt, und wie die Sterne immer mehr werden am Nachthimmel, und ich denke daran, wie es wäre, wenn es doch einen Himmel gäbe, nur rein theoretisch. Und ich finde ihn schön, diesen Gedanken, und dann rieche ich Cassies Parfüm, und ich entscheide, dass ich früh genug erfahren werde, was nach diesem Leben kommt, und dass ich dankbar sein darf für alles, was mich auf dieser Welt erwartet.

Denn mein Leben ist heute.

Und mein Himmel ist jetzt.

Epilog

»Hilfst du mir bitte mal mit den Kuchen? Die können langsam wieder rein, glaube ich, sonst kommen die ganzen Bienen und Wespen, bei dem süßen Duft.«

»Klar.« Ich nicke und nehme meiner Mutter eine riesige Tortenplatte ab, um sie dann von der Terrasse in die Küche zu tragen.

»Den mit Himbeeren hast du gebacken, oder?«, fragt sie mich und ich nicke. »Der ist gut geworden, du hast Talent. Und hübsch siehst du aus, Liebling. Wirklich hübsch.« Damit streicht sie mir über die Haare und drückt mir einen Kuss auf die Wange, und obwohl ich das vor einigen Jahren noch total ätzend gefunden hätte, finde ich es heute sogar okay.

Es ist Juli, sie haben Hochzeitstag.

Seit zwei Jahren leben Jens und Hannah in einem kleinen, hübschen Haus mit Garten und Terrasse, das etwas außerhalb der Stadt liegt und an welchem ich besonders die beiden Kirschbäume hinter dem Haus liebe. Neben den Bäumen ist ein winziger Gartenteich, der aber ziemlich versumpft ist und in dem deswegen auch keine Fische leben. »Das machen wir mal, wenn Zeit dafür ist. Dann wird der Teich wunderschön mit Seerosen«, hat Hannah am Anfang gesagt. Bisher war keine Zeit dafür; stattdessen kümmern sie sich die meiste Zeit um Magdalena, die inzwischen sieben Jahre alt ist, am liebsten Fußball spielt und auf Bäumen herumklettert und dieses Jahr in die zweite Klasse kommt, und um Maja, die heute ihren ersten Geburtstag feiert. In vier Monaten erwarten sie ihr drittes Kind.

Und heute sind wir alle bei ihnen.

Mein Vater, der immer noch in seiner Arbeit ertrinkt, meine Mutter, die die Haare inzwischen kurz trägt, was ihr verdammt gut steht, und Hannahs Eltern, die sich inzwischen einen humpelnden Schäferhund angeschafft haben, der meistens gähnend in der Sonne liegt und von Zeit zu Zeit heruntergefallene Kuchenstücke ergattert.

Und Erik und ich.

Wir sind auch da.

Die Wege, die wir nach der zehnten Klasse gingen, waren verworren und dennoch wichtig für uns beide. Zwei Jahre lang waren wir ein Paar, bis ihn nach dem Abitur das Fernweh packte und wir auseinandergingen, er durch die Welt reiste, ohne mich, ohne irgendwen, auf der Suche nach fremden Kulturen und vermutlich auch zu einem großen Teil nach sich selbst. Lange Zeit wusste ich nicht, was aus ihm wurde; erst viel später erfuhr ich, dass er Kenia gesehen hatte, und Australien und Thailand und noch viel mehr. Ich telefonierte einmal im Monat mit Melissa, die es nach Mailand gezogen hatte, um dort Modedesign zu studieren, und ich genoss umso mehr die Nähe zu Falk, der mir in all den Jahren wie eine der wenigen, tröstenden Konstanten erschien. Nachdem das erste Semester Physik mich doch nicht ganz so sehr reizte wie gedacht, entschied ich mich letztlich, Biologie zu studieren mit dem Ziel, die Meere zu erkunden und die letzten Orcas dieser Erde zu retten.

Nach drei Jahren der Funkstille kam ein Anruf von Erik.

Wir gingen Kaffee trinken.

Viermal innerhalb von zwei Wochen.

Und dann waren wir wieder zusammen.

Doch dieses Mal war es anders, es war, als wären wir beide in der getrennten Zeit gewachsen. Es war neu, besser, leichter, als hätten wir ein riesiges Päckchen endlich losgelassen, welches wir all die Jahre davor gemeinsam zu tragen hatten.

Heute bin ich dreiundzwanzig Jahre alt.

Seit unserem Tag auf dem Ball damals habe ich nie wieder ein Kleid getragen, aber inzwischen habe ich mich damit angefreundet, mir zumindest die Haare auch mal hochzustecken.

Über den Amoklauf reden wir selten.

Nur manchmal, wenn Erik und ich in meiner Wohnung zusammensitzen und Schach spielen oder Pläne für Reisen schmieden oder einfach auf dem Sofa liegen und Wein trinken und dabei so tun, als wären wir die größten Weinkenner überhaupt, obwohl wir gar keine Ahnung davon haben, da schleicht sich das Thema ein. Dann reden wir darüber, über Erinnerungen an die Zeit davor und währenddessen und danach. Wir reden über Cassie, einfach um uns an sie zu erinnern, an das Blau ihrer Augen, an ihr Lächeln, daran, wie gut sie Ballett getanzt hat. Wir fragen uns dann, ob sie heute immer noch so zierlich wäre wie damals, ob sie einen Freund hätte, was aus ihr geworden wäre. Vermutlich eine große Tänzerin, und wenn das nicht geklappt hätte, wäre sie vielleicht ans Theater gegangen oder hätte Germanistik studiert. Es sind Gedankenspiele, denen Erik und ich dann nachjagen, Fantasien, nichts weiter, denn Cassie hatte diese Zukunft nicht und wird sie nie haben, es gab sie bis zum 31. Oktober und danach war sie fort von dieser Welt. Aber ich weine nicht mehr, wenn ich von ihr rede, und ich verzweifle nicht mehr, wenn ich an sie denke. Ich sehe sie auch nicht mehr in Menschenmengen und mich überkommt keine Schuld mehr, weil ich begriffen habe, dass es für mich keine Schuld gibt, ebenso wenig wie einen tieferen Sinn hinter ihrem Fortgang. Stattdessen muss ich heute lachen, wenn ich an all die schönen Momente mit ihr denke, und wenn es dann doch in meiner Magengegend zieht, weil ich spüre, dass dieses Loch, welches sie hinterlassen hat, vermutlich niemals ganz gefüllt werden wird, dann nimmt Erik mich in den Arm und wir schauen zusammen vom Balkon aus in den Himmel, als wäre Cassie einer der Sterne, die von oben leuchten.

Eines, was bis heute nicht einmal Erik weiß, behalte ich aber dennoch bei. Ihre Grabrede habe ich aufgehoben und trage sie bei mir, jeden Tag, die Grabrede, die ich im Alter von fünfzehn Jahren geschrieben und niemals irgendwem vorgelesen habe, weil zwischen mir und diesen Worten eine Kluft lag, die zu überwinden ich im Laufe der Jahre erst lernen musste. Die Grabrede ist besser als jedes Foto von Cassie, denn sie ist ehrlicher und tiefgehender und gibt mir das Gefühl, einen Teil von ihr immer noch bei mir zu haben, und sie nimmt mir meine Angst, sie eines Tages vergessen zu können.

Denn vergessen will ich sie niemals.

Cassie, heute bist du nicht hier. Nur wir sind hier, deine Familie, deine Freunde, ich, und wir alle sind so unfassbar traurig und wütend und entsetzt darüber, dass du fort bist, einfach weg, ausgelöscht, als hätte es dich nie gegeben. Aber du selbst hättest nicht gewollt, dass jemand an deinem Grab steht und wütend ist, sodass ich auch nicht darüber sprechen will, sondern mich lieber den Dingen zuwende, für die ich dankbar bin. Ich bin dankbar für alles, was du warst. Ich bin dankbar für dein Lächeln an jedem Morgen, an dem ich dich vom Zug abgeholt habe, und für jedes Mal, an dem ich deine Hand gehalten habe, damit du vor der Schule den kleinen Holzzaun entlangbalancieren konntest. Ich bin dankbar für deine dreckverschmierten Füße, wenn wir im Sommer barfuß durch das Gras gelaufen sind, für deine Umarmungen, dafür, dass du dein Leben lang ein Kind warst und es nun für immer bleiben wirst. Ich bin dankbar dafür, dass du der Welt alles verziehen hättest, was sie dir hätte antun können, und ich bin dankbar, dass du auch mir verzeihen wirst, egal wie sehr ich dich noch enttäusche, während ich hier weiter auf der Welt bin und mein Leben gestalte und du weg bist, irgendwo anders, wo ich dich nicht mehr sehen kann. Ich vermisse dich so sehr, dass ich es nicht beschreiben kann, und die Leere, die du hinterlässt, wird sich nie füllen lassen, zumindest nicht komplett. Aber ich hoffe dennoch, dass ich dieser Leere mit all den schönen Erinnerungen und all der Dankbarkeit und Liebe und Zuneigung begegnen kann, die ich empfinde, und dass sie dadurch eines Tages weniger schmerzhaft sein wird. Ich werde dich immer lieben, Cassie, und ich hoffe, dass du das gewusst hast, in dem Moment, in dem du gestorben bist, und dass du es auch jetzt weißt, ganz egal wo du auch bist.